BLEU SANG

Née à Hong Kong en 1960, fille d'architecte et de maître-verrier, Viviane Moore s'est passionnée très tôt pour le Moyen Âge et les travaux de Marc Bloch, de Norbert Elias et de Georges Duby. D'abord photographe puis journaliste, elle se consacre désormais entièrement à l'écriture et vit à la Rochelle.
Viviane Moore a également écrit *Noir roman*, *Rouge sombre*, *Blanc chemin*, *Jaune sable*, *Vert de gris* et *La Couleur de l'archange*.

Paru dans Le Livre de Poche :

LA COULEUR DE L'ARCHANGE

VIVIANE MOORE

Bleu sang

LIBRAIRIE DES CHAMPS-ÉLYSÉES

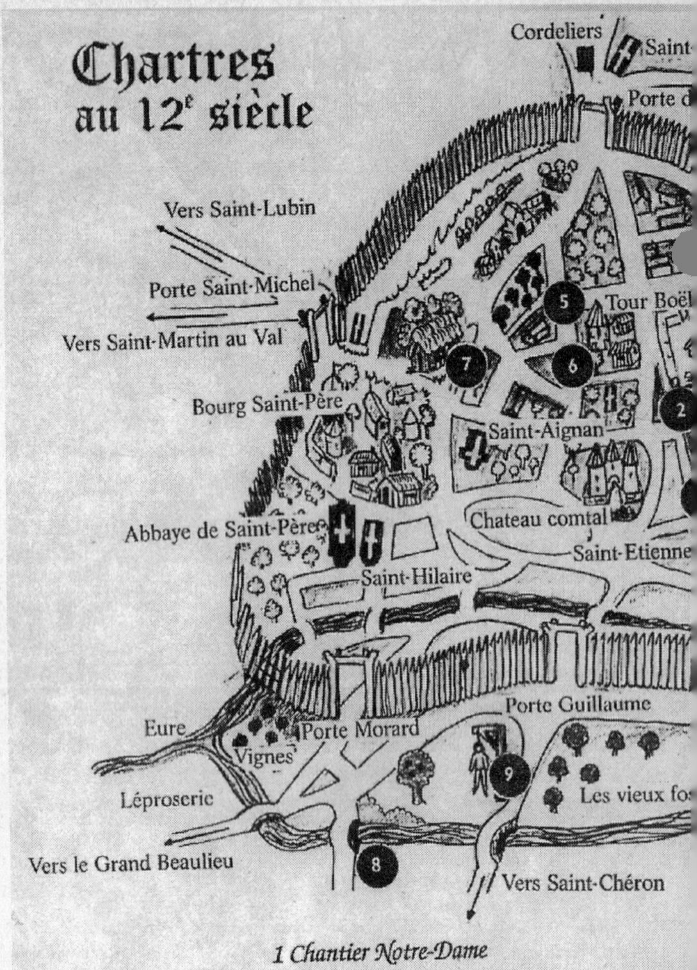

1 Chantier Notre-Dame

2 Le Rovin Vignon

3 Logis d'Audouard

4 Logis d'Ausanne

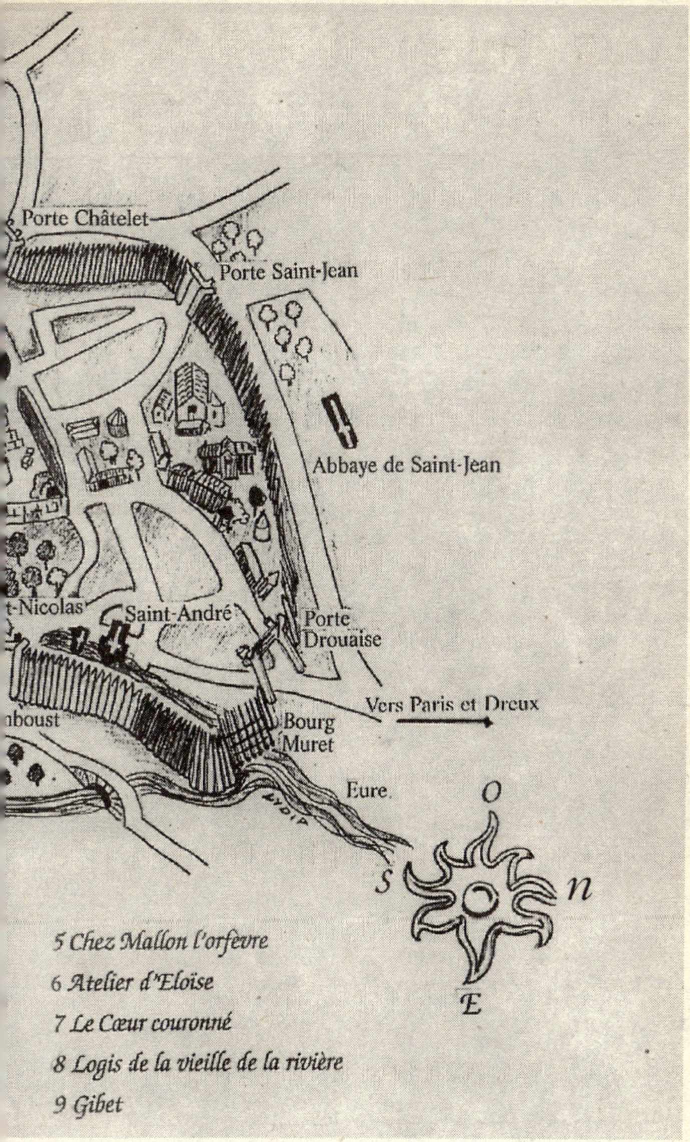
Porte Châtelet
Porte Saint-Jean
Abbaye de Saint-Jean
t-Nicolas
Saint-André
Porte
Drouaise
Vers Paris et Dreux
nboust
Bourg
Muret
Eure.
O
S
n
E
5 Chez Mallon l'orfèvre
6 Atelier d'Eloïse
7 Le Cœur couronné
8 Logis de la vieille de la rivière
9 Gibet

PROLOGUE

“ Je l’ai tuée.

Je l’ai vue se tordre dans les flammes et mourir en hurlant.

Et depuis… toutes les nuits, elle revient me hanter, défigurée par le feu, noircie et sanglante.

J’ai voulu m’arracher les yeux, me couper les mains, briser mon corps, anéantir mon âme… et la mort m’a rejeté.

Ni Dieu ni Diable ne veulent de moi… pas encore.

Toutes les nuits, sa vie saigne sur ce bûcher que j’ai allumé.

Dieu, délivre-moi ! Taille cette chair qui me mure. Et, plus que la mort, donne-moi l’oubli éternel ! ”

Première partie

“ Tu ne craindras ni les terreurs de la nuit,
ni la flèche qui vole de jour,
ni la peste qui marche en la ténèbre,
ni le fléau qui dévaste à midi. ”
Psaumes 91, 5-6.

1

En ce mois de mai 1145, la lune était rousse et fuyante comme une renarde. Dans les rues de Chartres, seuls les lumignons des Montjoies scintillaient dans les niches de pierre.

Le piétinement d'une petite troupe résonnait sur les pavés de la rue Saint-Père. On reconnaissait, à la lueur des torches, les broignes métallisées des gens d'armes qui, leur ronde finie, regagnaient la prévôté.

Après un détour par le quartier de la Rivière, qu'ils avaient inspecté sans rencontrer autre chose que des ivrognes en maraude, la patrouille remontait vers le Palais comtal et le cloître Notre-Dame.

À son approche, un couple fila se cacher dans l'obscurité d'un porche de pierre. Les gens d'armes passèrent sans les voir, pressés de se mettre à l'abri et de se chauffer à l'âtre avant de regagner leurs paillasses. La lueur dansante des flambeaux s'éloigna et ce fut de nouveau le silence. Balayant le ciel, de gros nuages projetaient leurs ombres noires sur les murs de la ville haute.

Soudain, la pluie se mit à tomber. Des ruisseaux de boue commençaient à dévaler les ruelles en pente, rendant la chaussée glissante.

Le couple sortit avec précaution de son abri.

– Bon Dieu, qu'il est lourd ! jura l'homme, en remontant d'un coup d'épaule le sac de jute qu'il portait en équilibre sur son dos.

– Oh, par pitié… tais-toi et avance ! supplia une voix féminine. Tu veux donc que les hommes du prévôt nous trouvent ?

L'homme obéit et se remit en marche. Tous deux étaient vêtus de longues pèlerines brunes d'allure monacale et avaient le visage encapuchonné.

Ils avançaient avec prudence. De ruelle en ruelle, ils se trouvèrent bientôt sur une lugubre petite place.

Sur leur gauche s'ouvrait une venelle étroite entre deux rangées de maisons. Le passage était sombre et empestait l'urine mais il les mena droit à une vieille poterne désaffectée donnant sur l'Eure.

Ils l'ouvrirent sans trop de mal et demeurèrent un instant immobiles, sur le seuil. Les ténèbres étaient si épaisses qu'ils distinguaient à peine, à leurs pieds, une vague sente boueuse qui se perdait dans l'obscurité.

Tout à coup, la lune rousse réapparut de derrière les nuages. La nuit s'éclaircit et ils se mirent en route l'un suivant l'autre.

Ils descendaient pas à pas, les muscles tendus, s'accrochant aux broussailles, pour ne pas glisser. Devant eux, une « dame blanche » s'envola soudain en soufflant, ses longues ailes frôlant le sol. La femme étouffa un cri.

Enfin, ils parvinrent à l'extrémité de la sente et à une sorte de débarcadère en bois vermoulu que venaient lécher les eaux agitées de l'Eure.

Avec un soupir de soulagement, l'homme s'arcbouta et laissa glisser son fardeau sur le sol.

Il ouvrit le sac et le corps apparut progressivement. D'abord, la tête pendante, les yeux vitreux, les cheveux gris maculés par un flot de sang noirci, puis le torse livide et enfin les jambes aux articulations saillantes.

En silence, la femme sortit d'une gibecière de cuir un paquet de vêtements et une paire de bottes usées qu'elle disposa en tas sur les vieilles marches.

– Si on le trouve ainsi, tout le monde croira à un accident. Avec les premières chaleurs, le vieux aura voulu se baigner mais ses forces l'auront abandonné… murmura-t-elle comme pour elle-même.

La jeune femme semblait réfléchir puis, sans paraître se soucier davantage de la pluie qui tombait, rejeta sa capuche en arrière.

Elle se pencha alors vers le cadavre.

Un étrange sourire se dessinait sur ses lèvres pendant qu'elle faisait jaillir entre ses doigts une courte lame effilée. Elle en promena la pointe sur le visage du mort avant de couper d'un coup sec les cordelettes qui maintenaient serrés chevilles et poignets.

– Vieux fou, tu aurais dû m'obéir, rien de tout cela ne serait arrivé.

Elle fermait à demi les yeux comme en proie à un rêve intérieur.

– Dépêchons-nous, jetons-le à l'eau ! gronda l'homme. Il n'est guère prudent de rester ainsi. Nous pouvons être surpris par une patrouille ou un attardé. Allez, ouste !

Et joignant le geste à la parole, il saisit le corps sous les aisselles comme s'il s'agissait d'un jouet et le balança dans la rivière avant que la femme ait pu faire un mouvement. L'eau noire s'empara du cadavre, qui se retourna et flotta comme un poisson mort emporté par le courant.

La colère durcit soudain les traits de la femme qui

se releva et s'approcha de son comparse. Elle était belle ainsi, les doigts crispés sur le manche de sa dague, le visage mouillé, la pluie ruisselant sur ses longues nattes et sur ses cils.

Son compagnon l'observa puis, sans paraître se soucier de l'arme, se dirigea vers elle, plus près encore, jusqu'à ce que leurs corps se touchent.

Elle restait immobile, tendue, les lèvres entrouvertes. Puis, comme malgré elle, ses doigts laissèrent échapper la lame.

L'homme l'enlaça alors, la soulevant à demi, forçant cette bouche qui le mordit cruellement faisant jaillir son sang.

Il resserra son étreinte et leurs corps se soudèrent, indifférents à ce qui les entourait.

Puis l'homme s'écarta avec brusquerie. La jeune femme frissonnait, le regard fixe et les lèvres blanches. Il lui remit, sans qu'elle bronche, son capuchon et rattacha l'agrafe défaite de la pèlerine. Après un bref coup d'œil autour de lui, il se pencha et empocha prestement la dague plantée dans l'herbe grasse.

Il jeta les liens non loin de là et dissimula le sac de toile dans d'épais buissons de mûriers.

Après un dernier examen des lieux, il passa doucement son bras autour de la fine taille de sa complice et ils reprirent en silence le chemin de la haute ville.

Tout au long de la remontée, il veilla à ce que la petite silhouette à ses côtés ne trébuche ni ne tombe.

2

Vêtue d'une cotte de drap noir et de braies foncées, une forme solitaire se tenait campée sur une passerelle d'osier jouxtant le clocher de Notre-Dame.

Les mains crispées sur une poutrelle, la silhouette se pencha vers la ville encore noyée de brume.

La pluie s'était arrêtée. Un épervier tournoyait dans le ciel calme. L'homme, le visage caché par son chaperon, semblait tendu, comme en attente d'un signal connu de lui seul.

L'angélus matinal retentit enfin. Sa vibration ébranla le sanctuaire réveillant les échos de la ville : cris matinaux, grincements de roues sur le pavé, hennissements, plaisanteries des hommes partant au travail... Guidé par les appels de ses bergers, un troupeau de moutons gravissait la colline chartraine en direction de la place des Halles. C'était comme si la ville s'ouvrait soudain, presque brutalement, à la vie. Le brouillard se déchira, laissant la place à un soleil déjà chaud.

Les auvents des marchands se soulevèrent en grinçant. Hommes et femmes, envahissant le pavé chartrain, installaient de grandes planches à tréteaux le long des maisons.

Rue au Lin, rue de la Pelleterie, rue du Marché au Blé, rue au Vin… chaque étal se couvrit de marchandises : légumes, fruits, épices d'Orient, herbes aromatiques, poissons, viandes, draps, tissus, cuirs, pièces d'orfèvrerie...

Le quartier de la rivière, en contrebas de la haute ville, s'animait lui aussi.

Ici, on traitait indifféremment la laine ou le fil.

Ouvriers lainiers et foulons gagnaient leurs ateliers. Les moulins à fouler se mettaient en marche. Des arçonneurs nettoyaient déjà la laine brute en la battant, d'autres la cardaient à l'aide de chardons.

Les écheveaux de laine ainsi préparés étaient chargés par de robustes matrones dans des hottes en osier qu'elles portaient en soufflant aux tisserands de la ville haute.

Un peu plus loin, des maîtres teinturiers surveillaient leurs cuves. Chacun avait sa spécialité, sachant monter le rouge, le bleu ou le jaune. La laine, passée dans la garance, ressortait avec un rouge très pur. Les tissus trempés dans la guède, ou pastel, acquéraient, si le teinturier avait su mener sa cuve, un bleu céleste, couleur de l'âme immortelle. Quant à la gaude, elle donnait un étonnant jaune soleil.

Non loin de là, un gros homme, aide-teinturier de son état, pesait la cendre. Il en fallait bon poids bonne mesure pour fabriquer l'alun permettant aux différentes teintures de mordre les étoffes et d'y rester après lavage.

Un peu plus loin, Porte Guillaume, des hommes suspendaient des draps à des crochets de métal avant de mettre en marche tout un système de hautes poulies destiné à étirer les toiles et à les faire blanchir au soleil.

Guidés par des gamins, des convois de mulets montaient ensuite les draps au Bourg Saint-Père.

Venus des portes de la ville ou du Bourg Muret, maçons, charpentiers, tailleurs de pierre et verriers se dirigeaient vers le chantier du cloître Notre-Dame. Depuis une dizaine d'années, les Chartrains reconstruisaient leur ville, détruite par l'immense incendie qui avait fait rage un jour maudit de septembre 1134.

Des chants et des rires s'élevèrent. Des pèlerins, venus adorer la Sainte Tunique de Chartres, se rassemblaient près de la crypte pour le premier office.

Des écoliers, reconnaissables à leurs cottes de drap gris, hâtaient le pas, déjà en retard pour leur premier enseignement. Un enfançon courait derrière les jupes de sa mère, une robuste lavandière, la hanche chargée d'une corbeille de linge à laver.

Au-dessus du vide, l'homme en noir semblait hésiter, son visage se rembrunit à la vue des ouvriers qui escaladaient les échelles de bois et les plans inclinés. Se détournant, il se pencha vers un sac contenant des outils aux manches usés et s'éloigna, équilibriste incertain, vers une sculpture inachevée, animal mythique, mi-humain, mi-oiseau.

3

Le chevalier avançait, impassible et droit, au petit trot de sa monture. Les flèches obliques du soleil printanier qui perçaient la haute futaie venaient irradier par instants sa silhouette énigmatique, bardée de cuir et de métal.

Dans quelques semaines, si le beau temps persistait, les frondaisons seraient plus denses et la grande forêt carnute redeviendrait un obscur labyrinthe végétal où les voyageurs imprudents iraient se perdre.

Chaque jour, pourtant, la forêt primaire reculait. Les pistes que mangeaient les pas toujours plus nombreux des hommes et des chevaux, devenaient plus larges. Les camps des bûcherons, les ermitages, les forges se multipliaient. Pour trouver des arbres nobles en abondance, les charpentiers des villes fortes et des cathédrales devaient maintenant descendre vers l'Est et le royaume de Bourgogne.

« Si cela continue, sourit le chevalier, même la magique Brocéliande qui retenait captifs les hommes d'Artus le Gallois ne sera bientôt plus qu'une forêt de légende ! »

Parti avant l'aube, du château de Gallardon, Galeran de Lesneven n'avait depuis, rencontré âme qui vive. Privé de compagnon de route, il se contentait de chevaucher en silence, les sens toujours en éveil, prêt à réagir à n'importe quel imprévu. Depuis longtemps, l'appréhension du danger faisait corps avec lui. C'était sa seconde nature, une vieille habitude qui ne l'empêchait nullement de se livrer à la rêverie ou à la réflexion tout en chevauchant Quolibet, le bien nommé. Ce grand hongre de sept ans était d'un caractère facile.

D'allure tranquille, un peu pataude, Galeran ne le sentait vibrer sous lui qu'à l'approche de la bataille. Les cris furieux des combattants, le fracas des armes, le son puissant des cors et des trompettes de guerre l'excitaient autant que son maître. Il se ramassait sur lui-même, oreilles dressées, naseaux frémissants, et soudain se jetait au combat comme d'autres se jettent à l'eau. Alors, il devenait gracieux, se mouvant au sein de la mêlée avec une précision et une légèreté incomparables, prévoyant d'instinct les coups de l'adversaire, s'associant à ceux qu'assenait son cavalier.

Après l'épuisement de la bataille, bien nourri, bouchonné et ses plaies dûment soignées, il retrouvait tout aussi magiquement son allure placide, un peu comme une arme que l'on remet au fourreau en attendant de la faire jaillir à nouveau.

Comme cela arrive souvent, l'homme et sa monture avaient beaucoup de traits communs.

Le chevalier n'était-il pas, lui aussi, divisé entre un profond désir de paix et cette passion incontestable qui le poussait vers le danger, comme si ses facultés les plus nobles ne pouvaient s'exercer qu'aux portes de la mort, corps et esprit enfin réunis.

Souvent, il se demandait par quel coup de génie politique, la Sainte Église, avait au seul nom de Jérusalem, transformé en quelques lustres, la cruauté de la guerre qui semblait une émanation directe de l'Armageddon, en une œuvre juste !

« Mais, après tout, songeait le chevalier, le Christ n'avait-il pas aimé le bon centurion comme il avait aimé la putain ?

» Et, lui-même, n'avait-il pas vu les impétueux chevaliers du Temple charger les Maures avec fureur et le soir, dans la pénombre d'une église, chanter complies et redevenir doux et humbles comme des agneaux ? »

Et maintenant, Quolibet se faisait vieux, son corps cessait peu à peu d'être l'instrument magique de cette animalité qui le menait au triomphe des combats.

« Oui, murmura Galeran en grattant doucement l'encolure du hongre, tu es bien mon frère cheval. Toi aussi, tu es fourbu, nous avons tant voyagé... Tu aimais les champs de bataille et maintenant, tu ne désires plus que la paix des pâturages. Mais, tu sais, le paradis des hommes est, lui aussi, un vert pâturage... à ce qu'on dit ! »

Comme hypnotisé par la lumière vibrante des

frondaisons nouvelles, Galeran se laissa glisser dans un passé tout proche, une semaine plus tôt exactement.

Parti de Saint-Denis, il avait traversé Paris et s'était enfoncé dans la grande forêt des Yvelines, en direction de Chartres.

En route, il avait fait halte plusieurs jours aux cascades du ru de Cernay et à l'abbaye pour rencontrer son ami Huon qui y vivait cloîtré.

En 1118, les moines de Savigny avait défriché une parcelle de cette forêt pour y construire leur lieu de culte. Fort bien située au creux d'un vallon, l'abbaye était entourée par de hautes collines. Ses bois, traversés d'une rivière, étaient peuplés de chênes centenaires. L'endroit avait un charme presque magique. Dans les villages alentour, on racontait que les moines utilisaient l'eau d'une source ferrugineuse aux propriétés étonnantes pour soigner leurs malades. « Une solitude enfouie au plus épais des forêts et resserrée dans son défilé de collines, où les serviteurs de Dieu vivaient cachés », c'est ainsi que Bernard de Clairvaux décrivait son abbaye et cela s'appliquait bien à celle où vivait Huon.

Galeran revoyait la lumière blonde jouant sur la pierre claire du cloître et le visage serein de son ami. Il se rappelait chaque mot de leur conversation.

– Aimer, disait le jeune moine, c'est toujours quitter les tristes réalités de ce monde. L'amour véritable ne connaît ni ce qui est banal ni ce qui, aux autres, paraît répugnant. Je peux nettoyer les latrines ou servir le grabataire, si j'aime le Christ, cela me semblera tâche douce et agréable…

– Ainsi, répondit en riant le chevalier, nos nobles dames ont raison de faire de nous leurs serviteurs, de nous mettre à l'épreuve et de nous humilier. Notre obéissance à leurs désirs, la grandeur de notre fidélité, sont pour elles des parures précieuses et rares qui leur importent davantage que nos attentions bestiales.

– Tu as raison, ami, c'est ainsi que nous servons Marie, notre mère bénie qui est notre Dame à nous.

Ils montaient, à pas lents, une allée dallée, bordée de buissons de houx bien taillés. Au bout d'un instant, Huon murmura :

– Le monde est troublant, mon ami, parce que tout y contient son contraire... dans le mal, il y a du bien et le bien n'est pas à l'abri du mal. Mais, dis-moi, toi qui es chevalier, n'as-tu jamais été tenté de suivre l'exemple de Hugues de Payns ou de Geoffroy de Saint-Omer et d'entrer dans la milice templière ? De prononcer les trois vœux monastiques, plus celui de servir le Christ par les armes ?

Le jeune chevalier sourit :

– Pauvre je le suis, mais chaste et surtout obéissant... alors là, il me semble que pour un chevalier breton épris de liberté, ce serait vraiment trop demander et je n'en répondrais pas !

Huon se mit à rire de son rire si clair en contemplant la belle stature de Galeran.

Les deux hommes s'étaient rencontrés cinq ans plus tôt sur la route de Cernay. Le jeune oblat avait été pris à partie par un groupe de vagabonds.

Malgré son habit religieux, ces marauds n'avaient pas hésité à le frapper et le malheureux n'avait dû son salut qu'à cet inconnu venu à son aide, cette nuit-là.

Depuis, une belle amitié s'était nouée entre le moine et le chevalier, pourtant si dissemblables.

Dès l'âge de 7 ans, Huon avait été donné à Dieu

par sa famille. Élevé par les moines, il n'avait guère connu d'autres horizons que les murs des monastères. De petite taille, le visage lunaire, les yeux myosotis, le jeune homme n'était que sérénité et douceur, comme empli d'une étrange clarté intérieure.

Galeran, de son côté, disait venir du bout du monde. Il était né dans une famille de petite noblesse bretonne ruinée par la première croisade. De haute stature, sa chevelure noire presque rasée, le front barré d'une profonde cicatrice, il avait ce regard à la fois doux et dépourvu de complaisance de ceux qui ont beaucoup vécu.

– Tu devrais te désentêter du monde, mon ami, insistait Huon. Si tu savais comme cela rend léger.

– Et comment veux-tu que cela se fasse ? Ni cette vie dans le siècle ni celle de reclus ne me décharment vraiment. Il ne me reste qu'à courir les chemins pour m'enseigner. Plus que les hauts faits guerriers, c'est l'Orient qui m'attire. Nous avons encore bien des choses à apprendre de ces Maures qu'on dit hérétiques. Ils sont plus férus que nous en médecine, en astronomie et en bien d'autres choses. Ce sont des hommes de grand savoir.

– Ah, le savoir ! Crois-tu, ami, qu'il faille toujours courir après ? Nous qui restons entre nos murs apprenons plus que toi qui chevauches. Mais nous ne sommes pas si différents que tu veux me le faire accroire. Regarde comme ta passion des livres est plus forte que celle des armes. Tu lis couramment le grec, le latin et l'hébreu et maîtrises même les arts libéraux, sans guère avoir eu d'autre maître que toi-même et quelques lettrés de passage.

– Je n'ai pas de mérite à cela, mon ami.

Un geai s'envola en criant devant les deux

hommes. Un instant, le chevalier le suivit des yeux.

– Mes parents voulaient que j'ai l'éducation d'un clerc et bien qu'appauvris par la croisade, ils m'ont permis de suivre, dès mon plus jeune âge, l'enseignement d'un vieux maître. Grâce à eux, j'ai appris la beauté et grâce à lui, j'en ai cherché le sens. Tout comme toi, mon ami.

Galeran, soudain songeur, se tut puis reprit, comme pour lui-même :

– C'est après que j'ai cherché fortune et dès ma quatorzième année, je me suis adonné aux armes! J'ai pris part à d'innombrables guerres privées et tournois entre seigneurs. J'ai aimé les applaudissements et le regard des femmes après le combat! J'ai donné la mort et la mort, moult fois, m'a failli prendre !

Galeran marqua une pose, puis dit brusquement :

– Maintenant, il faut que je m'en aille. Je vais secouer Marcabru, je suis sûr que ce grand fainéant dort encore.

– Es-tu vraiment sûr de vouloir faire route avec lui? demanda Huon.

– Oh oui, malgré son aspect peu engageant et ce côté bravache, j'ai appris à l'apprécier en quelques jours passés ici. Cela fait longtemps que vous l'hébergez aux Vaux-de-Cernay?

– Oh, il est arrivé ici voici dix jours et en si piteux état que nous l'avons tout d'abord soigné afin de le remettre sur pied. Mais je dois te dire que nous sommes heureux qu'il s'en aille. Ce n'est vraiment pas un bon exemple pour les novices. Il passe son temps à leur chanter des chansons paillardes ou à leur parler de magie, de satyres et de nymphes…

– Pardonne-moi, cela me fait plutôt rire d'imaginer ce madré de Marcabru en train d'enseigner le sens de la vie à des novices à l'air esbaudi ! Mais tu sais, on ne peut accroire davantage d'un troubadour chassé de toutes les cours pour son mauvais caractère et ses nombreux larcins. Tu devrais faire attention au trésor de l'abbaye ! Marcabru a un faible pour les matériaux nobles tels l'or ou l'argent… bien qu'en général, d'après les on-dit, il se contente d'emprunter la petite vaisselle ! (Le chevalier sourit en voyant la mine déconfite de Huon :) – Rassure-toi, Huon, puisque je l'emmène. Nous partons ensemble ce jourd'hui pour Gallardon où nous ferons étape. Mais, par ma foi, tu me reverras avant longtemps, je t'en fais le serment, mon ami.

Et sur ces mots, Galeran s'était emparé des mains du moine, les avaient gardées un long moment serrées dans les siennes, puis, comme à regret, les avaient lâchées avant de s'éloigner à grandes enjambées à la recherche du sieur Marcabru.

Le jeune moine était resté longtemps immobile, le cœur un peu lourd de laisser partir Galeran sans avoir pu réellement lui porter assistance. Mais Huon commençait à connaître les sautes d'humeur du chevalier et cet étrange mélange d'introspection et d'action qui guidait le moindre de ses gestes et révélait, malgré son apparente douceur, une personnalité complexe.

Il se souvint de l'assassinat de l'abbé Guillaume à Fontevrault, un mystère que personne n'arrivait à résoudre et que le jeune chevalier avait élucidé en quelques jours. Le temps aidant, sa réputation de perspicacité, voire de clairvoyance n'avait fait que grandir. Beaucoup l'appelaient pour résoudre les énigmes mettant en échec la justice séculière ou religieuse.

Certains, parmi les plus grands, comme l'abbé

Suger ou Bernard de Clairvaux avaient, sans succès, essayé de se l'attacher.

Le roi Louis VII le Jeune avait, lui aussi, tenté sa chance, proposant au chevalier de demeurer à la cour comme conseiller ou ambassadeur.

Galeran avait tout refusé sans se fâcher avec aucun.

La seule qui avait failli le fléchir était la reine Aliénor, la belle dame d'Aquitaine.

« Vairs yeux riants,
Bouche vermeille et suave,
Visage couleur de roses et de lis (...)
Gorge qui de blancheur rayonne... »

Aliénor si belle, si puissante, habituée à être obéie de tous à commencer par son propre père, le duc Guillaume puis, à la mort de celui-ci, par le roi Louis, son époux.

Cependant, même avec elle, Galeran avait réussi le miracle de dire « non » à la reine de France tout en s'en faisant une amie et une protectrice fidèle.

4

Marcabru s'était finalement montré un bon compagnon dc route et son mulet avait vécu en bonne intelligence avec le placide Quolibet.

Dormir à la belle étoile n'était pas chose compliquée pour des hommes endurcis comme Galeran et son compagnon.

Choisir d'instinct une zone dégagée et discrète,

pour allumer son feu, mettre l'eau à bouillir pour y jeter la viande salée. Et après quelques bonnes rasades, moult discours philosophiques et plusieurs chants égrenés sur le rebec à la gloire des gentes dames, éteindre le feu en pissant dessus, charge très prisée du sieur Marcabru ! S'allonger dans son mantel, à l'abri d'épais buissons, enfin, ne fermer qu'un œil, les armes à portée de main…

Au lever du jour, Galeran avait donc quitté l'enceinte du château de Gallardon. Et, malgré une somptueuse cuite prise avec les hommes du sieur Hervé de Gallardon, Marcabru avait tenu à venir lui faire ses adieux.

À court de vivres, le troubadour avait décidé de rester chez le seigneur du lieu pour gagner quelque monnaie à la sueur de ses chansons. De plus, l'homme trouvait le minois de la fille du sieur Hervé tout à fait à son goût et digne de figurer dans son répertoire… voire, insigne honneur, dans son lit !

– Salut à toi, ô Galeran ! Que les Dieux et les fées te protègent. Ne m'oublie pas et si les nymphes le veulent nous nous reverrons ici ou ailleurs, en ce monde ou en l'autre…

L'homme qui saluait Galeran ce matin-là, était sérieux, presque grave et cela contrastait avec son étrange aspect.

Sale, le chef hirsute, Marcabru, malgré sa célébrité se souciait peu de son apparence. Pour lui, seuls comptaient les chansons d'Aquitaine, les femmes et… les deniers qu'il pouvait dérober grâce aux unes et aux autres !

5

Chartres n'étant plus très loin, le chevalier pouvait espérer y arriver pour l'heure de sixte.

Il talonna son cheval et le mit au galop sur une sente forestière. Ce matin-là, la brise était particulièrement douce et parfumée. Le visage rougi par la course, un sourire aux lèvres, le jeune homme ne faisait qu'un avec son destrier. Il se coucha sur l'encolure. L'écume maculait la robe de l'animal.

Il se rappela son dernier séjour à Saint-Denis et cette sombre histoire de disparition qu'il avait dû résoudre.

C'était maintenant Thibaud IV, comte de Blois qui faisait appel à lui, sans doute pour résoudre encore quelque étonnant mystère.

« Enfin, c'est pour moi l'occasion de passer par Chartres voir mon ami Audouard et d'admirer cette extraordinaire cathédrale dont il m'a tant vanté la beauté », songea Galeran.

Il déboucha dans une clairière, des perdrix s'envolèrent devant lui. Soudain, le hongre fit un écart manquant désarçonner son cavalier, et s'immobilisa, les narines frémissantes.

Un cerf majestueux jaillit des fourrés dans un fracas de branches cassées. Le « grand coiffé » se figea un instant, fixant le chevalier de son œil brillant puis retourna vers les hautes futaies qu'il atteignit en trois bonds d'une ampleur extraordinaire. Galeran calma son cheval, flatta l'encolure en sueur et prit le trot, la tête pleine de cette vision magique. Même dans les chasses de Louis VII, il ne se souvenait pas d'avoir rencontré une aussi belle bête. « Le dix cors se fait presque aussi rare que les fées dans les clairières. Et, malgré les promesses de Marcabru, je n'ai rencontré aucune jolie nymphe sortie de sous l'écorce épaisse d'un chêne pour me conter fleurette », songea-t-il.

Après des jours de chevauchée dans la pénombre boisée, le chevalier émergea, avec soulagement des derniers taillis. Talonnant son cheval, il emprunta une piste cavalière qui serpentait entre deux champs ondulant sous le soleil. L'avoine et le mil formaient une ceinture claire autour de la colline chartraine, séparant la cité de la forêt. Mais la vision qui marqua le plus Galeran fut celle d'immenses champs de lin. Comme un ciel bleu pâle versé à même la terre, les fleurs de lin suivaient les méandres de l'Eure pour s'arrêter au pied de la butte.

Chartres dominait la plaine avec majesté, coiffée par sa haute ville ceinte de remparts, son Palais comtal et le clocher de Notre-Dame.

– « Autricum », murmura-t-il. Cité carnute, tu domines le paysage comme notre reine, la belle Aliénor, son peuple.

Et le chevalier guida son destrier vers la palissade d'enceinte.

Au fur et à mesure qu'il s'approchait de la cité, l'activité se faisait plus intense. Marchands, pérégrins et bateleurs ajoutaient à la foule des paysans et ouvriers qui se pressait bruyamment aux portes de Chartres. Après avoir traversé le Bourg Muret, Galeran entra dans l'enceinte par la Porte Drouaise. Un péage barrait l'accès à la ville haute, ralentissant le passage des gens et des marchandises. Pressé par la cohue, le chevalier descendit de cheval et, le tenant par la bride, se fraya tant bien que mal un passage. Des charrois de pierres taillées, des charrettes pleines de légumes, des hommes poussant brouettes, encombraient l'accès à la ville haute. On échangeait injures et gaudrioles, on se montrait le poing. Quand on ne s'envoyait pas dans la poussière pour avoir le dernier mot !

Bloquée par un convoi de fardiers, la rue de la Corroierie était impraticable, Galeran se faufila donc tant bien que mal vers la Porte Imboust et longea l'Eure par la rue de la Petite Rivière.

Le cours d'eau, plus étroit à cet endroit, dévalait le long des berges déclenchant les aubes des moulins. L'endroit était beau et le jeune homme s'y arrêta un long moment. Dans un pré, des femmes foulaient les draps, leurs amples jupes relevées et attachées à la ceinture.

Leurs chants et leurs rires fusaient dans la chaude lumière de mai.

Rue du Soleil d'Or, une maison, reconnaissable aux belles sculptures de sa façade en encorbellement, abritait une famille de tisserands, dont la représentante la plus douée, Éloïse, n'avait que 16 printemps.

Éloïse était connue dans toute la ville de Chartres et même au-delà, pour son habileté et sa passion du tissage. Elle tissait depuis l'âge de 6 ans et rien d'autre n'existait pour elle que ce métier qui la possédait tout entière et qui commençait à laisser ses marques sur son frêle corps d'adolescente. Son dos s'était légèrement voûté, ses doigts longs et fins s'étaient musclés, son teint, blanc comme le lait, était devenu diaphane.

Ses longs cheveux roux tressés et noués par un ruban vert, Éloïse se dirigeait vers son atelier où la commande de Geoffroy de Lèves, évêque de Chartres, l'attendait.

Après avoir revêtu sa longue blouse de toile blanche, la jeune fille observa avec attention un croquis tracé au fusain sur une planchette de hêtre clair. Grâce à cette tablette et aux numéros qu'elle y inscrivait, elle gardait en mémoire telle figure d'homme, tel détail de charpente ou de sculpture qui l'intéressait.

Son examen fini, elle se tourna vers son métier et contempla son ouvrage.

De grands fils de lin, de chanvre et de laine, aux couleurs vives, s'entrecroisaient pour dessiner un motif dont elle seule possédait la clé. Des formes s'esquissaient sur le métier. Déjà émergeait ce qui deviendrait un ciel bleu, le reflet d'un feuillage ou d'une fleur.

6

Galeran remonta vers le Palais comtal par la rue de la Perrée. Après quelques détours hésitants par les ruelles grouillantes de monde, il arriva au pied de la cathédrale et la regarda en se remémorant les paroles de l'abbé Suger : « L'œuvre magnifique, qu'inonde une lumière nouvelle resplendit. »

Il observa, plein de respect, la masse imposante du sanctuaire, les contreforts élancés, les flèches et les fenêtres de pierre percées par la lumière, vision d'une « cité céleste » née de la main des hommes.

Perché sur un tas de pierres, un gamin d'une douzaine d'années à la crinière rousse ne le quittait pas des yeux. Un arc court en bandoulière, l'enfant portait une cotte, des braies de drap bleu et des chausses de cuir. La tête d'un pigeon mort dépassait de sa gibecière. Son visage couvert de taches de rousseur était sérieux, presque grave. Il détaillait avec intérêt le harnois du chevalier.

Galeran portait un long bliaud pourpre laissant voir par les fentes de côté une broigne aux fins deniers de métal. Sa cape de voyage en drap brun était rejetée en arrière et descendait sur la croupe de son cheval. Son épée d'estoc pendait à un baudrier en peau de cerf et il portait, attaché dans le dos, un grand écu de gueules chargé d'une étoile de sable. Une longue épée de taille, une gibecière et une outre de peau pendaient à l'arçon de sa selle et complétaient ce riche harnachement, unique fortune du jeune homme.

La tête encore pleine des récits de croisade moult fois contés par les anciens, l'enfant pouvait imaginer le chevalier revenant des lieux saints ou combattant les féroces Almohades de Castille, ceux qui disait-on, avaient trucidé Roland le Preux et coupaient en morceaux les chrétiens prisonniers.

Pour sa première visite à Chartres, Galeran renouait avec l'ambiance affairée des grands chantiers. Comme à Saint-Denis, l'impression première était étonnante, un mélange de désordre bruyant et d'extrême organisation. Tous les corps de métier étaient présents et chacun savait exactement ce qu'il devait faire. Le maître d'œuvre et ses appareilleurs veillaient à tout.

Une activité intense régnait sur les échafaudages et les passerelles qui enserraient l'édifice. Des « chèvres », sortes de leviers de bois, aidaient au levage des pierres de taille. Les maçons préparaient le « repous », un mortier réalisé avec la poussière des pierres de taille. Des plans inclinés permettaient aux manœuvres, munis de lourds brancards ou d'auges portables, d'accéder aux parties les plus élevées. Les tailleurs de pierre s'affairaient sur la façade et sur le clocher du midi qui culminait au-dessus de la ville. On entendait le choc sourd de la cognée des charpentiers en train d'équarrir le bois merrain.

Un peu à l'écart, une forge était installée d'où jaillissaient des gerbes d'étincelles. Les forgerons s'activaient, réparant les outils brisés et apprêtant les grandes ferrures des portes et des hautes fenêtres du Portail Royal.

Regardant autour de lui, Galeran aperçut le petit rouquin qui continuait à l'observer :

– Holà, petit, veux-tu bien me garder mon cheval? Je dois m'en aller sur le chantier et les chevaux ne sont guère appréciés en ces lieux.

– Oui-da, messire. Il est bien en sueur et fatigué, je vais vous le bouchonner.

– Et donne-lui un peu d'eau, il l'a bien mérité.

– Oui-da, vous devez venir de loin, messire?

– Tu es bien curieux, dis-moi.

– C'est que… ce n'est pas souvent que je vois de si près un chevalier, encore moins avec un écu et des épées comme les vôtres. Mais vous cherchez un homme sur le chantier?

– Oui. Oh, attention, petit, écarte-toi! s'exclama Galeran en tirant vivement le garçon à lui.

Avec force fracas, des chevaux tirant des fardiers de pierres taillées en provenance des carrières voisines, débouchaient sur la place, dans un nuage de poussière.

Le chevalier et l'enfant se regardèrent, amusés de se voir aussi blancs de poussière l'un que l'autre.

– Eh bien oui, je cherche un ami, répondit Galeran en s'époussetant. Un maître verrier du nom d'Audouard, le connais-tu, par hasard ?

– Non, messire, je ne crois pas et… combien me donnez-vous pour m'occuper de votre destrier ?

– De quoi t'offrir quelques oublies arrosées de miel, répondit le chevalier en désignant une petite marchande de beignets.

– Bien, topez là, messire, dit l'enfant en tendant sa main, je garderai votre cheval et votre harnois et, pour les maîtres verriers, je ne sais où est votre ami mais ils sont tous par là, dit l'enfant en désignant des baraquements de bois sur la droite du clocher. Et messire, comment s'appelle votre cheval ?

– Quolibet, il vient d'un monastère des Flandres, tu n'en verras pas de pareil par ici. Bon, allez petit, topons là et soigne-le bien. Et toi, du calme, ordonna-t-il en flattant l'encolure de son vieux compagnon.

Galeran se dirigea vers les bâtiments de bois. Des caricatures obscènes et des libelles grossièrement calligraphiés s'étalaient sur les planches de bois clair des palissades. Le chevalier émit un long sifflement en lisant ces lignes :

« Suis chose légère… les filles que je ne puis toucher, je les possède de cœur… Je veux mourir à la taverne. Plus avide de plaisirs que de salut éternel, l'âme morte, ne me soucie que de la chair… »

– Oh, vous regardez ça ! C'est encore les goliards qui ont écrit pendant qu'on avait le dos tourné, il faut qu'on l'efface avant que les chanoines s'en aperçoivent, dit un jeune ouvrier qui avait suivi le regard du chevalier.

– Je connais, j'ai vu le même genre, en moins bien tourné, sur les murs de Paris et de Saint-Denis !

Avec de tels propos, je comprends que ces drôles commencent à gêner le roi et les évêques. Les goliards sont nombreux à Chartres ?

– On sait pas, on voit rarement les mêmes, mais ils sont toujours par bande de quatre ou cinq, quelquefois plus. Notez, ils sont pas bien méchants, mais ils regardent parfois nos femmes d'un peu trop près à notre goût. La nuit, en général, ils sont saouls comme des cochons et là, ils deviennent dangereux. Le matin venu, on ramasse souvent des éclopés. Les gens du prévôt n'aiment pas trop les rencontrer et leur courir sus, après le couvre-feu !

– Je comprends ça, enfin cela leur donne de l'exercice.

– Certes oui, répondit l'ouvrier en riant. Dieu vous garde, messire, il me faut partir.

– Dieu vous garde pareillement !

Dans le lieu indiqué par l'enfant, s'agitaient des apprentis vêtus de cottes bleues, manipulant de minces baguettes de plomb. Deux d'entre eux déposaient avec précaution sur les longues tables à tréteaux des gemmes de verre multicolores, semblables à des mosaïques.

Une longue silhouette vêtue d'une blouse de toile bleu clair retint l'attention de Galeran. L'homme dirigeait ses apprentis d'une voix ferme. D'une maigreur d'ascète, maître Audouard était un homme encore jeune qui attirait le regard. Il y avait en lui une passion qui transparaissait dans le moindre de ses gestes.

En silence, Galeran observa son travail et l'évidente autorité qu'il avait sur son équipe.

Il s'approcha et lui tapa amicalement sur l'épaule. Audouard se retourna, surpris, pour découvrir le regard lumineux de Galeran planté dans le sien.

– Salut à toi, mon ami !

– Galeran, c'est toi ! Quelle joie ! dit Audouard en le prenant dans ses bras. Ton voyage s'est déroulé sans mauvaises rencontres ? J'étais inquiet, avec le déluge de cette nuit, les gués sont dangereux à traverser.

– Non, je n'ai eu aucun ennui en route, ni trop de pluie ni maraudeurs. Après avoir quitté Saint-Denis, je suis passé aux Vaux-de-Cernay saluer un ami, moine de son état. J'ai ensuite chevauché de concert jusqu'à Gallardon en compagnie de Marcabru. Te souviens-tu de lui ? À Saint-Denis, tu sais, ce troubadour poète si empressé auprès de notre haute dame Aliénor qu'il lui écrivait force poèmes sur sa beauté tout en brocardant le roi son époux.

– Oui, je me rappelle de ce gaillard, un effronté ! Sa passion pour notre reine était loin de convenir à Louis le Jeune. Et qu'est-il advenu de lui ?

– Notre roi l'a purement et simplement chassé de la cour. Encore heureux qu'il n'ait pas disparu dans quelque cul-de-basse-fosse. Mais en dehors de cela, j'ai fait un fort agréable voyage en sa compagnie. Il a une belle voix et des chansons d'Aquitaine plein la besace. Il est resté chez les seigneurs de Gallardon pour quelque temps, mais peut-être le verras-tu d'ici peu à Chartres. Sinon, j'ai trouvé les routes plus sûres que par chez moi. La canaille devait se reposer et nos vieilles pistes ont bien résisté aux intempéries. Mais je t'avoue ne pas avoir été fâché de quitter le couvert des bois pour retrouver les champs et le soleil printanier.

L'angélus de midi sonna et les ouvriers commençaient à s'installer pour se restaurer. Les planches servaient de table, les pierres aussi. Des hommes du chapitre distribuait des victuailles : pain de seigle, soupe aux fèves, oignons, œufs. Des tonneaux de vin étaient mis à la coupe.

Un peu plus loin, des broches accueillaient des volailles. L'ambiance était joyeuse. Des ouvriers jetaient les dés et les osselets sur le sol.

Des enfants jouaient aux palets ou à cligne-musette en attendant que leurs mères les appellent pour le repas.

– Viens, mon ami, allons fêter nos retrouvailles ! dit Audouard. Je vais te faire visiter mon auberge préférée.

– Attends, je dois récupérer mon cheval, je l'ai confié avec mon harnois à un gamin qui portait déjà sa tête d'honnête homme.

Galeran repéra de loin la silhouette de l'impassible Quolibet et sourit en voyant, au côté de sa monture, le petit rouquin, raide comme un piquet, l'air fier et concentré.

– Hé, petit ! C'est bon, prends ça et merci.

– Merci à vous, messire, dit le gamin en prenant la piécette. Vous n'avez plus besoin de moi ? Je peux vous guider dans Chartres. Vous voulez un pigeon ? Regardez comme il est gros.

– C'est vrai, où l'as-tu trouvé, il est bien gras, dis-moi.

– Chut, messire ! Ne le dites pas, les chanoines aiment pas ça. Je l'ai tiré sur le clocher de la cathédrale.

– Ah, je vois, tu es un garçon qui n'a pas froid aux yeux, dit Galeran en souriant. Fais bien attention, je ne crois pas que les ouvriers apprécieront de te voir décocher des flèches, même si tu leur expliques tes indéniables qualités d'archer et la saveur des pigeons qui nichent tout contre eux ! Mais sinon, pour répondre à ta question, non, je n'ai plus besoin de tes services. Tu vois, j'ai retrouvé mon ami, Audouard. Il me servira désormais de guide dans ta ville.

Le jeune garçon, déçu, fit la moue et regarda Audouard avec aplomb. Le maître verrier le dévisagea puis, fronçant les sourcils, s'exclama :

– Eh mais, tu es le frère d'Ausanne, n'est-ce pas ? Qu'est-ce que tu fais ici à cette heure ? Ta mère doit se faire du souci.

– Je fais rien, messire, je m'en allais, dit le gamin qui partit en courant sans demander son reste.

– Tu le connais ?

– Oui, difficile d'oublier une telle couleur de cheveux. Ils sont tous roux comme des Danois dans sa famille. C'est le cadet d'une mesnie de tisserands, un bon petit gars mais qui donne du fil à retordre à son père qui veut en faire un artisan comme lui. En fait de tisser, le gamin passe ses journées à tirer les pigeons ou à pêcher dans la rivière. Enfin, tu vois, un finaud qui saura se débrouiller pour vivre, mais qui ne veut rien apprendre.

7

Galeran prit Quolibet par la bride et suivit Audouard jusqu'à la place de l'Étape au Vin. Ils s'arrêtèrent devant une sympathique maison de bauge à l'enseigne de la rôtisserie du Cœur Couronné. Sur une longue table de bois reposait une barrique cerclée de fer. Un gros homme, crieur de son état, interpellait les badauds, un autre vendait le vin que les chalands pouvaient emporter dans des pichets de terre ou déguster sur place à la rôtisserie. Galeran ne put s'empêcher de sourire en écoutant le boniment débité d'une voix puissante par le hurleur :

« Chaud et soif, mes seigneurs, entrez, entrez... Ici, le vin est bon, les chapons dorés, venez goûter le vin de Loire et de Bordeaux, venez taster le Saint-Amour, sa cuisse est plus douce que celle d'une femme. Entrez mes seigneurs... »

Puis plus bas :

– Bonjour, maître Audouard, votre table est prête. « Oyez, oyez, mes seigneurs, chaud et soif... »

– Bonjour, Ambroise, dit le verrier. Attends-moi ici un instant, Galeran, je vais quérir l'aubergiste pour régler les détails de la pension de ton cheval. Je sais qu'ici l'écurie est presque aussi bonne que l'auberge !

Audouard disparut à l'intérieur. Quand il ressortit, accompagné du fils de l'aubergiste, Galeran finissait d'attacher sa monture à un anneau scellé.

– Laissez, messire, dit le jeune homme, je vais le prendre, l'écurie est dans une ruelle derrière.

Galeran hocha la tête et remercia le garçon tout en enlevant son harnois.

Audouard poussa la porte de la rôtisserie et s'effaça pour laisser passer le chevalier. L'endroit était sombre et chaleureux. Un gamin tournait deux grandes broches chargées de perdrix, de chapons et de conins. Un autre, le visage sérieux, les arrosait de leurs graisses.

La lueur des flammes enluminait les visages réjouis des habitués. À une grande table commune, des étudiants et des ouvriers partageaient le pain méjan, la soupe à l'oignon et le pichet de vin. L'atmosphère était emplie de rires et de plaisanteries gaillardes, le sol, de terre battue, couvert de feuillées fraîches. Une jeune fille servait le vin. Le patron, un gros homme chauve et souriant surveillait son monde d'un air bonasse.

Audouard se dirigea droit vers une table, près de l'unique fenêtre de l'auberge, et s'assit en propriétaire. La servante, une blonde au teint clair et au corsage rebondi, vint aussitôt vers eux, les mains chargées de chopines.

Elle en déposa deux, emplies d'un vin rouge parfumé, puis s'éloigna servir d'autres clients, non sans rougir sous le regard de Galeran.

– Une belle auberge, mon ami et une jolie fille pour nous servir. Le choix me paraît judicieux. Mais dis-moi, si tu me contais comment ta sœur et toi-même vous êtes installés ici ? Et dis-moi… Bien sûr ce qui te tient le plus au cœur, tout comme à Saint-Denis, c'est ton vitrail. Où en es-tu avec ce chantier ?

– J'ai presque terminé la moitié de ma commande. Un sujet splendide ! Un arbre de Jessé et j'ai enfin trouvé mon bleu. Comment te dire ? C'est un bleu limpide verdissant, extraordinaire ! s'exclama Audouard, sans répondre aux autres questions du chevalier, trop heureux d'avoir enfin un auditeur qui comprenait sa quête désespérée de la beauté.

Après un instant de réflexion, il poursuivit avec passion :

– Un bleu riche comme le jour, fragile comme la fleur de lin dans un champ. Je te montrerai mes cartons. Non, je vais faire mieux, si cela te convient, je t'emmènerai là-haut. Tu pourras ainsi le contempler dans sa vraie lumière.

– Rien ne saurait me faire plus de plaisir.

– Mon ami, cela fait des années que je l'avais

dans la tête, ce bleu. Je pensais le réaliser à Saint-Denis, mais sa froide lumière ne m'a pas réussi.

» Ici, c'est différent, la clarté de cette colline, la douceur du paysage, tout ce bleu partout, je retrouve un peu ma Loire natale... Pourtant, les jours ne sont pas assez longs et parfois j'aimerais que le soleil ne se couche jamais pour pouvoir continuer à travailler.

– Je te comprends, et bien des maîtres doivent avoir ce même acharnement. Dis-moi, je te trouve vraiment l'air harassé. Si nous faisions honneur à cette table?

La servante avait disposé devant eux un plat en terre où fumaient d'appétissants morceaux de chevreau accompagné d'oignons, d'épices et de pain brûlé.

– Mange donc un peu, mon ami. Aurais-tu quelque souci personnel ou est-ce que, par hasard, ta sœur Hermine ne s'occupe plus assez bien de toi?

– Oh non. Elle se fâcherait si elle t'entendait. La vérité, c'est que ce vitrail m'a pris tout mon temps et peut-être aussi un peu de ma sève... mais cela en vaut la peine, je t'assure. Sinon, pour répondre à ta question, oui, j'ai quelques soucis avec ce chantier-là. Nous avons eu plusieurs accidents sans gravité, certes, mais anormaux. Je te promets de te parler de tout ça, plus tard.

Après un court silence :

– Mangeons, tu as raison, dit-il, et il se servit une large part de chevreau.

Galeran trancha le pain et après avoir posé dessus un morceau de viande, demanda à Audouard :

– Comment se porte notre Hermine? Fait-elle toujours aussi bonne chère?

– Tu en parles toujours comme d'une jouvencelle, elle a bientôt 50 ans, tu sais ! Elle se porte comme un charme, bien que sa distraction naturelle lui joue de plus en plus de tours. Quant à la cuisine… L'autre jour, elle m'a préparé un somptueux rôti au feu de bois. Elle avait simplement oublié d'allumer le feu. Tu imagines ma tête quand j'ai voulu le couper !

Galeran sourit, se représentant très bien Hermine servant avec sa placidité habituelle la viande crue à son frère !

– Tu la verras après le repas. Nous sommes très bien installés, dans un logis prêté par l'évêque Geoffroy de Lèves, grâce aux recommandations de Suger.

– C'est Geoffroy de Lèves qui dirige l'école de Chartres ?

– Non, le grand chancelier de l'école est Thierry de Chartres depuis quatre ans, et même s'il n'a pas le même renom que son prédécesseur Yves, l'école reste fameuse, surtout pour son enseignement des mathématiques.

– Cela me plairait assez d'assister à quelques cours, si tu veux bien me présenter à lui, bien sûr.

– Dès demain, si tu le veux. Mais au fait, combien de temps comptes-tu rester à Chartres ?

– Cinq ou six jours, car je dois reprendre la route, pour la cour de Blois où je suis attendu par Thibaud IV.

– Je vois que tu n'as pas encore réalisé tes rêves de solitude et que tu es toujours aussi sollicité. Pas seulement pour de mauvaises affaires j'espère, car à Saint-Denis, c'était vilenie et cruauté.

Galeran fixa un instant son ami avant de répondre, un étrange sourire au lèvres :

– Tu sais combien j'ai renoncé aux honneurs, allant même jusqu'à refuser les propositions du roi et d'Aliénor ! J'aurais dû rejoindre les cisterciens depuis longtemps. Cependant, il est vrai que je suis encore bien enraciné dans le siècle… J'ai toujours du plaisir à tirer l'épée, à chevaucher ou à résoudre des énigmes. Même si ce sont vilenies, c'est un jeu qui me désennuie. Et puis, trop de malfaisants criminels sont persuadés qu'ils échapperont au jugement de Dieu. Enfin… il est d'autres tentations en ce bas monde auxquelles je n'ai aucune envie de me soustraire !

– Et c'est, par ma foi, normal, dit Audouard en riant. Fais-tu toujours ce rêve étonnant ?

– Oui. Tu te souviens, ce soir-là à Saint-Denis quand je t'ai conté ce songe qui me visite si souvent. Cette étrange fontaine de pierre jaune, avec ces runes sculptées que je n'arrive à déchiffrer, et cette femme, vêtue de sa seule chevelure, qui s'approche de moi… et qui disparaît au moment où je la veux saisir… Un rêve oui, mais si précis et si fréquent, qu'il me hante. Peut-être, est-ce encore la seule vraie raison qui me pousse à chevaucher de par le monde. Au fond, trouver cette femme, c'est un peu ma quête à moi, murmura le jeune homme.

– Oublie tout cela, il faut te décharmer. Parle-moi plutôt de Paris, d'Aliénor et de notre Louis ?

– Oh, selon la rumeur, l'attelage ne va pas bien. L'entente n'est pas des plus cordiales entre les deux époux.

– Pourquoi cela ?

– Trop de différence entre notre belle reine et Louis que d'aucuns surnomment le « moine ». Et puis, Aliénor n'a toujours pas donné naissance à un futur roi de France.

– Ils sont encore jeunes, cela viendra. Aliénor me paraît trop pleine femme pour ne pas donner naissance à notre futur roi.

– Tout le monde n'a pas ta bonhomie, à commencer par la reine mère.

– Cela me semble normal qu'Adélaïde de Savoie, si rigide et froide, n'ait guère apprécié le charme exubérant d'Aliénor et son tempérament. Connais-tu une seule belle-mère qui aime sa belle-fille, c'est amitié impossible, et même, peut-être, peu souhaitable… Et notre bon ami, l'abbé Suger, que devient-il ?

– Il ne change guère et malgré sa petite taille et sa mauvaise santé, c'est un géant. Il a inauguré, avec faste, en juin dernier, sa cathédrale. C'était le 11 juin. Tu étais déjà parti, je crois ?

– Oui, nous sommes arrivés ici en mai, il y a un an. Comment était cette fameuse cérémonie ?

– Grandiose ! Bien que ce petit abbé prise un peu trop l'apparat et les ors à mon goût. Je préfère, tu le sais, la sobriété des cisterciens et de Bernard de Clairvaux. Pourtant, c'est vrai… on n'a jamais vu foule si dense que ce jour-là sur la route de Saint-Denis. Notre roi a fait, quant à lui, une entrée remarquée. Alors que son épouse et ses vassaux brillaient de tous leurs feux, il est apparu vêtu de la tunique des pénitents et chaussé de simples sandales de cuir.

– C'est vrai ? Pourquoi un si étrange costume pour le maître du royaume de France ?

– Oh tu sais, notre roi m'inquiète, ce n'est plus le même homme depuis le siège de Vitry-en-Perthois. Tu en as ouï parler ? Louis tient plus du moine que du roi guerrier. Quand il a vu ses soldats, ses propres soldats incendier les maisons ; quand il a vu l'église, où les habitants s'étaient réfugiés, prendre feu à son tour et s'écrouler sur ces pauvres gens… On dit qu'il s'est roulé sur le sol, qu'il a imploré la grâce divine et qu'enfin, durant plusieurs jours, il est resté comme prostré la face à même la terre sur cette colline maudite.

– Je le comprends. Quel poids sur la conscience que le massacre de ces innocents que le Seigneur lui-même n'a pu sauver des flammes. Une église est un territoire sacré et Louis le sait bien. Enfin, je crois qu'en plus Bernard de Clairvaux n'a pas manqué de le lui rappeler de la façon la plus sévère…

Quand l'angélus marqua la reprise du travail, les deux amis avaient fait honneur aux talents culinaires de l'aubergiste et peut-être aussi un peu trop à son excellent vin. Audouard salua Ambroise d'un ton guilleret qui contrastait singulièrement avec son allure monacale. Puis ils se mirent en route, bras dessus, bras dessous et se dirigèrent vers la rue au Lait où demeuraient le maître verrier et sa sœur.

8

La lourde porte de chêne poussée, une bonne odeur de confitures au miel flatta l'odorat des deux hommes. La modeste maison de bauge comportait une agréable salle commune, avec un coin réservé à la cuisine et, luxe inattendu dans un si petit logement, une jolie cheminée de pierre. Deux chambres minuscules, un restrait et un jardinet, lieu de prédilection d'Hermine qui passait ses journées sur son banc de pierre à se chauffer au soleil quand il daignait se montrer.

Une grande table à tréteaux, des escabeaux, un faudesteuil, un dressoir et une maie contenant le linge formaient tout l'ameublement de la salle commune.

Sans rien de superflu, la cuisine était celle d'une femme qui aimait les belles et bonnes choses. Des marmites et des plats de terre ornaient les murs et une vasque de pierre permettait les préparations et lavages divers. Une douzaine de pots de grès emplis de confitures refroidissaient. Des abeilles bourdonnaient attirées par leur parfum. Une crédence supportait des assiettes de céramique italienne, des couverts et deux hanaps. Deux gros jambons et des morceaux de lard pendaient au-dessus d'un billot de boucher.

Un tonneau de vin à la coupe siégeait dans le coin le plus reculé, monté sur un rudimentaire tabouret de bois. Dans une vasque en terre s'épanouissait un bouquet de fleurs des champs. Mais d'Hermine nulle trace, la maison semblait déserte.

– Chut ! fit Audouard à Galeran en lui montrant, par la porte entrouverte, sa sœur assise au soleil.

Hermine s'était installée pour coudre sur le banc de pierre du jardin aux simples. À côté d'elle, un gros chat à la fourrure tigrée cessa de se lécher les pattes pour regarder fixement les visiteurs puis sauta avec grâce sur le sol et s'éloigna.

D'une taille imposante, la vieille dame avait le visage rond, doux et joliment ridé. Sa coiffe à moitié défaite et son gros chignon de cheveux blancs en équilibre instable sur le sommet du crâne, lui donnaient toujours l'air d'avoir oublié l'usage du peigne. Sa blouse, constellée de taches, témoignait de surcroît d'une nature distraite.

Les deux hommes avancèrent sans faire de bruit. La sœur d'Audouard était courbée sur sa besogne et brodait avec application, sur un drap, les initiales du maître verrier.

– Bonjour, douce Hermine, vous m'avez manqué,

dit Galeran en plaquant un baiser retentissant sur la joue de la vieille dame.

Hermine sursauta et s'empourpra à la vue du chevalier.

– Oh, c'est vous, messire ! Je ne vous ai pas entendu venir. Je ne vous attendais pas de si bonne heure mais tout est prêt pour vous recevoir.

– Merci et pardonnez-nous de vous avoir surprise. Pour votre frère, tout comme pour moi, la tentation était trop forte. Vous avez là, dites-moi, une bien jolie maison et pleine de charme tout comme vous, ma douce amie. Vous avez préparé des confitures, les mêmes qu'à Saint-Denis…

– Galeran, ça suffit, tu auras tout le temps de faire la cour à ma sœur et de la faire rougir pendant les jours à venir. Viens, que je te montre ma chambre, nous y dormirons tous deux. Tu verras la literie est bonne et fraîche.

– À vous revoir, Hermine, dit Galeran. Je reviendrai vous conter tous les potins de la cour et aussi quelques belles histoires d'amour comme vous les aimez…

Audouard poussa un battant de chêne et laissa passer son ami. Hormis un grand coffre de bois de poirier, un large lit et deux escabeaux, l'ameublement de la chambre était des plus rudimentaires. Seule note de couleur étonnante : un fragment de vitrail suspendu devant l'unique fenêtre et représentant un ange, les ailes déployées, les mains tendues en un geste de paix et de miséricorde. Après l'avoir contemplé un long moment, en silence, Galeran défit ses sacoches de selle et déposa ses vêtements ainsi que sa lourde épée d'arçon dans le grand coffre de bois sculpté, ouvert par Audouard. Il apprécia du regard l'épaisseur des courtepointes et le confort de la petite chambre, bien différent de celui de la salle de garde du château de Gallardon ou de ces nombreuses nuits passées à la belle étoile.

– Cette maison est décidément accueillante et joliment meublée. Ce vitrail est de toi, bien sûr ?

– Oui, c'est une simple étude, j'avais envie d'utiliser des gemmes orangées. Et la figure de cet ange est venue dans les flammes avec tant de facilité... Maintenant, il faut que je te laisse. Hermine a dû te préparer un bain pour enlever la fatigue de ces jours de voyage. Tu es en de bonnes mains, installe-toi, visite la ville et viens me rejoindre au chantier, à vêpres. Mes compagnons doivent m'attendre, il me faut partir. À bientôt, mon ami.

– Merci, Audouard, pour ton hospitalité. À ce soir.

Hermine entra à ce moment :

– L'eau est chaude, le baquet est prêt à la salle, messire. Si vous avez besoin de moi, vous me trouverez au jardin.

– Merci, ma douce Hermine, je viendrai vous quérir dès que je serai rafraîchi.

Le chevalier entra dans la chaleureuse salle commune. Pour une fois, Hermine avait pensé à tout, un feu brûlait dans l'âtre, de la vapeur chaude montait d'un grand baquet de bois empli d'eau bouillante. Des serviettes de lin proprement pliées étaient posées sur le coffre à linge. Galeran posa son glaive le long de la cheminée, empila ses vêtements sur un escabeau et se glissa, ravi, dans le bain parfumé aux essences de thym. Un épais molleton de toile recouvrait le fond du bac le protégeant de toute écharde. La pièce était embuée, les bûches crépitaient. Les bruits de la ville paraissaient étouffés par la quiétude des lieux. Le chevalier étira ses muscles ankylosés et se frotta vigoureusement à l'aide d'une brosse de crin, autant pour enlever la poussière du chemin que la fatigue qui avait engourdi son corps pendant ces longs jours de chevauchée. Il examinait ses membres aux muscles longilignes et les terribles cicatrices au flanc gauche qui le faisaient souvent souffrir la nuit quand le temps changeait. « On a vu pire ! Combien de mes féaux doivent supporter des plaies sur tout le corps qui demeurent ouvertes et purulentes sans jamais se refermer… Et, après tout, l'essentiel est sauf ! Et là encore, ce n'est pas le cas de tous ! » dit le jeune homme en jetant un regard à sa virilité…

Un bon moment passa avant qu'il ne se décide à sortir du bac. Il s'essuya avec énergie, revêtit sa chemise de lin, ses braies, sa broigne de cuir et son bliaud. Il remit son épée à son baudrier, prit son escarcelle et partit à la recherche d'Hermine. Celle-ci était retournée à son banc favori, et maintenant dormait, tassée sur elle-même, le nez dans sa couture. Galeran la regarda, un sourire attendri sur ses lèvres minces puis sortit sans bruit en tirant la porte de la rue. Le temps était clair et chaud. Les rues grouillaient de monde. Le jeune homme se dirigea avec entrain vers les échoppes de la ville haute.

9

Difficile de se frayer un chemin au milieu des étals de la rue aux Drapiers. Les enseignes de métal et de bois se succédaient, vantant les qualités de chaque artisan. Les marchands hélaient les passants. C'était à celui qui crierait le plus fort pour faire l'éloge de sa marchandise. Les chalands et les badauds se promenaient, regardaient les draps, faisaient dérouler les pièces de tissu, tâtaient, mesuraient, discutaient. L'argent passait d'une bourse à l'autre. Ici, apparemment les affaires étaient florissantes. Après quelques arrêts devant les somptueux étals des drapiers qui faisaient la renommée de la ville carnute, Galeran décida de retourner vers la cathédrale. Après bien des détours dans les ruelles étroites, il déboucha sur les remparts derrière le sanctuaire. Une vue magnifique sur les forêts et les champs s'offrait à lui. Son regard détailla les courbes des toits pentus puis se perdit au loin dans la brillance de la rivière en contrebas. Un long moment passa, puis un jeune ouvrier entonna une chanson, d'une belle voix de ténor. Un promeneur s'arrêta, puis une lingère, puis des écoliers...

« Je suis Tantris qui tant l'aimai
Et aimerai tant com vivrai…
Le soleil, quand main lèvera,
Céans moult grand clarté rendra… »

En quelques minutes, Galeran se retrouva au milieu d'un cercle d'auditeurs attentifs. L'air fut bientôt repris par une voix d'enfant, puis par tout le cercle. Les chants des ouvriers dans les hauteurs répondirent à celui du jeune chanteur. Quand la voix s'éteignit, un murmure approbateur s'éleva. Mais le soleil, plus intense à cette heure de l'après-midi chassa bientôt les gens de l'esplanade. Après avoir applaudi le jeune chanteur, Galeran s'éloigna, lui aussi, vers une auberge entr'aperçue non loin de la cathédrale, rue Fulbert. Quelques tables sous un auvent de bois, à l'enseigne du Rovin Vignon accueillaient les assoiffés. Le jeune homme prit place non loin de deux gaillards, en grande conversation, accoudés à l'une d'elles.

Il ne put s'empêcher de prêter attention aux paroles de ses voisins, d'autant que l'un des deux, bègue comme il y en a peu, haussa le ton.

– Nous devons pré-prévenir le pré-prévôt, déclara-t-il.

– Attendons encore, tu sais à quel point notre maître est prompt à la colère. Et puis, le prévôt n'est pas un tendre non plus. Il va croire que nous sommes responsables de sa disparition.

Bien plus que leurs visages, l'attitude nerveuse des deux hommes et quelques-uns de leurs propos retinrent l'attention du chevalier.

– Mais en-enfin, Ro-Robert, il n'a pas-pas l'air d'avoir dor-dormi ici cette-cette nu-nuit, c'est pas-pas norma-normal et tu-tu le sais. À cette heure, nous-nous de-devrions être en-en rou-route vers-vers Bl-Blois.

– C'est vrai, mais si tu veux risquer une volée de bois vert, moi je n'y tiens pas.

– Et ses pi-pierres, tu-tu crois qu'il les a prises avec lui ? S'il lui-lui est a-a-arrivé quelque chose, on va se-se de-demander pour-pourquoi nous-nous n'avons pas alerté la prévôté.

– Oh, Gilles, du calme. Bois un peu de vin. Je te promets que si ce soir, il ne rentre pas, nous irons prévenir les gens du prévôt.

– C'est su-sûr ?

– Oui, dit le compère en crachant sur le sol pour sceller son serment.

Galeran ne prêta plus attention aux paroles de ses voisins. L'aubergiste, un solide gaillard, aux airs de dur à cuire, se pencha vers lui :

– Messire désire le boire ou le manger?

– Une coupe de vin bien frais fera l'affaire, répondit le chevalier.

Puis son regard se détourna. Une jeune femme, le visage voilé, revêtue d'un lourde robe de drap vert, l'avait frôlé et rentrait à l'auberge.

Il eut juste le temps d'entrevoir le bustier bien ajusté et le voile de fine batiste qui laissait deviner la ligne élancée du cou et la blancheur de la peau.

L'élégante semblait savoir ce qu'elle voulait. Elle se dirigea vers l'aubergiste puis, après une discussion animée, ressortit aussi rapidement qu'elle était venue, se mêla à la foule et disparut.

« Une vraie beauté, songea Galeran en la regardant s'éloigner. Bien qu'un peu déplacée, semble-t-il en ce lieu. Que peut-elle bien avoir affaire avec une taverne ou un tavernier? »

Appuyé contre l'encadrement de sa porte, et comme émerveillé, l'aubergiste avait, lui aussi, suivi un long moment du regard, la gracieuse apparition.

La petite servante de l'auberge, une gamine au corps frêle, déposa avec brusquerie une coupe de vin clairet devant le chevalier. Celui-ci, après avoir bu tranquillement, paya son écot et s'éloigna en direction de l'Hôtel-Dieu.

En voulant éviter le faix d'un colporteur, Galeran heurta par mégarde une jeune femme qui trébucha sous le choc.

– Pardonnez-moi, ma dame, vous ai-je blessée ? J'en suis marri!

La jeune femme sourit, une lueur amusée dans le regard. Son visage pâle était constellé de légères taches de rousseur, sa tête couronnée de longues nattes rousses.

Un instant, elle dévisagea le chevalier avant de lui répondre, très calme :

– Non pas, ce n'est rien, messire. Il n'y a pas de mal et cette bousculade n'était pas de votre fait, n'est-ce pas ?

Et sans attendre la réponse, la jeune femme se détourna. Avant que le jeune homme ait pu faire un geste ou dire une parole, elle était déjà loin, perdue au milieu de la foule bariolée.

« Eh bien, ce jourd'hui les rencontres sont plutôt belles et fréquentes, mais un peu trop brèves à mon goût », soupira Galeran avec une feinte résignation.

La sonnerie des vêpres commençait à retentir alors qu'il arrivait au pied de la cathédrale.

Il se faisait tard et déjà le soleil, énorme boule de métal en fusion, déclinait à l'horizon.

Les sculptures de pierre se détachaient soudain de façon inquiétante, leurs formes fantastiques juste soulignées par l'éclat sanglant du soleil couchant.

Au chantier, le travail était arrêté. Les derniers ouvriers, tailleurs, verriers et charpentiers descendaient avec agilité des échelles. Quelques éclats de voix fusaient. Après toute cette chaleur, les hommes n'étaient pas fâchés de retrouver la fraîcheur des ruelles. Au sol, on rangeait civières et brouettes, on rassemblait les outils, après les avoir soigneusement nettoyés, dans les appentis. Des maçons se lavaient dans les auges de pierre emplies d'eau glacée... Galeran se dirigea vers le clocher, cherchant du regard la longue silhouette d'Audouard. Ne l'apercevant pas, il s'apprêtait à faire demi-tour quand un cri de terreur lui fit brusquement lever la tête.

En un éclair, il vit une grande ombre noire qui

fonçait sur lui. Le chevalier se jeta en arrière juste à temps pour l'éviter et le corps vint s'écraser devant lui avec un bruit horrible. Comme chaque jour, le bourdon de Notre-Dame se mit en branle, appelant les fidèles pour la prière du soir. En quelques secondes, une odeur âcre de viscères et de sang s'était répandue et Galeran dut lutter un instant contre la nausée avant de se pencher sur la silhouette désarticulée qui gisait au milieu d'un cloaque sanglant.

L'homme n'était plus qu'une bouillie sanguinolente d'où émergeaient des touffes de cheveux noirs. Seules les mains étaient restées curieusement intactes au milieu de cet amas poisseux de membres brisés.

Des ouvriers affolés se mirent à crier croyant à des chutes de matériaux. La panique la plus complète régnait maintenant sur le chantier. Le maître d'œuvre, prévenu par un tailleur de pierre, accourut et fit allumer des torchères pour éclairer la scène. Il calma son monde en quelques ordres émis d'une voix puissante.

Bien qu'il ait souvent côtoyé la mort, Galeran avait du mal à rester impassible devant les restes du malheureux. Il se redressa très pâle au moment où Audouard arrivait, faisant signe aux gens de s'écarter. Un ouvrier s'approcha, un linge blanc à la main.

Il n'y a plus rien à faire, ce malheureux est mort et bien difficile à identifier.

– C'est Jérôme, murmura l'ouvrier, un jeune maçon, le visage livide.

– Comment peux-tu le reconnaître l'ami ? dit Galeran en couvrant la figure du cadavre avec le tissu donné par le jeune homme.

– Je le connais et je reconnais surtout sa bague,

là, dit-il en désignant un anneau marial glissé à l'un des doigts du mort.

Le maçon se détourna en hoquetant et se mit à vomir, plié en deux. Un de ses camarades se précipita et, lui entourant les épaules, le força à s'éloigner.

– Et toi, Audouard, tu le connais ? dit le chevalier en se tournant vers son ami.

Le maître verrier, pétrifié, regardait le clocher sans paraître entendre la question du chevalier.

– Audouard, qu'y a-t-il ?

Galeran leva la tête, à son tour. Il lui sembla voir une silhouette sur la passerelle d'où était tombé le malheureux. Il se frotta les yeux, peu sûr de lui, mais il n'y avait plus rien et puis, il commençait à faire trop sombre. Audouard restait comme insensible, le regard fixe, muet, perdu dans ses pensées.

Galeran l'entraîna doucement à l'écart.

– Tu le connais ? Audouard, que se passe-t-il ? s'exclama-t-il en voyant le maître verrier devenir de plus en plus pâle, au bord du malaise.

– Rien, allons-nous en, il n'y a plus rien à faire pour ce pauvre garçon, les gens d'armes vont arriver, répondit le maître verrier en se signant. Vois ! Le prêtre est déjà là pour le repos de son âme.

Effectivement, un vieil ecclésiastique s'était agenouillé à côté du corps. Le silence s'était fait sur le chantier. Un murmure s'éleva, les ouvriers priaient pour leur compagnon défunt.

Galeran, songeur, s'éloigna avec son ami.

– C'est ce genre d'accidents dont tu m'as parlé à l'auberge à midi ?

– Non, jusqu'ici il n'y a pas eu mort d'homme, répondit Audouard avec une hésitation qui n'échappa pas à Galeran. Mais… vendredi matin, un des charpentiers qui travaille à la flèche, a failli se tuer. Apparemment, une pierre s'était descellée au-dessus de lui... Depuis, le maître d'œuvre a renforcé les échafaudages, il oblige les ouvriers à s'encorder dans les hauteurs, il a mis des rambardes à certaines plates-formes. Non, rien d'aussi grave qu'aujourd'hui, heureusement.

– Viens, mon ami, tu as l'air retourné, allons chez Ambroise boire un peu de vin, tu en as besoin et moi aussi.

– Je me sens mieux, je t'assure.

– Ton visage ne plaide pas pour toi et puis, je t'avoue que, moi aussi, la vue du corps de ce malheureux m'a mis à mal.

Un bon feu et quelques flambeaux fichés dans les murs éclairaient la salle de l'auberge. Les clients buvaient en plaisantant, la triste nouvelle n'étant pas parvenue jusqu'à eux. Malgré sa bedaine, le patron servait son monde avec agilité. Les deux amis s'attablèrent et commandèrent un pichet de vin de Chartres. Audouard resta silencieux, sa chope à la main. Galeran l'observait sans rien dire et un long moment passa sans qu'aucune parole ne soit échangée entre les deux hommes. Grâce au vin, quelques couleurs revinrent enfin sur les joues du maître verrier.

– Pardonne-moi, je suis un bien mauvais convive, dit-il à mi-voix.

– Je pense surtout que tu me caches bien des choses. Cette mort, aussi horrible soit-elle, n'aurait pas dû te faire un tel effet. Ce genre d'accidents est malheureusement monnaie assez courante sur les chantiers. Sauf, bien sûr, ajouta le chevalier d'une voix douce, si tu penses que ce n'est pas un accident!

Audouard sursauta.

– Non, Galeran, non ! Que vas-tu imaginer là ?
– Rien, je te connais assez. Ta réaction devant ce drame n'a rien de naturel.

Le visage du maître verrier se ferma.
– Tu te trompes, je t'assure.
– Bien, mon ami, n'en parlons plus et pardon-ne-moi, mon propos n'était pas de te mettre mal à l'aise. Si nous rentrions voir ta gente sœur ?
– Oui, allons la rejoindre, elle doit nous attendre.

10

Après avoir réglé leur dû, les deux hommes allumèrent un flambeau emprunté à l'aubergiste et se dirigèrent vers la demeure du maître verrier.

Des hommes du prévôt tendaient des chaînes en travers des rues, moyen simple mais efficace d'empêcher la course des voleurs ou le passage de brigands à cheval. Le silence se fit. Dans leurs niches de pierre, les lumignons des Montjoies éclairaient les petites madones des rues. Les deux amis regagnèrent sans encombre le logis du maître verrier et firent honneur au souper d'Hermine, une somptueuse soupe aux choux et un taillis aux épices. Un feu brûlait dans l'âtre, une petite lampe à huile éclairait la tablée. La vieille dame qui espérait quelque histoire grivoise avant de se coucher en fut pour ses frais car les deux hommes, plongés dans leurs pensées, mangèrent quasiment en silence. Après avoir servi le « posset », mélange de vin brûlant et de lait caillé, Hermine les salua. Elle baisa son frère sur la joue, avant de s'en aller coucher, déçue par le peu d'animation de la soirée. Fatigué par sa journée, Audouard essuyait soigneusement ses outils, diamant, ciseau, compas… avant de les ranger dans sa gibecière de cuir puis il s'excusa auprès de Galeran et regagna sa chambre. Galeran après un bref passage au restrait, se lava les mains dans la bassine prévue à cet effet puis rejoignit lui aussi, la chambre à coucher. Son ami semblait déjà dormir, tourné vers le mur. Le chevalier quitta ses vêtements et se glissa dans le lit qu'Hermine avait séché avec des briques. Il réfléchit à cette journée tumultueuse, à l'attitude de son ami et se laissa glisser dans le sommeil en revoyant cette ombre menaçante qui fonçait vers lui. Il s'assit soudain dans le lit essayant de se remémorer chaque instant, depuis le cri de terreur jusqu'au moment où le malheureux s'était écrasé à ses pieds. Mais plus que tout, c'était le visage d'Audouard et son inquiétante pâleur qui restaient gravés dans la mémoire du chevalier.

“ Pourquoi ? Oh Dieu, pourquoi, ne suis-je pas mort ? Moi plutôt que lui. Je ne voulais pas sa mort. Il m'a forcé à le tuer. Il a menacé de tout révéler. Je ne pouvais l'accepter, il fallait que je reste près d'elle. On m'aurait emprisonné. Je devais le tuer, je te jure, Seigneur, je n'avais pas le choix. J'ai mal, ma main me brûle. Ce n'est pas moi, Seigneur, c'est ma main, cette main qui a déjà allumé le bûcher de ma bien-aimée. Pourquoi, pourquoi ? Mon Dieu, aie pitié... laisse-moi mourir. Je n'en peux plus. ”

Deuxième partie

“ Alors que nous sommes dans les ténèbres,
nous connaissons la lumière...
étant dans la mort, nous connaissons la vie. ”
Catherine de Sienne

11

Un léger frottement contre le bois de la porte réveilla Galeran qui jaillit de son lit dans le plus simple appareil. Il ouvrit largement le battant pensant se trouver nez à nez avec Audouard. Hermine, car c'était elle, étouffa un cri de surprise et détourna la tête de ce spectacle qui, pour n'être pas désagréable, n'était plus de son âge...

Le chevalier saisit ses braies et sa chemise de lin sur le coffre et les enfila prestement en s'excusant :

– Pardonnez-moi, gente Hermine, je pensais me trouver face à messire votre frère. Je vous rejoins de suite.

– Votre repas est prêt, messire, répondit la vieille dame en réprimant un sourire. Mon frère est déjà à l'atelier et vous fait dire de le rejoindre pour l'heure de sexte, si cela vous sied.

– J'irai avec plaisir mais d'abord déjeunons tous les deux, ma mie, si vous le voulez bien. La couche était si bonne que j'ai dormi comme un loir. Je n'ai même pas entendu l'angélus matinal.

Hermine passa devant Galeran et le conduisit à la salle commune où, sur la table dressée, s'alignaient une jatte de lait de chèvre, un pichet de vin, un pain entouré d'un linge, des saucisses, des fromages…

– Devant si beau spectacle, tout soudain, je meurs

de faim, dit Galeran en saisissant un escabeau. (Il trancha le pain de froment et posa dessus du fromage et de la saucisse.) Qu'est-ce que ceci ? demanda-t-il en désignant un petit pot de terre.

– Du miel de roses, c'est un ami d'Audouard, de retour d'Orient qui m'a appris cette façon. Goûtez chevalier, c'est très bon et tenez, prenez ceci, je pensais bien que vous auriez grand appétit, ce matin.

Hermine, prévoyante, tira de dessous un linge un des beaux jambons qu'elle avait décroché et le tendit au chevalier.

– Grand merci, Hermine. Quel temps fait-il ce matin ?

– Quand je me suis levée, c'était brumeux, mais une jolie brume qui annonce le soleil et la chaleur.

Après une dernière tranche et une rasade de vin clairet, Galeran s'étira et sourit à la vieille dame, qui le surveillait du coin de l'œil pour qu'il ne manque de rien.

– Hermine, je ne connais pas meilleure table que la vôtre à quelque heure que ce soit du jour ou de la nuit.

Il embrassa sur le front la vieille dame, rougissante et s'alla laver au baquet, dans le jardin.

Une vague tristesse l'avait envahi et la splendeur du ciel matinal, l'eau fraîche qui ruisselait sur son corps n'y portaient pas remède.

« Vivre dans la ville haute change bien des choses, songeait-il. On dirait que plus on est proche et plus on devient étranger… Plus on se couvre et on se protège des autres, même de ceux que l'on a en affection. On devient comme la cité avec ses hauts remparts, séparée de la terre et des pauvres que l'on en chasse. Jadis, Hermine n'aurait pas été plus honteuse de contempler ma virilité que celle d'un nouveau-né… et cette façon que l'on a ici de cacher l'endroit où l'on dort. Le grand lit opulent n'est-il pas le plus bel ornement d'un logis hospitalier ? Oui, on dirait que les gens des villes sont en train d'inventer la honte… »

Quand le chevalier sortit du logis d'Audouard, la cité chartraine grouillait déjà de monde. La journée s'annonçait belle, la brume matinale s'était dissipée et le ciel était sans nuages. Des odeurs de feu de bois et de fritures emplissaient l'air. Une petite marchande passa en chantant, portant sur la hanche un grand panier d'osier empli de carottes et de fèves. Des cochons, en quête de nourriture, filaient dans les ruelles, premiers nettoyeurs de la matinée, rapidement concurrencés par des chiens et des chats en maraude. Des colporteurs abordaient les femmes avec leurs boniments. Peu de Chartraines résistaient à ces tentateurs dont le discours émaillé d'hommages à la beauté des dames et à leur bon goût, finissait invariablement par une vente. Leurs marchandises, rubans, boutons, lacets, fils, tissus ou passementeries, s'étalaient dans de drôles de caissons de bois pendus à leur col par de larges bretelles de cuir. Venant souvent de rudes montagnes, ces hommes-là, leur boutique sur le dos, avaient traversé les Flandres, la France ou l'Italie pour vendre des articles et en acheter d'autres. Ils ne rentraient chez eux qu'une fois l'an, leurs deniers en poche, pour voir leurs familles qui les attendaient patiemment, le cœur content de les retrouver encore une fois en vie.

12

Son mantel marron souillé de taches serré contre lui, sa sacoche de toile à l'épaule, Bastien dit « la Belette » glissa un regard prudent entre les lattes disjointes de sa cachette et se décida enfin à sortir de l'appentis.

La soirée avait été fertile en émotions. Pourchassé par les gens d'armes après le couvre-feu pour avoir fait du tapage, la Belette s'était réfugié dans cette vieille réserve à bois. Il y avait fini sa nuit, aussi ivre que s'il était resté la bouche ouverte dans un tonneau de vin. Son nez rouge planté au milieu du visage comme un lumignon, ses trois cheveux hérissés sur le crâne, Bastien se mit en quête d'un endroit calme pour somnoler. Traversant la rue de la Juiverie, le vieux, écartant les fourrés, se glissa au bord de l'Eure et s'allongea dans l'herbe. Il s'endormit aussitôt, bercé par le bruit de l'eau.

Quand la Belette s'éveilla et s'étira en bâillant, le soleil était déjà haut. Il songea qu'il était temps de se mettre en quête de quelque nourriture. Son ventre lui rappelait avec force bruits incongrus, qu'il n'avait pas mangé depuis la veille, au midi. C'est en rassemblant ses vieilles hardes autour de lui qu'il l'aperçut. Coincé par un tronc flottant le long de la berge, le cadavre d'un homme allait et venait au gré des remous. Le corps était nu et la tête heurtait la souche. C'était ce bruit mou et régulier qui avait attiré l'attention du mendiant.

La Belette écarquilla ses yeux injectés de sang, puis se rasséréna, persuadé qu'il n'y avait rien là qu'un mort, tout ce qu'il y a de plus mort.

– C'lui-là, pour sûr qu'il est mort, c'est même pas la peine d'y regarder à deux fois. C'est vrai qu'je préfère les morts, dit la Belette en observant le cadavre aller et venir bercé par le courant. Y l'est tranquille lui, pas comme les vivants qui passent leur temps à me courir sus. Bon, avec la chance que j'ai en ce moment, faut mieux que j'ai rien vu. Allez viens-t'en, la Belette, ce mort-là il devrait p'têt pas être à l'eau.

Au moment où le vieux s'éloignait, deux gamins, grands chasseurs de grenouilles et d'escargots, débouchèrent le long de la berge.

Ils aperçurent du même coup la Belette qui tournait les talons et le corps nu coincé contre la berge.

– Hola, au secours, de l'aide ! Un homme se noie ! cria le plus jeune.

– Mais, non, tu vois bien qu'il est mort, s'écria l'autre, un blondin à l'air finaud et au petit museau pointu. Eh ! Le vieux ! Reviens ! Aide-nous, il faut le sortir de là.

Mais la Belette, sans écouter les enfants, remonta en courant vers la ville. Malheureusement pour lui, il se heurta, au débouché d'une venelle, à une de ses vieilles connaissances, le sergent Geoffroy, un des hommes du prévôt.

– Eh bien, dit celui-ci en le saisissant par le mantel, tu continues à courir, mon ami. Nous t'avons fait si forte impression cette nuit que tu ne peux plus t'arrêter. Allez calme-toi, je t'emmène te reposer au frais dans la cave de la prévôté.

La Belette, qui n'avait pas que l'agilité pour justifier son sobriquet, pensa avec justesse, qu'il fallait mieux ruser et protesta avec véhémence :

– Mais, sergent, je vous cherchais. On a trouvé un noyé dans l'Eure, près de la rue de la Juiverie, il faut de l'aide pour le sortir de là.

– Qu'est-ce que tu racontes ? Encore des boniments comme tu en es coutumier.

– C'est craché, dit le vieux en joignant le geste à la parole. Venez, deux enfants sont à côté de l'homme.

– Si tu as menti, la Belette, il t'en cuira, répondit le sergent qui n'avait pas lâché l'habit du mendiant. Allez ouste, montre-moi le chemin !

Les deux hommes reprirent la direction de la rivière et y trouvèrent un petit attroupement. Les enfants avaient ameuté des ouvriers foulons qui travaillaient un peu plus loin sur la rive. Ceux-ci avaient réussi, à l'aide d'une perche improvisée, à dégager le corps et l'avaient, non sans mal, hissé sur la berge.

– Poussez-vous, dit le sergent en se penchant sur le cadavre.

Un coup d'œil au visage exsangue suffit à le persuader qu'il n'y avait plus rien à faire pour le malheureux.

– Eh sergent, cet homme y s'est enfui quand on est arrivés, dit le blondinet en pointant un index accusateur vers la Belette. Et l'a pas voulu nous aider.

– Enfui, moi, pas du tout, j'allais chercher le sergent, protesta la Belette.

Le sergent fronça les sourcils, qu'il avait épais et drus comme du poil de sanglier et marmonna :

– Je vais prévenir le prévôt, tout cela ne me dit rien qui vaille.

Puis s'adressant aux ouvriers :

– Est-ce que l'un de vous peut aller chercher du renfort à la prévôté ? Et toi, la Belette, tu bouges pas d'ici tant qu'on n'aura pas décidé de ton sort.

13

– Merci, cette nappe-là fera l'affaire, déclara Galeran au drapier, en désignant un des longs rouleaux de tissu. L'étoffe est belle, vous méritez votre réputation, l'ami.

– Il est vrai que notre ville est célèbre, avec raison, pour la qualité de ses tissus et de ses draps !

Tout en parlant, l'homme déplia la pièce choisie, un fine nappe de batiste et l'étala sur une longue table de bois, afin de la mesurer. Avec rapidité, il fit deux repères à la craie, découpa et plia le tissu avant de le remettre à Galeran. Celui-ci saisit sa bourse, posa son dû sur la table et mit la nappe, un cadeau pour Hermine, dans sa sacoche.

La rue aux Drapiers n'était pas des plus larges et les tables des marchands la rendaient plus étroite encore. Galeran, en faisant demi-tour avec son achat, heurta violemment une personne qui se hâtait, sans regarder devant elle. La jeune femme étouffa un petit cri, mi-surprise, mi-douleur.

– Oh mille pardons, ma dame ! Mais dites-moi, j'ai déjà eu l'honneur de faire votre connaissance en des pareilles conditions, ce me semble, remarqua Galeran en reconnaissant la jolie rousse de la veille.

– Pardonnez ma franchise, mais j'aurais préféré ne pas faire votre connaissance du tout ! Je vous trouve, par ma foi, un peu trop direct dans votre manière de m'aborder, répondit la jeune femme en grimaçant de douleur.

– Je vous ai blessée ?

– Que non pas, j'ai dû juste me tordre un peu la cheville quand nous nous sommes heurtés.

Puis, baissant les yeux, elle s'exclama en voyant

sa sacoche ouverte sur le pavé et ses instruments épars :

– Oh, ma pauvre trousse !

– Laissez, je vais la ramasser, dit Galeran en se penchant pour rassembler les fins outils métalliques. Dites-moi, ce sont là instruments de chirurgie, seriez-vous miresse ?

La tête légèrement inclinée, le chevalier dévisageait la jeune femme, son regard bleu planté dans le sien. Celle-ci redressa fièrement la tête.

– Oui, messire, j'essaye, tout au plus, de soulager du mieux que je peux les hommes de leurs maux. Et vous-même, chevalier, connaissez l'art de soigner ? Peu de gens savent l'usage de ce genre d'outils.

– En effet, j'ai eu l'occasion moi-même de prêter main-forte à des hommes de médecine. Permettez-moi de me présenter et excusez ma curiosité, dit le jeune homme se redressant et rendant la trousse à sa propriétaire. Mon nom est Galeran de Lesneven.

– Dame Ausanne, messire.

– Il est si rare de rencontrer une femme médecin. Qui vous a donc enseignée ma dame ?

– Le disciple d'une autre femme, remarquable celle-là, Dame Trotula de l'école de Salerne.

– Vous êtes allée en Italie ? dit le chevalier étonné. Salerne est effectivement la plus renommée des écoles de médecine. On dit qu'elle a été fondée par quatre médecins : un Grec, un Latin, un Juif et un Sarrasin ! Chacun d'eux enseignant la médecine dans sa langue d'origine.

– Je vois que vous en connaissez plus que moi. Hélas, je ne suis pas allée jusqu'à Salerne, par contre, un des disciples de cette dame Trotula a longtemps vécu dans notre ville. Il m'a transmis son savoir et quelques copies de manuscrits salernitains sur la chirurgie. J'ai également pu suivre quelque enseignement de Pierre-Gilles de Corbeil. Il a résidé ici avant de se décider à s'installer à Paris. Vous en avez entendu parler ?

– Oui, quand j'étais à la cour d'Aliénor, notre reine avait quelque affection pour ce savant médecin. Qui doit être un vieil homme maintenant… Vous avez réussi, sans quitter votre ville, à acquérir un savoir étonnant. Permettez-moi de vous en faire compliment, ma dame.

– Je n'y suis pas pour grand-chose, et vous-même…

Un homme d'armes venait de surgir à leur côté et se saisit du bras de la jeune femme qui, interloquée, n'eut pas le temps de terminer sa phrase. Galeran s'apprêtait à intervenir, ne goûtant pas ces façons par trop brutales.

– Dame Ausanne, veuillez me suivre, je vous prie, dit l'homme d'armes. Le sieur prévôt m'a envoyé à votre recherche. On a trouvé un homme dans l'Eure, côté Porte Guillaume et notre prévôt veut vous voir rapidement.

– Il est encore vivant ?

– Non, je ne crois pas.

Galeran qui avait écouté l'échange, fronça les sourcils, puis s'approcha d'Ausanne et lui dit doucement :

– Bien triste besogne, que celle-là, dame Ausanne. Vous boitez de par ma faute, permettez-moi de me faire pardonner en vous accompagnant, et laissez-moi porter votre sacoche, dit-il en saisissant le petit bagage d'Ausanne sans lui laisser le temps de refuser.

Une petite tête rousse jaillit soudain de derrière la jeune femme.

– Ma sœur, s'il te plaît, laisse-moi aller avec toi.

– C'est mon cadet Benoît, dit Ausanne en présentant l'enfant à Galeran.

– Ma sœur, je connais déjà le chevalier, j'ai même soigné son cheval, dit le gamin d'un air important.

– Il est vrai, ma dame, que nous nous connaissons tous deux. J'aurais dû me douter qu'une telle couleur de cheveux ne pouvait provenir que de la même famille, sourit Galeran en détaillant le petit visage rond constellé de taches de rousseur et les yeux noisette qui rappelaient ceux de la jeune femme.

– Vous connaissez mon frère ? Il est plus souvent à traîner de par les rues qu'occupé à son ouvrage. Allons Benoît, tu ne viens pas avec nous et tu rentres à l'atelier parce que ce n'est pas une distraction que d'aller contempler un mort, paix à son âme. Tu délaisses beaucoup trop le tissage. Père finira par t'envoyer en apprentissage loin de nous.

– Je ne suis plus un enfant et puis le tissage, je n'aime pas ça, je veux devenir écuyer, répondit Benoît boudeur.

Puis, sans insister davantage, il tourna les talons et s'en fut en courant. Ce peu de résistance laissant sa sœur perplexe.

– Excusez mon frère, il ne rêve que d'armes et de chevaux. Cela désespère notre famille mais je pense que c'est le petit qui aura le fin mot, il est suffisamment madré pour cela. Bien, messire, accompagnez-moi, si vous le désirez mais pressons-nous, car le prévôt n'est pas ce que l'on peut appeler un homme facile.

L'homme d'armes, qui s'impatientait, passa devant eux et tous trois descendirent vers le quartier juif. Ausanne, sa cheville apparemment remise, marchant aux côtés de l'homme du prévôt avec une assurance qui montrait une grande pratique du labyrinthe carnute et un sens de l'orientation que Galeran lui envia derechef.

14

Une petite silhouette les suivait, sans se faire remarquer, se cachant dans les embrasures des portes ou derrière les badauds.

Non loin de la synagogue, ils quittèrent la rue de la Juiverie pour emprunter un passage étroit qui donnait sur une berge mal entretenue, couverte de broussailles et d'ajoncs.

Ils arrivèrent bientôt près d'un attroupement, où se distinguaient les tenues des gens d'armes et le suroît du prévôt. Ausanne, soudain sérieuse, se dirigea droit vers celui-ci et inclina la tête avec grâce.

– Messire Prévôt, je vous salue.

– Enfin vous voilà, dame Ausanne, répondit celui-ci d'un ton bourru et ne prêtant aucune attention à Galeran qui s'était incliné. J'ai bien du souci. Voyez, nous avons trouvé cet homme maintenu par une souche le long de la berge. Pouvez-vous, je vous prie me donner votre avis, s'agit-il d'un accident ou bien d'une plus méchante affaire ?

Ausanne eut un mouvement de surprise :

– Vous l'avez déshabillé ?

– Que non, il était comme ça.

Elle s'agenouilla près du corps qui gisait, face contre terre. L'homme était maigre, il avait la peau uniformément blanche d'un bourgeois et une abondante chevelure grise. Galeran donna sa trousse à Ausanne, et s'écarta sans la quitter des yeux, curieux de la voir à son office.

La jeune femme dont le visage s'était comme fermé aux autres, tout sourire enfui, examina le corps des pieds jusqu'aux cheveux, dans lesquelles elle passa longuement ses doigts fins. Elle palpa les membres raidis puis demanda à un homme d'armes qu'il retourne doucement le corps. Écartant la chevelure souillée de vase et d'herbes, qui cachait le visage du cadavre, elle sursauta. Le prévôt qui, tout comme Galeran, la regardait avec attention, se pencha aussitôt vers elle.

– Qu'y-a-t'il, dame Ausanne ?

– Avez-vous pu identifier cet homme, messire prévôt ?

– Non point.

– Moi si, c'est un de mes patients. Un joaillier, je crois, qui a séjourné à l'auberge du Rovin Vignon.

– Rue Fulbert ? Bizarre, les aubergistes ne m'ont signalé aucune disparition. Surtout que le Jehan a toujours des motifs pour venir se plaindre. Il est vrai que cela fait déjà deux fois que ses clients quittent la place sans payer leur écot. Un joaillier, dites-vous ? Y aurait-il là-dessous quelque rapine ?

– Excusez-moi, seigneur prévôt, intervint Galeran qui avait tout écouté. Je peux vous affirmer que les deux aides du joaillier étaient au courant de cette disparition. J'ai surpris leur conversation par hasard, dans ladite auberge, hier après-midi. Ils voulaient vous prévenir mais craignaient apparemment votre courroux et bien plus encore celui de leur malheureux maître.

– Qui êtes-vous, messire ? gronda le prévôt, fâché

d'être interrompu et, qui plus est, par un étranger.

– Pardonnez-moi, messire prévôt, j'aurais dû me nommer, mais vous ne m'en avez pas donné l'occasion. Je suis Galeran de Lesneven, en route vers la cour de Blois.

– Un Lesneven, vous êtes parent de Florent de Lesneven, le croisé ?

– Vous en avez ouï parler ? C'était mon grand-père.

– C'était ?

– Il est mort en juillet 1099, tué par un archer soudanais. C'était le jour de la prise de Jérusalem par les croisés, il était l'un des hommes liges de Godefroi de Bouillon.

– Un vaillant que votre grand-père et un guerrier remarquable, paix à son âme, dit le prévôt soudain radouci. Mon père l'a bien connu, le sire de Lesneven était présent lors de son adoubement, mais nous en reparlerons en d'autres lieux, si cela vous sied. Or donc, vous dites avoir surpris une conversation prouvant qu'hier déjà, ce malheureux avait disparu ? Et ces hommes avaient-ils la conscience tranquille ?

– Oui, vu leur angoisse, je ne pense pas qu'ils soient, en aucune façon, responsables de cette disparition et encore moins de la mort de leur maître. Si je puis me permettre, peut-être devriez-vous faire fouiller les berges en amont afin de retrouver les vêtements de ce malheureux vieillard. Ils vous donneront peut-être quelques indications sur le drame.

Non loin de là, le jeune Benoît, resté à l'écart, n'avait pas perdu un mot de la conversation. Il trouvait l'idée du chevalier digne d'intérêt et décida aussitôt de se mettre en quête des fameux vêtements.

Bastien, assis par terre, la tête dans les mains, poussa un soupir déchirant. Le mendiant commençait à trouver le temps long. Après lui avoir posé quelques brèves questions, le prévôt s'était désintéressé de lui, le laissant échoué là comme une vieille chausse !

Le sergent, qui le surveillait du coin de l'œil, l'appela :

– Tu peux déguerpir, la Belette ! On n'a plus besoin de toi. Va promener ta crasse ailleurs !

Le vieux ne se le fit pas dire deux fois et, rassemblant ses maigres nippes, s'en alla sans demander son reste.

– Et vous, dame Ausanne, qu'en pensez-vous ? demanda le prévôt en se tournant vers la jeune femme.

– Je ne sais, mais j'ai vu cet homme bien vivant, avec ses aides, à son arrivée à l'auberge, la semaine dernière... Il avait eu un refroidissement et ses hommes me l'avaient porté rue Percheronne.

Ausanne reprit calmement son examen et scruta le visage du mort, son torse, ses genoux, ses chevilles, puis elle se redressa avec difficulté. Comme fatiguée soudain, elle attira le prévôt à l'écart.

– De toute évidence, cet homme qui venait à peine de se remettre de sa fièvre, n'a pas choisi de se baigner. On l'a aidé.

– Que voulez-vous dire ?

– Il a reçu un choc violent à la base du crâne. Malgré l'épaisseur de sa chevelure, la boîte crânienne est quasiment défoncée. Celui qui a fait ça n'est pas une femmelette.

– Ce ne peut pas être une chute ou bien ce tronc d'arbre ?

– Je vois mal une chute laisser des marques comme celle-là. Et pareillement pour cette souche, je pense qu'il y aurait d'autres contusions sur le corps, et j'en ai peu trouvé. Non, je ne pense pas, cet homme a été assassiné. Il a d'ailleurs dû saigner abondamment. Il n'y a eu qu'un coup, mais mortel et, à mon sens, l'homme avait rendu son dernier soupir avant d'avoir touché l'eau. Enfin, si vous me permettez un examen plus approfondi, sans doute serais-je plus sûre de mon propos.

– Tout ceci me paraît déjà très clair. Vous dites qu'il n'est pas mort noyé ?

– Regardez-moi, même en pressant à nouveau sur son torse, cet homme ne rejette aucune eau et vous savez, tout comme moi, que les noyés sont comme outres pleines. Par ailleurs, autre chose me donne à penser que cet homme a bel et bien été assassiné. Observez ses chevilles et ses poignets. La peau a été entamée et ceci est sans nul doute la marque d'une corde. On ne lui avait vraiment laissé aucune chance à ce pauvre homme, poursuivit Ausanne en montrant les fines traces bleutées sur la chair du vieillard.

– Je vais faire transporter le corps à la prévôté. Pourriez-vous finir votre examen là-bas cet après-midi ?

– Cela me semble souhaitable, messire prévôt, dit Ausanne en revenant vers le noyé. Vu l'état du corps et la chaleur de cette journée, ce malheureux devra être enterré rapidement. Je pense, par ailleurs, ayant déjà eu à examiner nombre de cadavres, que au vu de différents signes, le drame n'a pas eu lieu cette nuit, mais bien plutôt hier ou avant-hier, ce qui corroborerait les dires de messire Galeran.

– Bien, nous allons donc fouiller les rives en amont de cet endroit. Sergent, cherchez vos hommes et tâchez de me trouver les effets de ce malheureux.

Puis, se tournant vers la jeune femme :

– Merci, ma dame, de votre aide si précieuse. Vous pourrez continuer votre examen dans la salle des jugements, vous y serez plus au calme. Quant à moi, je vais faire un tour rue Fulbert. (Puis s'adressant au chevalier :) À vous revoir, messire, et pardonnez mon mauvais caractère mais je suis à prendre ou à laisser. J'espère qu'en l'honneur de votre illustre parent vous honorerez ma table de votre présence tout comme dame Ausanne, d'ailleurs.

– Ce sera un honneur, messire prévôt, dit le jeune homme en tournant les talons, à la suite d'Ausanne qui avait repris le chemin de la ville haute.

– Dame Ausanne, permettez-moi de vous féliciter pour la rapidité et la clarté de votre examen. Vous avez ausculté ce malheureux avec talent, votre main est sûre mais votre jugement l'est plus encore.

– Je n'ai aucun mérite, répondit Ausanne en rougissant un peu. J'ai malheureusement déjà vu tant de morts violentes. Votre avis m'a paru également fort juste.

Un demi-sourire se dessina sur les lèvres de la jeune femme :

– Dites-moi, notre prévôt n'a pas eu l'air de vous impressionner.

– J'ai déjà vu tant d'hommes plus terribles que celui-là, répondit Galeran en paraphrasant la jeune femme. Dame Ausanne, dites-moi, vous me paraissez bien jeune pour dire avoir vu tant de morts violentes ?

– C'est une longue et bien vilaine histoire, messire, dit la jeune femme, son joli visage soudain assombri.

Galeran qui l'observait, s'excusa :

– Pardonnez-moi, je ne cherchais point à vous

blesser, seulement à comprendre votre propos.

– Il n'y a pas de mal, messire. Au reste, pardonnez-moi, il me faut vous quitter. J'ai promis à ma famille de partager son repas.

– Bien, me permettrez-vous de vous apporter un peu de mon aide dans cette affaire. Et, je vous en prie, donnez-moi l'assurance de vous revoir.

– Je ne sais, messire, répondit la jeune femme soudain distante. J'y songerai, je vous le promets. À Dieu, messire, protégez-vous.

– À vous revoir, ma dame, dit Galeran en la saluant.

Il la regarda qui s'éloignait d'un pas décidé puis se dirigea vers le chantier Notre-Dame.

Audouard l'y attendait, l'air soucieux.

– Galeran, enfin toi. Il me tardait que tu sois là.

– Eh bien, mon ami qu'as-tu donc, tu as l'air préoccupé ?

– J'ai parlé au maître de Jérôme. Tu sais, cet ouvrier qui a si malencontreusement chuté hier. D'après lui, il s'est passé quelque chose d'anormal, Jérôme a quitté son poste avant le signal donné par l'angélus du soir. Il a dit à ses compagnons qu'il devait absolument rencontrer un ami.

» Son maître me dit que ce garçon a parlé d'argent. Il venait de se marier et sa jeune femme lui coûtait, paraît-il, beaucoup plus qu'il ne gagnait. Le maître pense qu'il a peut-être emprunté quelques deniers à un de ses collègues pour complaire à son épouse, tu connais la suite…

– Tiens, et qui est donc ce mystérieux ami ?

– D'après ses collègues, un tailleur de pierre, mais lequel ? Ils sont nombreux, actuellement presque une quinzaine. Eh puis, il y a autre chose. Ce matin, un de mes hommes a trouvé une passerelle détruite. Elle était comme déchiquetée. Seulement voilà, il n'y a pas eu d'orage la nuit dernière, et je peux t'affirmer qu'hier soir encore, elle était en parfait état ! Les gars commencent à avoir peur...

– Tu penses donc comme moi que la mort du maçon n'était sans doute pas accidentelle ? Mais qui aurait pu faire une chose pareille et pour quel motif ? As-tu une idée, toi qui connais bien les ouvriers ?

Les deux hommes avaient quitté le chantier, tout en marchant. Ils demeuraient silencieux, plongés dans leurs pensées. Enfin, Galeran se décida à parler.

– Audouard, je crois qu'il faudrait que tu essayes de te remémorer ce qui s'est passé dans cette ville et surtout dans ce chantier depuis ton arrivée. Et je t'en prie, si tu m'as caché quelque chose, dis-le moi maintenant.

– Je ne te cache rien de sérieux, Galeran, et je sais que tu as raison. Mais je n'ai pas les idées très claires et je ne suis pas, comme toi, fin stratège. Enfin, écoute, cela fait bientôt un an que je suis ici et la situation n'a commencé à se dégrader qu'il y a sept ou huit mois, je ne sais pas exactement. Au début, je n'y ai pas trop fait attention. Mais maintenant qu'il y a eu mort d'homme et que les accidents sont de plus en plus fréquents, je suis bien forcé de penser autrement.

– Essaye de te rappeler, quels sont les événements qui te font dire que les choses se sont dégradées ? Est-ce quelque chose en particulier ou plusieurs faits que tu as reliés ensemble depuis ?

– Sincèrement, je ne sais pas. Ce sont des incidents bénins, des chutes, des bris de matériaux, des blessures légères, comme je t'ai dit hier.

– Réfléchis encore. Et même s'il y a beaucoup d'hommes qui vont et viennent, le maître d'œuvre a-t-il recruté de nouveaux maîtres? Y a-t-il eu plus de bénévoles sur le chantier? Des inconnus? Avez-vous eu des démêlés à propos de matériaux, d'animaux? Je ne sais pas moi! Un événement anormal remontant à cette époque.

– Non, je t'assure, je... enfin si, le maître d'œuvre a eu des problèmes à propos de l'approvisionnement en pierres taillées avec la carrière de Berchères, rien de bien sérieux. Tout est rentré dans l'ordre. Non, je ne vois rien de vraiment grave. Nous avons surtout eu des nouveaux en provenance de Saint-Denis, tout comme moi. Le maître a pris un tailleur qui a travaillé à la Daurade, une église toulousaine, un homme plein de talent. Sinon, bien entendu, nous avons accueilli des bénévoles...

Le maître verrier jeta un regard perplexe à son ami puis soupira :

– Pardonne-moi, je ne te suis pas d'un grand secours.

– Qui sait? N'importe comment nous allons trouver, il faut que nous trouvions. Mais es-tu sûr de ne vraiment rien avoir à me dire?

Audouard pâlit.

– Non, Galeran, c'est juste que... je ne goûte guère les morts d'hommes et le sang. L'ambiance sur ce chantier était bonne, nous sommes tous, ou presque, venus de Saint-Denis. En tout les cas, nous avons déjà travaillé ensemble. Et puis, Thiberge, notre maître d'œuvre et ses appareilleurs se sont donné beaucoup de mal pour l'organisation des travaux...

15

Au premier plan, la campagne s'épanouissait, mélange de forêts, de champs et de rivières, d'où jaillissait une colline aux courbes douces dominée par la ville. Bleu azur, garance, jaune soleil, les fils de soie et de laine aux coloris raffinés se courbaient sous les doigts fins d'Éloïse. La forte lumière de midi passait par l'étroite fenêtre de la petite pièce où travaillait la jeune fille.

La tapisserie inachevée était déjà d'une beauté saisissante, couleurs et formes intensifiées par les rayons du soleil printanier.

Éloïse, courbée sur son métier, n'entendit pas la clochette du repas. Il fallut que son cadet, le jeune Benoît, vienne la chercher et lui presse doucement l'épaule.

– Éloïse, viens. Nous t'attendons pour manger, notre sœur Ausanne est déjà arrivée.

Éloïse et Ausanne, son aînée, avaient deux choses en commun avec les autres membres de leur famille : une extraordinaire chevelure rousse et une passion pour leur art que rien ne semblait devoir éteindre.

Éloïse se redressa à regret et jeta un dernier regard sur son œuvre.

Elle suivit Benoît vers la salle commune où l'attendaient sa sœur aînée attablée avec ses parents, frères et oncles.

Ausanne était le seul membre de la famille qui ait choisi un autre métier que le tissage.

Rien ni personne n'avait pu la faire changer d'avis, elle voulait devenir miresse.

Au début, ses parents s'étaient opposés au choix

de la jeune fille, désirant garder pour leur famille le fruit de son travail de tisserande. Par ailleurs, devenir miresse n'était guère facile pour une femme, surtout dans une ville comme Chartres. Le dernier mire, un vieux chirurgien, était mort dans le Grand Incendie de 1134 et sauf un rebouteux du Grand Beaulieu, plus personne ne s'était proposé pour le remplacer. Mais Ausanne était une forte tête, au risque d'être rejetée par tous, elle avait demandé la réunion du conseil de famille pour exposer le bien-fondé de sa requête. Devant tant de détermination, les parents avait fini par céder.

Depuis, personne ne le regrettait, ni sa mesnie ni les habitants de Chartres et des environs qui avaient trouvé en cette jeune damoiselle un médecin dévoué et, ce qui est mieux, efficace. Ausanne était respectée de tous parce qu'elle avait un don. Sachant observer, ce qu'elle ne connaissait pas, elle le devinait, et se trompait rarement.

Par la grâce des malades ou des morts, elle s'était rendu compte qu'il lui fallait prendre note de chaque cas afin de mieux soigner les vivants. Depuis, elle portait sur elle de vieux rouleaux couverts de ses observations. Le parchemin coûtant fort cher, la jeune femme avait négocié, en échange de services rendus à l'évêque, la réutilisation des anciens parchemins du chapitre et cela malgré le travail supplémentaire qui consistait à les faire bouillir ou à les détremper dans la chaux avant de les utiliser. Ausanne avait ainsi à sa disposition nombre de peaux qu'elle entreposait dans de grands paniers d'osier.

Le visage de la jeune Éloïse s'illumina en voyant Ausanne. Les deux sœurs n'étaient plus assez ensemble au gré de la cadette. Ausanne travaillait dur et passait parfois plusieurs jours à la léproserie du Grand-Beaulieu ou dans des bourgs autour de Chartres. Les repas en famille se faisaient rares et la petite regrettait leur complicité d'enfants, le lit partagé et les longues promenades, bras dessus, bras dessous, au bord de l'eau.

– Ausanne, ma douce sœur, tu as l'air en bonne santé, dit Éloïse en posant ses lèvres en guise de salut sur celles de son aînée.

– Oui, mon Éloïse, mais toi comme tu es pâle, damoiselle. Mamma, dit-elle en se tournant vers dame Isolde, vous devriez surveiller ma cadette. Il faut qu'elle sorte et qu'elle mange davantage.

– Je sais, Ausanne, mais essaie de faire entendre raison à ta sœur. Elle est aussi entêtée que toi ! Moi j'y ai renoncé, elle ne pense qu'au tissage. Parle-lui, elle t'écoutera peut-être.

Ausanne s'assit sur un long banc de chêne aux côtés de sa sœur. Dame Isolde s'éloigna discrètement vers la salle commune.

– Tu es jeune, Éloïse, et si jolie. Il faut sortir, va caroler, promène-toi au bord de la rivière, rencontre des galants. C'est le printemps, ma mie, tu dois en profiter, c'est de ton âge.

– Oh Ausanne ! Et toi, si on te demandait de renoncer à ton ouvrage, que ferais-tu ?

– Il ne s'agit pas de cela. Personne ne veut que tu arrêtes, et peut-être rencontreras-tu ainsi un beau tisserand.

– Si je rencontre un homme qui m'emmène loin de mon métier, j'en mourrai.

– Quelles idées passent dans ta jolie tête ! Décidément ma douce, tu travailles trop, il va falloir que je m'occupe davantage de toi.

– Cela, je le veux bien, dit Éloïse avec un sourire

malicieux, en entraînant sa sœur vers l'une des deux longues tables à tréteaux dressées dans la salle commune.

Toute la mesnie, une dizaine d'hommes, de femmes et d'enfants, assis sur des bancs de bois, salua joyeusement l'entrée des deux sœurs.

Les tisserands parlaient haut et fort, leurs femmes hochant la tête d'un air sentencieux. La reine Aliénor était le principal sujet de conversation. On espérait sa visite à Chartres et la mesnie voulait lui faire présent d'une tapisserie.

À l'entrée des chapons dorés à la broche, accompagnés de fèves, un grand silence se fit. Les hommes pour la plupart jeunes et forts, s'étaient jetés sur la viande, tranchant le pain et levant fréquemment leurs gobelets d'étain.

Leur repas pris, les deux sœurs qui avaient plus papoté que prêté attention aux plats, grappillèrent quelques friandises dans le drageoir d'étain offert par l'évêque à la mesnie. Elles s'en allèrent avec leur butin s'asseoir sur le banc de pierre du jardin, serrées l'une contre l'autre, heureuses de se revoir.

– Ausanne, parle-moi de toi, qu'as-tu fait aujourd'hui ? demanda Éloïse, la bouche pleine.

– J'ai rencontré un homme charmant, un Breton du nom de Galeran de Lesneven. En fait, si je veux être exacte, je m'y suis prise à deux fois pour faire sa connaissance, et d'une façon plutôt abrupte, il faut le reconnaître.

– Oh, raconte, sois gentille, dit Éloïse en battant des mains, ravie.

Ausanne s'exécuta et narra ses deux entrevues avec le chevalier.

– Comment est-il ? Est-il beau ?

– Il est grand et mince, je lui arrive à peine à

l'épaule. Quand il te regarde, tu as l'impression gênante qu'il faut tout lui dire et cela même si tu n'as rien à cacher de malhonnête. Son regard descend en toi d'une bien étrange façon.

– De quelle couleur sont ses yeux?

– Ils sont bleus et sa voix est douce, presque tendre, mais... Oh, cela suffit, n'en parlons plus, je ne le reverrai pas. Et ton ouvrage? dit Ausanne sachant que c'était le seul sujet qui puisse faire tout oublier à Éloïse.

– J'ai commencé cette commande de l'évêque voici quatre mois. Je suis contente, j'avance vite, la cathédrale m'inspire, elle fait même mieux que cela, elle m'obsède. Ausanne, ce jeune homme te plairait-il? dit Éloïse revenant à cet autre sujet si passionnant.

– Non, Éloïse, tu sais bien que je n'aime rien tant que la médecine, le reste ne m'intéresse pas.

– Ausanne, ma sœur, ne pourrais-tu oublier le passé et penser enfin à toi? Tu me dis de sortir et de m'amuser, peut-être faudrait-il que tu me montres l'exemple. C'est la première fois, depuis quelques années, que tu me parles d'autre chose que de potions !

– Là, ma mie, tu exagères et puis je n'ai pas le même âge que toi, et je ne désire rien d'autre que la vie que je mène. Oh, vois donc ces petites mésanges, Éloïse, comme elles sont mignonnes, dit Ausanne en essayant encore une fois de changer de conversation.

Les deux oiselets se poursuivaient en piaillant et se livraient à d'invraisemblables acrobaties autour des églantiers en fleur.

Un instant, les deux sœurs les regardèrent puis Ausanne se leva et proposa à Éloïse de cueillir des églantines pour leur mère. Les deux jeunes femmes, après avoir coupé quelques rameaux avec un petit ciseau qu'Eloïse portait à sa ceinture, se dirigèrent vers la maison. Éloïse retourna à son métier et Benoît vint rejoindre Ausanne.

– Ausanne, Ausanne, je peux venir avec toi ? Mamma a dit oui… S'il te plaît, dit Benoît.

La miresse le foudroya du regard :

– Oh toi, tu sais trop bien y faire avec les dames, que ce soit mère, Éloïse, ou moi. Bon, d'accord, mais promets-moi d'être bien sage, j'ai des remèdes à préparer, et tu vas m'aider.

– Je promets de t'obéir, répondit gravement l'enfant.

Puis, tout bas, il ajouta :

– Ma sœur, j'ai trouvé les vêtements du mort.

– Quoi ! Qu'est-ce que tu dis ?

– Tu as bien entendu. J'ai trouvé les vêtements du vieil homme à la rivière.

– Oh non, Benoît, tu m'as menti, tu nous a suivis !

– Ne te fâche pas. Je voulais t'aider. Je t'en prie, Ausanne.

– Bon, et bien maintenant tu vas faire exactement ce que je te dis. Tu restes avec moi, je vais saluer mère et après, nous irons à mon office et je verrai quoi faire de toi.

D'un geste vif, Ausanne attrapa son cadet par la main et l'entraîna avec elle. La miresse salua toute sa famille et retourna embrasser une dernière fois sa cadette.

Sans faire de bruit, pour ne pas la déranger de son ouvrage, elle jeta un bref regard à la tapisserie et écarquilla les yeux.

Le dessin était si précis et si beau qu'on aurait cru une riche enluminure. La cathédrale fourmillait de détails qu'Ausanne n'avait jamais remarqués ou même imaginés. Éloïse qui avait senti la présence de sa sœur, s'était retournée et, rosissant de plaisir, lui avait sauté au cou.

Tout en s'éloignant à grands pas de la maison familiale, Ausanne songeait à son jeune frère et à sa fascination pour les armes et la chevalerie. Elle se souvint des yeux brillants de Benoît pendant les longues veillées où les anciens faisaient des récits de croisade. Et Benoît, les joues en feu, excité, jurant à qui voulait l'entendre que, lui aussi, irait un jour à Jérusalem ou à Antioche !

Il est vrai qu'il ne montrait guère d'aptitude pour le tissage contrairement aux autres enfants de la mesnie. Mais de là à le mêler à une sombre histoire de meurtre !

Benoît suivait sa sœur, en silence, un peu inquiet de voir son visage si grave et sentant bien qu'il était le principal sujet de ses réflexions.

16

Pendant ce temps, Galeran déjeunait rue au Lait avec Hermine et Audouard. Les deux amis passèrent ensuite au jardin. Le jeune homme essayant de distraire le verrier de son humeur sombre.

– Ah Audouard, il faut que je te raconte, j'ai fait une rencontre charmante, ce matin.

– Te connaissant comme je te connais, « l'épithète charmante » doit s'appliquer à une femme, dit son ami, en esquissant un sourire. Elle t'a dit son nom ?

– C'est une femme médecin, elle a pour nom...

– Ausanne, n'en dis pas plus. Tu n'as pas mauvais goût, c'est vrai qu'elle est belle mais inaccessible, même pour un homme de ta qualité.

– Tu la connais donc, mais pourquoi dis-tu cela ?

– Oh, une vieille histoire, tu penses bien qu'une aussi jolie fille qu'Ausanne a toujours eu des prétendants (puis voyant son ami se rembrunir) non ce n'est pas ce que tu crois – un seul avait grâce à ses yeux, son promis, apprenti tailleur de pierre, un jeune garçon plein de talent, qui travaillait sur la cathédrale avant le Grand Incendie de 1134.

– Quel incendie ?

– C'était en septembre, le 5. La ville a quasiment entièrement brûlé, la cathédrale a été très endommagée. Une horreur. Même aujourd'hui les survivants hésitent à en parler.

» À l'époque, Ausanne devait avoir, tout au plus, 14 ans, elle aimait ce jeune homme qui devait, lui-même, en avoir 16. On n'a jamais bien compris comment l'incendie s'était déclaré. Tout de suite Ausanne s'est révélée, malgré son jeune âge, une femme d'action. Avec le courage et la ténacité qui la caractérise, elle s'est occupée des enfants et a aidé à en sauver un bon nombre. Je crois que ce jour-là, elle a vu très exactement quelle était sa vocation. Quant à son promis, il a disparu. On n'a jamais su ce qu'il était devenu. S'il avait péri dans l'incendie ou pris la fuite comme beaucoup, terrorisés par tant d'horreurs, après avoir tout perdu dans les flammes…

– Je comprends mieux certaines de ses paroles, murmura Galeran. Elle m'a avoué avoir vu tant de morts violentes. Et depuis...

– Depuis, onze années ont passé et aucun homme

n'a pu se flatter de percer ses secrets ni d'obtenir autre chose que ses soins dévoués. Ici, elle est respectée et aimée de tous et de toutes. Tu as trop bon goût, mon ami et peu de chances de faire dévier Ausanne de ses propres choix. Je la crois, par certains côtés, aussi têtue que toi.

– Je n'avais nulle intention de la détourner de sa vocation, tu le sais, mais il est vrai qu'elle a su me charmer et ton récit ne fait qu'accroître mon désir de mieux la connaître.

– Ah, mon ami, tu ferais mieux de laisser cette femme tranquille. Elle a beaucoup souffert mais elle a enfin trouvé la paix. Ta compagnie n'est pas forcément bonne pour sa sérénité. Et puis, méfie-toi, ne confonds pas ta quête personnelle et tes rêves avec la réalité. Cette femme-là n'a rien d'un songe, elle est bien ancrée dans la vie et dans son devoir. Elle a déjà mille ans, même si son visage n'en porte que vingt !

– Audouard, tu en parles comme si tu voulais la protéger de moi. Je te promets que je n'ai aucune mauvaise intention à son égard. Elle t'intéresse tant que tu veilles à la garder ainsi ? Tu la connais donc bien ?

– C'est vrai, j'admire cette femme, dit le verrier en détournant la tête… Mais tu es un homme de foi. Et puis, moi j'ai bien trouvé mon bleu, pourquoi toi, tu ne trouverais pas ce que tu recherches avec tant d'ardeur ?

Le verrier se tut un instant, puis reprit :

– À propos, mon ami, il faut que je te dise, on enterre Jérôme, ce jourd'hui à Saint-André. La procession passera par le cloître Notre-Dame afin que nous puissions faire escorte à notre camarade. Il serait bon que tu sois présent. Et si tu y consens, nous irons quérir le maître d'œuvre afin de te faire connaître. Je voulais le faire hier, les événements étaient malheureusement bien loin d'être propices à toute rencontre.

– Tu as, par Dieu raison, Audouard. Je vais, moi aussi, saluer une dernière fois votre compagnon. Et je serai heureux de faire la connaissance de votre maître d'œuvre et de pouvoir, tout comme à Saint-Denis, admirer vos travaux.

Arrivé sur le chantier de la cathédrale, Audouard présenta Galeran à Thiberge de Soissons.

Le maître d'œuvre, en blouse de travail marron et bottes de cuir, avait tout d'un géant. Chauve et de haute stature, les épaules larges, ses grandes mains appuyées sur sa canne de maître, il paraissait comme ancré dans le sol. Mangé par une courte barbe grise, son visage restait beau, bien qu'un peu empâté par les excès de table.

Mais ce qui frappait le plus chez lui, c'était ses petits yeux noirs, attentifs au moindre mouvement comme si l'homme ne pensait qu'à son ouvrage. Il salua Galeran avec cordialité, sa voix sonnant haut et fort :

– Bonjour, messire, maître Audouard me fait dire que vous avez longtemps séjourné sur le chantier de Saint-Denis et que l'abbé Suger compte parmi vos amis. Voici deux bonnes raisons de vous inviter à compter parmi nos hôtes ici à Notre-Dame. Je pense qu'il n'est point besoin de vous dire de bien vous garder. Vous connaissez les dangers propres à ce genre d'endroit et la rigueur nécessaire à la réussite de notre œuvre. J'avoue être particulièrement intransigeant, je tiens plus que jamais à la vie de mes hommes et l'horrible accident d'hier n'a fait que renforcer ce désir.

– Je vous comprends, maître, il est vrai que les malemorts restent toujours trop nombreuses. J'ai vu que vous aviez fait renforcer les galeries et encorder certains compagnons trop exposés. Et puis, sur cette colline, il doit y avoir beaucoup de vent et de redoutables bourrasques.

– Oui, c'est un des nombreux dangers que les hommes affrontent et non des moindres…

Un apprenti qui venait d'être blessé au visage par un éclat de pierre attira l'attention du maître d'œuvre qui s'excusa et quitta précipitamment les deux hommes.

Audouard rejoignit, lui aussi, son équipe laissant Galeran déambuler, apparemment désœuvré.

17

Depuis la veille, le chevalier avait en tête un raisonnement qu'il voulait vérifier. Et pour cela, il lui fallait trouver un « pays », un Breton pour le renseigner. Tant il est vrai qu'on parle toujours mieux entre gens d'un même horizon.

Il observa avec attention le clocher, les échafaudages, les systèmes de levage… Puis se leva, décidé à suivre son idée. Il s'approcha tout d'abord d'un maçon qu'il questionna sans obtenir la réponse qu'il souhaitait. Il recommença son manège un peu plus loin, cette fois avec un tailleur de pierre, avec lequel il eut davantage de succès.

– Des Bretons sur le chantier, pour sûr qu'il y en a. Et même des tas. Surtout des charpentiers d'ailleurs. Tenez en vl'à un, c'lui là c'est un maçon.

Il est pas vraiment commode. Regardez, vous voyez c'est le vieux qui grimpe avec son « oiseau » sur le plan incliné le long du mur, là-bas.

– Son « oiseau » ?

– Ah oui, l'« oiseau », c'est comme ça qu'on appelle les auges à deux manches. Vous voyez, il l'a posée sur les épaules comme des ailes et ça lui permet de grimper son mortier sur les échelles avec une main libre, c'est moins dangereux.

Galeran se dirigea vers l'endroit indiqué. Des maçons maniaient la truelle, calant le mortier que d'autres avaient préparé au sol. Le chevalier attendit que le vieux redescende.

D'après le tailleur de pierre, le maçon était breton comme Galeran et travaillait à Chartres depuis une dizaine d'années. Buriné comme un vieux bois de rivière, la trogne têtue, il écouta le jeune homme en hochant la tête avant de se mettre à répondre, très vite, dans la langue gutturale propre à leur pays.

Galeran continua à le questionner, mais le vieil ouvrier secoua négativement la tête avant de se murer dans un silence obstiné. Sans s'offusquer, Galeran le salua amicalement et partit s'asseoir au sommet d'une réserve de pierres taillées, un peu à l'écart du chantier.

Du haut de ce promontoire, il observait les claies d'osier qui servaient de plancher aux maçons en train de monter les murs de l'édifice.

Il faisait beau, là-haut des ouvriers chantaient à tue-tête, quelques maîtres hurlaient des ordres. Les ciseaux des tailleurs entaillaient le roc, faisant voler de multiples et coupants éclats. Un lourd maillet chuta d'une traverse. À l'autre bout du chantier, deux manœuvres renversèrent leur civière chargée de carreaux de briques et un lourd nuage de poussière stagna un moment au-dessus des hommes en sueur.

Galeran songeait à cet incendie vieux de onze années et à l'étrange destinée qui avait fait d'Ausanne une guérisseuse. Contrairement à beaucoup, qui prétendaient que les rousses étaient filles du diable et portaient malheur, le jeune homme avait toujours été fasciné par leur chevelure flamboyante et leur chair laiteuse.

Sans trop savoir par quel étrange cheminement de pensée, il se revit lui-même, jeune chevalier, son épée souillée du sang de ses adversaires. Il se souvint de son orgueil et de son ardeur au combat. Il revit ces charniers où l'on brûlait les cadavres… Puis, comme l'eau s'écoule, tout se calma et Galeran pensa au corps pitoyable du vieillard étendu sur la berge de l'Eure…

– Messire, messire, dit avec insistance une jeune voix.

Galeran baissa la tête et reconnut Benoît.

– Bien le bonjour, petit frère, que me vaut ta visite en ce lieu ?

– C'est ma sœur qui m'a ordonné de venir vous trouver. Elle est partie à la prévôté et ne peut donc pas m'accompagner sur la berge.

– T'accompagner sur la berge… Pourquoi donc Ausanne veut-elle que je t'accompagne ?

– J'ai trouvé les vêtements, messire, les vêtements du mort, près du vieil enclos des Béguines.

– Ah, je comprends mieux. Je me doutais bien que tu ne resterais pas à fainéanter ou à faire le grimaud. Eh bien allons-y, montre-moi ta découverte et conte-moi donc ton histoire en chemin.

Benoît entraîna Galeran à sa suite, et après avoir longé l'enceinte du Palais comtal, ils descendirent vers l'Eure, en devisant. L'enfant parlait avec excitation de sa découverte :

– J'ai pensé à cet enclos, c'est un coin en friches que nous on aime bien, il n'y a jamais cohue par là. C'est bon pour la pêche, on y trouve des truites et mêmes des vandoises. C'est là que j'ai déniché les vêtements du vieil homme, enfin je crois que c'est à lui… Il y a que les fous ou les morts pour abandonner leurs habits et leurs chaussures, pas vrai ?

Après avoir traversé l'enclos et suivi une étroite sente qui s'étirait au milieu des ronces et des ajoncs, ils empruntèrent la pente rapide qui descendait à la rivière et Benoît montra du doigt une pile de vêtements posée non loin d'un embarcadère vermoulu, recouvert de mousses épaisses et glissantes.

– J'ai rien touché, dit l'enfant.

– Tu as bien fait, répliqua Galeran. (Il regarda autour de lui puis se pencha pour fouiller les habits.) Apparemment, les hommes du prévôt ne sont pas aussi doués que toi, mon jeune ami.

– C'est tous des robins, répliqua l'enfant avec condescendance. Ils ont moins de jugeote qu'un lapereau.

– Il n'y a rien là-dedans. Des braies de bonne qualité, une chainse de toile, des bottes de couleur pourpre un peu usées… Une tenue bien légère pour un vieil homme qui va se baigner par une nuit pluvieuse, si j'en crois ce que m'a dit Audouard. Et il venait d'avoir les fièvres. Non seulement, il n'a même pas pris de quoi s'essuyer mais, en plus, il s'est baigné sous la pluie, un original. Ou du moins, on veut nous faire accroire qu'il était comme ces fous qui se baignent par tous les temps, hiver comme été, et vont même jusqu'à casser la glace !

Galeran fouilla du regard les buissons alentour.

– Que cherchez-vous, messire ?

– Je ne sais, Benoît, quelque chose d'anormal.

– Regardez ce que j'ai encore trouvé, dit celui-ci en ramassant deux cordelettes cachées par les hautes herbes.

– Mets cela avec les vêtements et cherchons de nouveau, dit Galeran qui croyait avoir aperçu une masse claire au milieu des ronces.

Prenant son épée, il taillada les buissons, puis s'approchant, arracha aux mûriers un grand sac de toile de jute.

– Eh bien… Voilà peut-être une autre pièce manquante ! Tout cela me paraît un peu trop facile, ce me semble. Bon, mon ami, essaie de trouver le sergent ou un homme d'armes et amène-le ici.

– Bien, messire, dit l'enfant qui partit en courant.

Galeran s'assit au bord de l'eau, essayant d'imaginer la scène du meurtre. Il prit les cordelettes et les examina.

« Étrange, ce meurtrier qui veut faire croire à un accident. Les vêtements sont soigneusement empilés, les pluies de la nuit ont effacé toutes traces de pas. Et à côté de ça, « on » laisse traîner ces cordelettes et vraisemblablement le sac qui a servi à transporter le corps… »

Le chevalier examina soigneusement le sac de toile et gratta de son ongle une longue traînée sombre incrustée dans les fibres.

Au bout de ce qui lui parut quelques minutes, Benoît était de nouveau là avec un homme du prévôt.

Galeran se leva et dit :

– Ce jeune homme et moi-même pensons que ces vêtements sont ceux que vous cherchez. Où puis-je trouver le prévôt ?

– Il arrive, messire, il a demandé que vous l'attendiez.

Le souffle court, le prévôt apparut à la poterne avec deux de ses hommes et emprunta le petit chemin abrupt pour rejoindre Galeran.

– Décidément, messire, nous sommes faits pour nous rencontrer. Vous dites que vous avez trouvé les vêtements du malheureux ?

– C'est Benoît, le cadet d'Ausanne qui les a déniché.

– Approche, mon garçon, n'aie crainte, dit le prévôt, es-tu sûr de ton fait ? Tu n'as rien touché au moins ?

– Non, messire prévôt, rien, répondit l'enfant intimidé par la grosse voix et l'aspect imposant du personnage. Enfin si, pour dire le vrai, j'ai reconnu les bottes rouges, elles étaient très belles et l'orfèvre les portait tout le temps…

– Tu le connaissais ?

– Je l'avais vu chez ma sœur quand il avait les fièvres.

– Nous avons également trouvé un sac de toile qui a sans doute servi à camoufler le corps, regardez ces taches, on dirait du sang. Et regardez ces cordelettes, messire, dit Galeran. Il y a des nœuds, mais il s'y trouve surtout une coupure très nette, comme si on avait tranché les liens au lieu de prendre le temps de les dénouer.

– Par Dieu, vous avez raison, messire Galeran. Allez, bande de fainéants, on fouille tout et on trouve ! rugit le prévôt manifestement furieux que d'autres que lui ou ses hommes aient découvert ces différents indices. D'autre part, on n'a pas retrouvé les aubergistes. Leur servante a dit qu'ils étaient à la Hanterie. Comme vous voyez, vous nous avez devancés, messire !

Quand Audouard vint le chercher, Galeran était

déjà retourné au chantier et s'était installé non loin de la forge.

– Tu es resté là toute la journée ?

– Pas vraiment, mais je te raconterai. J'ai même appris, chose étonnante, que Chartres possède une confrérie de Haute-Bretagne, sous le patronage de Saint-Malo.

– Oui, c'est exact, nous avons même ici plusieurs excellents charpentiers qui viennent de là-bas. Tu sais, la confrérie est puissante et aussi appréciée du Palais comtal que du chapitre, ce qui est exceptionnel. Elle a même affrété, voici peu, un chariot de pierres de Berchères pour aider à la reconstruction de Notre-Dame.

– Le maçon breton que j'ai interrogé cet après-midi m'a confié qu'ils se réunissaient dans une maison, sise rue de la Bretonnerie.

– Je ne le savais pas, mais je peux t'indiquer où trouver cette rue, par contre.

– Oui, volontiers, car je compte poser quelques questions à mes pays. Et toi, comment s'est passée cette journée ?

– Bien, nous avons posé la première partie de mon vitrail dans sa fenêtre. Si cela te convient, je t'emmène le voir. Par ailleurs, comme tu le sais, il est de rigueur chez nous de fêter chaque étape de la pose d'un vitrail. Nous irons célébrer ça chez Ambroise avec les compagnons. Tu viens avec nous, j'espère.

– Avec plaisir, cela me rappellera nos « beuveries » de Saint-Denis.

– « Beuveries », là, je trouve que tu exagères. Et, en plus, de ma vie, je crois que je ne t'ai jamais vu ivre. Et cela même avec les vaillants compagnons que nous avions à cette heureuse époque !

Audouard guida Galeran vers les échafaudages.

Les deux hommes grimpèrent avec agilité dans les hauteurs jusqu'à une verrière en cours de pose.

Dans les ferrures, deux grands panneaux étaient déjà fixés. Audouard poussa Galeran vers l'intérieur de la façade en construction afin qu'il puisse juger de la qualité de la lumière à travers son vitrail.

Le jour tombait rapidement, une lumière douce irradiait le vitrail, éclaboussant les deux hommes de taches bleutées.

Galeran, fasciné, contempla les premiers panneaux de l'arbre de Jessé, puis regarda Audouard.

– " La lumière est la vérité du monde ", murmura le chevalier. Tu as réussi, Audouard, ce bleu-là, je ne l'ai vu nulle part, même à Saint-Denis. Comment as-tu trouvé ce pigment ? On dit que seuls les saphirs pulvérisés et fondus dans le verre permettent une telle couleur.

– Non, je n'en ai pas utilisé. Ici nous n'avons pas les moyens de l'abbé Suger qui a effectivement avoué avoir broyé des saphirs en abondance pour obtenir sa couleur azur. Encore un point de discorde entre lui et Bernard de Clairvaux.

– Je me souviens d'avoir entendu Suger m'expliquer qu'on jugeait un maître verrier à sa façon de « régler le bleu ». Je commence à lui donner raison. Quand auras-tu fini la pose de ton vitrail ? J'aurais tant aimé le voir avant mon départ. Sinon, je te jure, mon ami, que je reviendrai rien que pour le contempler.

Audouard, ému, serra longuement les mains de son ami.

– Tu es sincère, je le sais.

– Oui, mon ami, répondit Galeran en se reculant un peu pour regarder une dernière fois l'étonnant «

bleu limpide verdissant » inventé par Audouard.

Les deux hommes redescendirent et furent bientôt rejoints par les apprentis verriers et autres compagnons. Le petit groupe se dirigea vers la rôtisserie du Cœur Couronné. Après les paroles d'usage, les ouvriers rendirent hommage à leur maître. Chacun, à son tour, voulait y aller de son éloge. La célébration s'annonçait réussie. Les libations succédaient aux libations. En attendant la bénédiction officielle, le vitrail fut amplement offert à Dieu et surtout à Notre-Dame qui lui assurerait protection ainsi qu'à ceux qui travaillaient pour elle.

Puis les deux amis s'écartèrent un peu du groupe formé par les apprentis et sans résister davantage au fumet du mouton à la broche, s'installèrent à leur table favorite et dînèrent sur place.

– Parle-moi encore de ce chantier, dit tout à coup Galeran. J'aimerais connaître un peu mieux les gens qui travaillent avec toi. Tu m'as déjà dit que la plupart viennent de Saint-Denis comme toi mais ne vois-tu pas quelqu'un qui serait un peu à part de tout cela et dont les motifs d'être sur ce chantier seraient différents des vôtres ?

– Non, je ne vois pas, marmonna Audouard en se prenant la tête dans les mains.

– Pourtant, cette après-midi, le vieux Breton m'a dit qu'un homme singulier vivait sur le chantier et même qu'il y passait ses nuits. Il n'a pas voulu le nommer, mais peut-être le connais-tu ?

– Oui, il est vrai qu'Enguerrand ne quitte jamais la cathédrale et je le connais assez bien. Notre maître d'œuvre utilise d'ailleurs sa présence pour éloigner les goliards ou autres importuns qui se risqueraient sur les lieux à la nuitée pour voler des matériaux. Je ne t'en ai pas parlé, car c'est un homme à part. Il a fait vœu d'isolement. Ses actions et sa vie sont plus pures que les nôtres. Il ne vit que pour Notre-Dame. En fait, je l'ai rencontré à Saint-Denis, où il a travaillé plusieurs années et où il est passé maître.

– Enguerrand, dis-tu, je le connais ?

– Non, je ne crois pas, c'est un maître tailleur de pierre mais il travaille en solitaire. Sauf en de très rares occasions, il ne supporte pas d'être mêlé aux autres, il n'a pas même un apprenti ! Seul Thiberge, et encore pour les besoins du métier, trouve grâce à ses yeux. Il ne fréquente personne... Je le vois mal en destructeur. C'est tout le contraire, il s'est donné à Notre-Dame. Il est tombé en passion pour elle. Notre maître d'œuvre l'estime beaucoup. C'est un artiste extraordinaire, les pierres qu'il touche prennent vie et il faut reconnaître que ses statues ne sont semblables à aucune autre !

– Pour toi donc, rien de ce côté, la vie de cet homme me paraît pourtant assez étonnante. Et notre vaillant maître d'œuvre, tu ne trouves rien d'étrange dans ses agissements, j'imagine ?

– Un homme irréprochable, lui aussi, muni de hautes recommandations. Tu l'as vu, il ne vit que par son chantier. Non, je ne sais que te dire.

– A-t-on retrouvé le soi-disant ami de Jérôme ?

– Non, on ne sait toujours pas de qui il s'agit. Le prévôt a l'air de penser que cette chute est un accident et rien d'autre. Peut-être a-t-il raison ? Je vais essayer d'en reparler à Thiberge de Soissons demain, s'il m'apprend quelque chose de nouveau, je t'en ferais état.

– Et dis-moi, Audouard, tu m'as bien conté qu'ici il avait plu une partie de la nuit, la veille de mon arrivée ?

– Oui, pourquoi ?

– C'est vrai, avec cette présentation de ton vitrail

et sa célébration, j'en ai oublié de te raconter mon après-midi. Le cadet d'Ausanne, tu sais, le petit de l'autre jour, a retrouvé près de l'Eure les vêtements du noyé. Mais je n'arrive pas à trouver normal qu'un homme de cet âge se baigne par un tel temps, sans même emporter de quoi s'essuyer. Et comme pour me conforter dans mon opinion, en plus des vêtements, nous avons mis la main sur un sac avec des traces de sang, assez grand pour contenir un corps humain…

– Mon Dieu, ce pauvre homme aurait donc été…

– Assassiné, Audouard, bel et bien assassiné, mais par quelqu'un qui, voulant faire croire à un accident, a pourtant laissé de multiples preuves de son forfait. Il y a là quelque chose que je ne m'explique pas.

Le couvre-feu retentit. Ambroise s'empressa de pousser les derniers convives vers la sortie et salua les deux hommes.

– Tenez, messires, prenez ces flambeaux et dépêchez-vous, il est bien tard. Avec ce pauvre cascaret qu'on a trouvé à la rivière, il fait pas bon traîner dans les ruelles. Les gens d'armes sont nerveux.

Non loin de la rôtisserie, ils croisèrent une patrouille d'hommes d'armes. Le sergent les salua.

– Bonsoir, messeigneurs, vous voilà bien tardifs.

– Oui-da, je fête la venue dans notre bonne ville de mon ami, ici présent.

– Bienvenue à Chartres, messire, mais rentrez vite. On ne reste pas dans les ruelles après le couvre-feu, les chaînes sont mises, le prévôt n'aime pas le désordre dans sa ville. Bien le bonsoir. En avant, vous autres.

La patrouille s'éloigna. Le silence retomba. Un chien errant se jeta dans leurs jambes, en quête de compagnie pour la nuit. Nos amis se dépêchèrent de regagner la rue au Lait.

18

La nuit était tombée sur le grand chantier, enfin silencieux.

L'aquilon, un vent du nord glacial, s'était levé avec force, se déchaînant et sifflant autour de Notre-Dame, faisant grincer les boiseries et mettant à rude épreuve les légères passerelles et les échafaudages.

La lune, voilée par les nuages, éclairait faiblement le sol, projetant de grandes ombres rapides sur les sculptures aux masques inquiétants.

Un bruit sourd, comme celui d'un marteau ou d'une cognée enveloppée dans un linge, retentit dans les hauteurs.

Une faible lueur scintillait à l'intérieur de l'édifice. Le bruit se tut. Celui qui œuvrait là-haut n'avait pas envie d'être surpris à sa besogne.

Non loin de là, dans une rue voisine, et malgré l'heure tardive, un flambeau s'alluma à la porte d'une demeure. L'homme, apparemment un habitué, se dirigea sans hésiter vers le chantier.

Il marchait en silence, s'arrêtait, écoutait à nouveau, puis repartait.

Le bruit avait repris avec régularité comme si l'on s'acharnait sur quelque chose. Les chocs devenaient de plus en plus violents. On entendait maintenant des craquements sinistres. Puis, tout à coup, un grand fracas de verre brisé retentit.

À présent, dans la rue, l'homme courait. La petite lumière qui palpitait derrière les verrières s'était éteinte, comme soufflée par quelque vent pervers. Le silence retomba sur le chantier.

Enfin, l'homme s'arrêta net et leva au-dessus de lui la clarté de son flambeau. Un tas de débris gisait à ses pieds et la lueur de sa torche y allumait mille reflets scintillants. Comme en proie à quelque puissant maléfice, l'homme tomba à genoux, puis glissa sur le côté, évanoui.

19

Pensive, Ausanne songeait au chevalier. L'attraction qu'il exerçait sur elle, avait, chose étrange, réveillé d'anciennes douleurs qui gisaient endormies dans les replis de son âme. Ne trouvant pas le repos, elle se leva et, allumant une chandelle, se dirigea vers son établi de travail.

Saisissant un long couteau qu'elle aiguisa sur une pierre, elle se mit à découper des écorces de saule argenté. Remède souverain contre les rhumatismes et les fièvres, elle avait promis d'en porter à une vieille amie de sa mère dans la matinée.

La lame tranchait avec force dans l'écorce. La jeune femme travaillait vite, emplissant une petite jarre de terre avec les lanières. La lueur de la bougie éclairait son visage tendu, les lèvres serrées et les yeux à demi clos par la concentration.

Des petits coups contre la porte de la rue firent sursauter la miresse. Gardant son arme improvisée cachée dans son dos, elle se dirigea à pas de loup vers la porte, hésita un instant puis ouvrit brutalement.

Comme tous les soirs, et cela faisait des mois que cela durait, il n'y avait personne. Sur le seuil, voletaient les pétales de fleurs écarlates.

– Reviens, qui que tu sois, reviens, cria la jeune femme.

Elle se baissa et ramassa un pétale puis, effrayée par sa propre imprudence, repoussa vivement le battant et mit la lourde barre.

La main pressée sur son sein pour calmer les battements désordonnés de son cœur, elle reprit sa bougie et retourna se coucher. Elle commençait à avoir vraiment peur de ces visites nocturnes et de ces mystérieuses offrandes déposées ainsi, chaque nuit, sur le pas de sa porte.

Elle n'avait jamais réussi à voir qui ou quoi que ce soit dans la ruelle obscure, seul un halètement inquiétant, presque une plainte précédait parfois le grattement sur le chêne de la porte.

Ausanne glissa sa lame sous son oreiller et souffla sa chandelle. Le sommeil la prit, le pétale froissé entre ses doigts.

“ ...Un rejeton sort de la souche de Jessé,
un surgeon pousse de ses racines...
Sa parole est le bâton qui frappe le violent,
Le souffle de ses lèvres fait mourir le méchant.
Justice est le pagne de ses reins,
Loyauté la ceinture de ses hanches...

Non, Dieu, ton bâton ne m'a pas frôlé,
non, je ne suis pas mort, pas encore,
car j'ai bu le vin de ma colère...
Oh ! ma mère, prends pitié de ton fils.
Je détruirai tout ce qui rappelle ta mort...
Il a emprisonné le bleu du ciel
dans le fluide de son verre...
Je le libérerai de la pierre,
Ce bleu ne sera plus jamais offert aux hommes...
Jamais ! ”

Troisième partie

« Si tu ne te connais pas, sors. »
Cant. I,8.

20

La taverne du Rovin Vignon avait deux étages et se trouvait ainsi un peu plus élevée que les maisons voisines.

Au rez-de-chaussée, il y avait le débit de boissons, une grande arrière-salle et une cuisine. Une trappe ouvrant sur la rue permettait de descendre, dans la cave en dessous, où reposaient les tonneaux de vin. La chambre des aubergistes occupait la plus grande partie du premier étage. De là, enfin, un escalier escarpé comme une échelle, menait à deux chambres mansardées et à une salle commune destinée aux pèlerins et voyageurs peu fortunés.

Il était grand matin et l'angélus n'avait pas encore sonné que déjà la Doëtte balayait les moindres recoins de la taverne, poussant les jonchées flétries de la veille vers la cheminée.

Elle se dépêcha d'aller quérir dans un grand panier d'osier, des brassées de thym et de sauge qu'elle éparpilla sur le sol, à même la terre battue.

En entendant du bruit à l'étage, elle retourna en hâte à la cheminée pour attiser les braises recouvertes de cendres et jeter un fagot sous le lourd chaudron rempli d'eau, pendu dans l'âtre.

Avec un soupir de soulagement, elle vit les minces branchages s'enflammer d'un seul coup. Il ne lui restait plus qu'à sortir du garde-manger une miche de pain noir, du fromage, de la saucisse sèche et du lait de chèvre et à déposer le tout sur une longue table près de la porte de la taverne.

La Doëtte avait 14 ans et en paraissait à peine plus de dix. Elle ressemblait à un petit animal inquiet, affligé d'un tremblement perpétuel. La fatigue et la peur marquaient déjà sa jeune figure mal débarbouillée, dessinant de vilains cernes sous ses yeux.

Deux mois plus tôt, elle avait cru mourir, tout ça à cause d'un vieux pot de terre qu'elle avait cassé par mégarde. Sa maîtresse s'était jetée sur elle, un jonc coupant à la main, l'avait empoignée par les cheveux et traînée de force à la cave. Là, malgré les cris et les supplications de la petite, elle l'avait fouettée jusqu'à s'en fatiguer le bras.

C'était l'aubergiste qui, en allant tirer une chope fraîche au tonneau, l'avait trouvée, étendue sans connaissance, couverte de sang et de vomissures.

Il l'avait enveloppée dans une vieille pelisse et portée en hâte au logis d'Ausanne, rue Percheronne.

La miresse n'avait pas été dupe des explications embarrassées du tavernier. Après avoir lavé le petit corps meurtri, elle s'était tournée vers l'homme, le toisant avec indignation :

– Maître Jehan, vous et votre femme avez le droit de châtier votre servante, mais pas celui de la tuer ! Si jamais vous recommencez à la battre de cette façon, je serai obligée d'en parler à notre prévôt… et maintenant sortez !

Dame Ausanne avait gardé la petite chez elle pendant quatre jours, tant qu'elle avait eu la fièvre.

« Quatre bons jours, songeait Doëtte, des jours comme au Paradis… » Et puis, elle avait retrouvé l'Enfer.

Fort heureusement, depuis cette mise en garde, la femme de l'aubergiste ne la battait plus mais Doëtte restait méfiante et évitait de se trouver seule avec elle. Depuis bientôt trois mois qu'elle avait pris son service à l'auberge du Rovin Vignon, elle avait eu le temps de comprendre pourquoi tant de servantes s'y étaient succédé. Au début, la jeune fille croyait naïvement que les autres ne faisaient pas correctement leur ouvrage. Mais les gifles et les humiliations infligées par sa maîtresse lui avaient rapidement appris que la méchante humeur de celle-ci était seule responsable du départ de tous ses serviteurs.

La jeune Doëtte avait, elle aussi, plusieurs fois songé à partir mais elle avait besoin de ce travail à l'auberge. Sa mère était vieille et les quelques sous qu'elle gagnait permettaient à la gamine de lui porter chaque jour un peu de légumes, du pain, voire les jours fastes, du lard ou de la saucisse.

– Doëtte, appela l'homme, ta maîtresse veut l'eau de sa toilette, dépêche-toi. As-tu préparé mon déjeuner ?

– Oui, maître, tout est prêt, je monte.

La jeune fille versa l'eau chaude dans un grand broc de terre qu'elle porta à l'étage. Elle frappa à la porte de la chambre.

– Entre, répondit une voix douce.

– Bonjour maîtresse, salua Doëtte, en allant vers le lit garni de pelisses où reposait la femme de l'aubergiste. Je vous apporte de l'eau tiède pour votre toilette.

La femme était assise, son buste nu se détachant sur un amas de coussins garance.

– As-tu été voir la vieille de la rivière pour chercher mon onguent ainsi que je te l'ai demandé ?

– Oui, ma maîtresse, le voici.

La Doëtte sortit de son aumônière un petit pot de terre scellé d'un cachet de cire. La femme s'en empara, fit sauter le bouchon d'un coup sec et huma avec délice la préparation, mélange d'huiles de romarin, de genévrier, de sarriette et de mélisse que la vieille élaborait pour elle.

– Raconte-moi, dit-elle.

– Oui, maîtresse. Je suis allée aux Vieux Fossés, hier soir, avant de visiter ma mère. La vieille n'était pas devant sa cahute et comme j'avais trop peur pour entrer, j'ai attendu près du saule. Elle est arrivée dans une vieille barge qu'elle a cachée dans les hautes herbes.

– Je sais, la Doëtte, je sais tout cela, continue.

– Vous ne savez pas comment elle fait peur cette femme. Je lui ai jeté la bourse pour ne pas la toucher. Elle l'a prise puis elle est rentrée chez elle chercher votre pot ainsi qu'elle le fait toujours. Elle l'a posé sur le pas de sa porte avant de s'enfermer. Voilà c'est tout, je suis partie en courant car il commençait à faire bien sombre et il y a loin des Vieux Fossés à chez moi.

Tout en parlant, elle vidait l'eau chaude dans un bassin de toilette posé sur des nattes à même le sol de la chambre, puis alla quérir une longue chemise de lin blanc pour sa maîtresse.

La jeune femme se décida à sortir du lit. Elle écarta draps et courtepointes découvrant un corps blanc et soigneusement épilé.

C'était une créature à l'air à la fois rusé et candide. Elle avait des membres graciles, des seins menus et haut placés, des hanches larges. Avec son petit nez droit et ses yeux un peu globuleux, elle faisait vaguement penser à la statue d'Ève la pêcheresse, telle que l'avait sculptée Gislebertus au portail de la cathédrale Saint-Lazare d'Autun.

Comme dans un rituel mille fois répété, elle enjamba le petit rebord du bassin de toilette et se tint debout en son centre.

Prenant l'huile parfumée fabriquée par la vieille sorcière, Doëtte enduisait soigneusement sa maîtresse. Partant de la nuque, elle massa les reins, la poitrine et le petit ventre rond de la jeune femme. Celle-ci se laissait faire et s'étirait comme un chat sous les doigts qui pétrissaient sa peau.

Doëtte trempa ensuite un linge dans le broc afin de laver le visage de la femme puis elle versa doucement le reste de l'eau tiède sur le corps parfumé. Une fois celle-ci sortie du bassin, elle saisit une serviette et la frotta avec vigueur. La femme passa la chemise de lin que lui tendait la servante, s'assit au bord de son lit et dénoua ses longues nattes. Prenant un peigne, Doëtte se plaça derrière elle et démêla longuement l'épaisse chevelure brune. Soudain nerveuse, sa maîtresse la repoussa et lui dit sèchement :

– Cela suffit comme ça, tu m'agaces ! Maintenant, laisse-moi, dit la femme en la chassant, et demande à mon mari de monter me voir.

L'aubergiste prévenu par la petite servante, avala prestement le reste de son déjeuner et se pressa d'aller rejoindre sa femme.

Il la salua puis s'approcha et se tint devant elle, le regard brillant.

– Que tu es belle, Mahaut. Que veux-tu de moi, ma femme ?

– Je voudrais que tu nous débarrasses de cette servante, je la déteste. Ses manières fausses me déplaisent et sa façon de te regarder, aussi.

La voix de Mahaut était douce, mais le ton sans

réplique.

– Elle travaille dur, tu sais. C'est la meilleure servante que nous ayons eue, essaya de plaider l'aubergiste.

– Je n'en veux plus, je n'ai aucune confiance en elle. Elle finira par médire de nous comme les précédentes.

– Pourquoi veux-tu qu'elle médise ? Même si elle ne nous aime pas, elle n'a aucun intérêt à nous nuire. Elle a besoin de ce que nous lui donnons pour nourrir sa mère, tu le sais.

– Jehan, tu veux donc me déplaire ? Tu n'as donc pas tout ce que tu désires avec moi ?

La chemise dégrafée laissait voir sa gorge ronde. L'homme posa sa grosse main sur l'épaule de sa femme.

– Non, dit-il, la voix rauque. Jamais, tu entends, jamais par Dieu, je ne veux te déplaire.

La femme sourit, découvrant deux rangées de petites dents très blanches et exagérément pointues :

– C'est ainsi que je t'aime, mon époux, dit-elle en passant ses bras autour du cou puissant de l'homme.

Celui-ci écarta avec impatience les bras qui voulaient l'enlacer, saisit la femme par la taille la souleva et la jeta de force sur le lit. Il troussa la chemise, écarta les longues cuisses blanches et se coucha sur sa femme, cherchant son plaisir. Mahaut gémit sous l'homme qui la pénétrait brutalement. Une fine sueur mouilla ses tempes, ses yeux indifférents contemplaient les poutres du plafond…

21

Tôt parti de chez Audouard ce matin-là, Galeran s'enquit du logis de dame Ausanne. Deux ou trois questions à des passants suffirent à l'orienter dans la ville. Tout le monde à Chartres paraissait connaître la demeure de la jeune femme.

Située rue Percheronne, à l'intérieur du cloître Notre-Dame, c'était une petite maison basse entièrement construite en bois, qui faisait face aux murs du nouvel Hôtel-Dieu. C'était là que la jeune miresse vivait et recevait, quand elle n'était pas en visite, ses nombreux patients. De part et d'autre de la maisonnette, s'étendait un joli potager ceint d'une barrière en joncs tressés. Au milieu d'un foisonnement de légumes, de fleurs et d'herbes de santé, deux vieux pommiers aux troncs noueux abritaient dans leurs ramures une nichée de tourterelles.

Le volet de l'unique fenêtre était grand ouvert laissant pénétrer le soleil. Un gros chat blanc faisait sa toilette avec application perché sur le rebord. Galeran s'approcha et ne voulant pas commettre d'indiscrétion, frappa trois coups légers au heurtoir de la vieille porte.

Ausanne s'accouda à la fenêtre et, tout en caressant l'animal, salua Galeran :

– Bonjour, messire, quelle surprise de vous voir ici. Vous me cherchez, auriez-vous quelque insomnie ou bien seriez-vous malade ?

– Bonjour, dit Galeran dont le visage s'éclaira si visiblement à la vue d'Ausanne que celle-ci ne put s'empêcher de sourire. Pour répondre à votre question, j'aime à me lever tôt. Encore plus, quand je sais que c'est pour vous voir ! Et, bien que je ne sois pas malade, vous remplaceriez avantageusement le dernier médecin qui m'a examiné. Un vieillard édenté, sentant plus le mauvais vin que la potion!

– Oh, messire Galeran, n'empruntons pas ce dangereux chemin. Restons, si vous le voulez bien, sur un terrain plus solide. Je ne suis pas femme à perdre mon temps en badinage. Que puis-je pour vous? Et puis, dites-moi, pour quelqu'un qui ne connaît pas notre bonne cité, vous avez eu tôt fait de trouver mon logis, ajouta la jeune femme en plantant ses beaux yeux dans ceux du chevalier.

– Savez-vous, ma dame, que vous êtes aussi renommée que les meilleures enseignes de cette ville. Il suffit pour vous trouver de questionner, au hasard des rues, les passants. Ne prenez pas un air si sévère et faisons la paix. Pardonnez-moi si je vous ai offensée en venant vous voir ainsi, telle n'était pas mon intention. Puis-je entrer, je vous prie, j'ai besoin de vous entretenir de la mort de ce pauvre homme trouvé dans la rivière. Un peu de tranquillité serait propice à notre conversation, croyez-moi.

Après une courte hésitation, Ausanne esquissa un vague sourire.

– Bien, messire, j'accepte votre trêve. Patientez un instant.

Le bruit d'un barre qui glisse et la jeune femme entrouvrit le vieux battant de chêne.

– Vous vous barricadez? Je ne vous pensais pas si craintive. D'après Audouard, les gens d'ici laissent souvent leurs portes ouvertes la nuit tombée.

– Oui, c'est vérité. Normalement, je fais de même, répondit la jeune femme mal à l'aise, en s'effaçant pour laisser passer le chevalier.

L'unique pièce de la maisonnette, une grande salle basse, servait à la fois de lieu de travail pendant le jour et de chambre le soir. Par une petite porte située au fond, on pouvait apercevoir l'arrière-cour avec un four à pain et un petit cabanon de bois qui recelait les latrines et les baquets et bassins nécessaires à la toilette et au bain. Des jonchées de thym, de verveine et de sauge parsemaient la terre battue. Leur odeur puissante emplissait la pièce ; ce matin-là, cela sentait le sous-bois, les feuillages écrasés, l'écorce et les fleurs sauvages…

Mais ce qui surprenait le plus, à peine passé le seuil, c'était un étonnant chatoiement de couleurs vibrant au plafond.

Sous chaque poutre se balançait une multitude de bouquets de plantes séchées. Jaune de l'arnica et de la chélidoine, orange de la carthame, bleu du lin, de la chicorée et du bleuet, pourpre de la digitale, violine de l'hysope et de la mauve… toutes les teintes se retrouvaient là, créant une sorte de dais végétal au ciel de la pièce.

Au milieu de la salle, sur une longue table, s'alignaient des écuelles, des pots et des coupelles de terre. Une jarre hébergeait de fines lanières d'écorces. À l'autre extrémité, un tamis était couvert de millepertuis cueillis avant le soleil levé et encore humides de rosée. Une balance cliquetait au-dessus du plan de travail et un gros mortier de pierre occupait un des angles de la pièce.

Deux grands bancs et des tabourets pliants permettaient de s'asseoir près d'un petit brasero, monté sur roues, qui servait à la fois à chauffer la salle et à préparer les remèdes.

Sur un établi, poussé contre le mur, reposait une écritoire où, chaque soir, Ausanne notait ses observations. Des dizaines de rouleaux de vélins soigneusement rangés, emplissaient des casiers fixés au mur.

La jeune femme avait installé son lieu de repos dans le coin le plus reculé de la maison, derrière une simple tenture de toile.

Il y avait là, près d'une cheminée, un lit étroit recouvert d'une courtepointe à damiers verts et rouges et un grand coffre mal raboté. Tout à côté, une crédence sculptée supportant une aiguière d'argent, un petit coffret incrusté d'ivoire et un joli miroir d'étain surprenaient dans cet intérieur d'une grande simplicité.

– Vous regardez ma crédence, elle est belle n'est-ce pas ? Tout ceci provient d'un riche malade dont je ne voulais pas accepter le somptueux paiement. Alors il m'a offert ce meuble et ces objets en remerciement mais ce n'est pas ce que je préfère.

Elle tendit, d'un geste spontané à Galeran, une fine coupe en bois.

– Regardez comme elle est étonnante. C'est un malade qui n'avait rien pour payer mes soins, qui m'en a fait présent.

Creusée dans un bois fruitier, la coupelle s'ornait d'un étrange animal qui se lovait autour d'elle. La tête dressée comme une anse était celle d'un rapace, les mamelles, celles d'une femme et le corps celui d'un dragon aux ailes déployées.

– C'est un très beau travail et surprenant… cette maison aussi d'ailleurs. Tout comme vous, dame Ausanne. Cette écritoire et ces parchemins, si ce n'est pas une indiscrétion, qu'y consignez-vous ?

– Mes observations sur les malades, les recettes de quelques remèdes… Mais vous vouliez me parler, dit la jeune femme qui apparemment ne souhaitait pas donner à la conversation un tour familier.

Galeran le sentit, et reposant la coupe, recula de quelques pas.

– Pardonnez-moi, ma dame, je me suis éloigné du but de ma visite. J'avais cru comprendre que vous connaissiez les aubergistes de la rue Fulbert ?

– Je ne les connais pas vraiment c'est surtout leur jeune servante, Doëtte que j'ai eu l'occasion de soigner.

– Elle était malade ?

– Que non pas, l'aubergiste me l'avait amenée évanouie et le corps en sang. Sa maîtresse l'avait tant battue que la pauvrette aurait pu en mourir. C'est une gamine à la santé fragile et elle s'était pris au moins une vingtaine de coups de fouet. Ce soir-là, j'ai juré à l'aubergiste de le dénoncer au prévôt si cela se reproduisait. J'ai dû garder la pauvrette avec moi pendant quelques jours, car je craignais pour sa vie. Depuis, ils se sont tenus tranquilles mais cela vous explique mon peu d'estime pour eux.

– Pourquoi ont-ils fouetté cette enfant ?

– D'après Doëtte, uniquement pour une maladresse. Un plat de terre qu'elle a laissé tomber sur le sol. Je déteste cette femme, s'exclama la jeune miresse d'un ton haineux, c'est une garce !

– Calmez-vous, dame Ausanne ! Vous avez fait tout ce qui était en votre pouvoir et nous pourrons toujours en glisser un mot au prévôt si nous allons dîner à sa table. Dites-moi, quelqu'un peut-il me renseigner sur ces aubergistes ? Ils sont de la région ?

– Non, je ne crois pas. Nous autres, ici, les connaissons mal. Ils se sont installés depuis trop peu de temps et ne recherchent d'autre compagnie que la leur. Pourtant, ils ont été bien acceptés par la guilde, ils paient les taxes et vont régulièrement aux offices. Lui s'appelle Jehan de Toulouse et elle Mahaut. D'après la Doëtte, dame Mahaut ne fait que s'acheter toilettes et garder la chambre en attendant que son mari la vienne visiter. L'aubergiste doit avoir du bien de réserve. Ce n'est pas avec le revenu de sa table qu'il pourrait ainsi mignoter sa femme. Il y a un peu plus d'un an que ce Jehan a repris l'auberge à l'ancien propriétaire, un vieux Chartrain celui-là. D'après ce dernier, il n'a même pas marchandé le prix ! Quant à Mahaut, malgré qu'elle soit toujours habillée comme une grande dame et ne montre son visage à personne, d'aucuns disent, qu'en réalité, c'est la fille de la vieille de la rivière qui serait revenue.

– La vieille de la rivière ?

– Oui, c'est une drôle d'histoire. Asseyez-vous, messire, et excusez ma nervosité, j'ai assez peu dormi cette nuit, dit Ausanne en tendant un escabeau au chevalier. La vieille est une drôle de bonne femme un peu sorcière qui vit près des Vieux Fossés.

– Les Vieux Fossés ?

– Voici bien longtemps, les Chartrains ont détourné l'Eure pour irriguer de jeunes plantations. Depuis c'est devenu les Vieux Fossés. La vieille vit là dans une masure au bord de l'eau. Elle prend un malin plaisir à effrayer son monde, mais ce n'est pas une mauvaise femme. Elle possède des mains de guérisseuse et il n'y en a pas deux comme elle pour remettre en place une épaule déboîtée. Donne-t-elle aussi facilement la mort que la vie ? Les mauvaises langues le disent, mais je ne les crois pas. Il m'arrive parfois de lui demander de me cueillir du peigne de loup, de l'oreille du diable ou de l'herbe au charpentier. Elle n'a pas son pareil pour trouver ces plantes d'eau. « Dans le temps, on la disait si belle qu'un seigneur de Blois l'a aimée et lui a donnée une bâtarde. L'enfançon était jolie et le seigneur l'a prise avec lui en son château. D'après les commères, il aurait même bien, tant il était ferré, emmené la mère avec, si elle l'avait voulu. Seulement voilà, quelques années plus tard, le seigneur est revenu, ramenant la fillette. Il paraît qu'il l'a jetée bas de son cheval devant la masure et qu'il est reparti à un train d'enfer. Trois années ont passé, la gamine vivait avec sa mère comme une sauvageonne, et puis cela a été au tour de la vieille de chasser l'enfant. Personne n'a jamais su pourquoi et personne n'a jamais revu la petite.

– Étrange, que ni son père ni sa mère n'aient voulu la garder. Et pourquoi croit-on que cette Mahaut est la fille de la vieille ?

– Pour certains qui ont bien connu l'enfant, Mahaut lui ressemble. Mais elle n'avait que 10 ans quand elle est partie. Par contre, Doëtte m'a conté que sa maîtresse l'envoyait souvent chez la vieille chercher des onguents, ce qui d'ailleurs n'a rien d'étonnant. Malgré leurs réticences beaucoup de Chartraines savent que cette pauvre femme connaît les herbes et prépare d'excellentes pommades. Le plus bizarre, c'est que d'après la petite, à chaque fois Mahaut exige le récit de la visite et semble connaître les lieux alors qu'elle ne quitte jamais la haute ville.

– Bien. Ausanne, voulez-vous m'aider ? Il vous faudrait m'accompagner à l'auberge, je désirerais poser quelques questions à la Doëtte, avant que le prévôt ne l'interroge et ne la terrorise avec ses manières d'ours mal léché.

– Quel genre de questions désirez-vous lui poser ?

– D'abord, j'aimerais en savoir un peu plus sur ce charmant couple, si c'est possible. Ensuite, le défunt, d'après ses apprentis, a disparu avec tout son avoir, des pierres précieuses. Je voudrais en retrouver la trace. D'ailleurs, dame Ausanne, si vous consentez à y répondre, j'ai aussi une question à vous poser. Vous dites avoir soigné cet homme, c'était la première fois que vous le rencontriez ?

– Oui… enfin non. C'est la première fois qu'il venait me demander remèdes mais j'avais l'impression de l'avoir déjà vu. Doëtte en saura certainement plus sur lui que moi-même.

– Certes et connaissez-vous son nom ?

– Il me l'a dit mais je ne m'en souviens pas. Il était originaire de Champagne, c'est tout ce dont je me souviens. Mais en avez-vous fini avec toutes ces questions ou bien dois-je renoncer à faire mon office ce jourd'hui ? ajouta la jeune femme avec une certaine impatience.

– Juste une dernière question, si vous le voulez bien, répondit Galeran sans paraître remarquer le mouvement d'humeur de la jeune miresse. Quel a été le résultat de l'examen du cadavre ? Auriez-vous changé d'avis sur l'origine de la mort ?

– Que non pas, je reste persuadée qu'il a bel et bien été assassiné. On a fracassé le crâne de ce malheureux avec une rare violence et vu l'état du corps, sa mort remonte plutôt à la nuit du dimanche au lundi.

– Savez-vous, dame Ausanne, que j'ai rarement vu quelqu'un d'aussi jeune être aussi sûr de soi. Vous avez plus de rigueur et de finesse que bien des vieux mires.

– Arrêtez, messire, de me servir ces compliments que je ne mérite pas. Quand on habite près d'une rivière, ces sortes de mort par noyade sont assez fréquentes. La plupart du temps, bien sûr, ce sont des accidents, mais il arrive aussi que nous repêchions des gens qui se sont donné la mort. Et puis, je ne suis plus si jeune et cela fait déjà longtemps que j'exerce… Maintenant, messire, je ne veux vous chasser mais il se fait tard et j'ai de nombreuses visites à faire. Si cela ne vous ennuie pas, allons voir la petite Doëtte sans plus attendre.

Sans prêter davantage attention au chevalier, la jeune femme saisit sa trousse ainsi qu'un panier en osier et ouvrit la porte. Le chevalier lui emboîta le pas en silence.

22

À l'auberge du Rovin Vignon, les patrons étaient sortis, mandés par les hommes du prévôt. Ils avaient laissé à leur servante le soin de s'occuper des rares clients matinaux.

– Bonjour, Doëtte, dit gentiment Ausanne en embrassant la jeunette sur les joues et en lui tendant son panier d'osier. Tiens, prends ceci, c'est pour toi et ta maman, ce sont les herbes à tisanes que vous aimez si fort. Comment vas-tu ? Tu es seule ce matin ?

– Oui, damoiselle, je vais bien merci. Vous me gâtez trop. Ma mère et moi prions Notre-Dame tous les jours pour qu'elle vous garde en sa protection. Ici, ils sont tous sortis. Lc Jchan m'a confié l'auberge. Même nos deux derniers clients, les apprentis du joaillier sont dehors. Le Geoffroy est venu les chercher pour les mener ensemble auprès du prévôt. C'est cause à la mort du vieil Ogier à la rivière.

– Je te présente messire Galeran de Lesneven, de passage chez nous. Il désirerait te poser quelques questions.

– Bien damoiselle, dit la petite en baissant les yeux.

– Doëtte, tu as dit Ogier, c'était le nom du vieux joaillier? demanda doucement le chevalier.

– Oui, messire, Ogier de Reims, c'est comme ça qu'il s'appelait.

– Est-ce que les hommes du prévôt ont déjà visité la chambre d'Ogier?

– Que non messire, pas que je sache.

– Alors Doëtte, avant toute chose, accorde-moi une faveur, veux-tu m'y conduire? Il faut que je vois si nous y pouvons trouver quelque indice.

– Je ne sais si je dois, répondit la petite en coulant un regard interrogateur vers Ausanne.

– N'aie crainte, dit celle-ci, je vais faire le guet pendant que tu feras visiter. Ainsi, nous ne serons pas surpris par le retour de tes maîtres.

Doëtte rougit et accepta. Elle conduisit Galeran à l'étage et ouvrit une porte menant à une petite chambre proprette sous les toits.

Par le volet entrouvert, passait un étroit rayon de soleil. À part un lit couvert de pelisses, il n'y avait là qu'un coffre empli de vêtements sur lequel était posé un bassin pour la toilette. Un confortable mantel de voyage et une vieille besace pendaient, accrochés à un clou.

– Le vieil Ogier y sortait jamais sans son mantel, dit la servante en désignant le vêtement du doigt. Qu'il fasse chaud ou froid, pluie ou soleil, le vieux le mettait. C'était un cadeau de sa défunte femme, il y tenait beaucoup.

Galeran hocha la tête et se dirigea vers la petite fenêtre dont il écarta complètement le volet. Le vent pénétra en sifflant dans la chambre. Face à l'embrasure se dressait, majestueuse, la cathédrale.

De la chambrette du joaillier, on apercevait tout le chantier. Galeran n'avait pas, jusque-là, réalisé à quel point l'auberge était proche de Notre-Dame. Le chevalier crut même reconnaître la haute silhouette de son ami Audouard parmi les ouvriers qui s'activaient au pied de l'édifice.

Il resta un long moment songeur, à regarder par la fenêtre, pensant à la chute de Jérôme, là juste en face et à la mort d'Ogier... Comme à regret, le chevalier s'arracha au spectacle du chantier et commença à fouiller la chambre. N'ayant rien trouvé dans la malle, il souleva en vain la paillasse et les coussins. Enfin, il ouvrit la sacoche de cuir, cherchant en vain les pierres du joaillier. Le sac ne contenait qu'un nécessaire de toilette, un sceau gravé aux initiales OR, des pinces fines et une petite balance de joaillier à fléau pliant.

– Doëtte, tu connaissais bien ce vieil homme? Était-il déjà venu ici?

– Moi, ça fait juste trois mois que je suis là, mais il paraît qu'il vient chaque année, avant les fêtes de mai, pour vendre ses pierres. Le vieux, il était même ami avec l'ancien propriétaire de l'auberge, c'est pour ça qu'il y est revenu. Il a même quelques clients à l'évêché et au Palais comtal.

– Comment sais-tu tout cela?

– Il aimait bien causer le vieux, surtout à la patronne d'ailleurs. Mais des fois, j'entendais, dit la fille en manière d'excuse, l'air gêné.

– Il t'a déjà montré ses joyaux?

– Oh pour sûr, il était pas discret. Presque chaque matin, il me les montrait. Il avait surtout des pierres bleues et puis des rouges et de drôles de cailloux avec un nom compliqué qui changeaient de couleur.

Des pierres du grand Froid, il disait.

– Et cette fois, réfléchis bien. Les a-t-il vendues avant de disparaître. Essaye de te souvenir, c'est important.

– En tout cas, j'ai vu les cailloux dimanche. Sa bourse était posée sur son lit quand j'ai apporté l'eau de la toilette.

– Il ne la prenait pas avec lui ?

– Non, pas toujours, messire, dit la gamine en rougissant. La chambre, elle ferme à clé.

– Comment était cette bourse, Doëtte ?

– En cuir rouge sombre, avec un lacet noir, messire.

Un brusque appel d'Ausanne les alerta et ils sortirent précipitamment, refermèrent la porte et coururent vers l'escalier. Quand les aubergistes rentrèrent, Galeran et Ausanne se faisaient servir une coupe de vin. Bien qu'un peu surpris de voir la miresse attablée en compagnie d'un homme, Jehan avait esquissé un salut avant de rejoindre Mahaut à l'étage. Il avait l'air soucieux et peu enclin à la discussion.

Ausanne, bien que réticente, avait accepté l'offre de Galeran de boire en sa compagnie pour que leur présence en l'auberge ne paraisse pas trop étrange.

Le chevalier avait commandé du vin de Loire. Une fois leurs coupes emplies, la petite servante était sortie pour nettoyer les bancs et les tables devant l'auberge.

– À vous, Ausanne, et à ce beau métier que vous pratiquez avec tant de talent, dit Galeran en levant courtoisement sa coupe en l'honneur de la jeune femme.

– Et à vous, messire. Que Dieu vous protège de tout mal et que Notre-Dame vous ait en sa sainte garde.

Les deux jeunes gens burent une gorgée de vin avec gravité. Le chevalier ne quittant la jeune femme des yeux que pour observer la clientèle de l'auberge.

– Étrange, cette histoire de mantel, dit le jeune homme.

– Quel mantel ?

– Notre joaillier ne sortait jamais sans le manteau que lui avait offert sa défunte femme, or ce fameux manteau est toujours dans sa chambre.

– Il ne l'aurait pas pris ou bien ?

– Ou bien, il a été tué ici !

– Vous voulez dire… ?

– Je ne veux rien dire. Je n'en sais pas encore assez pour tirer des conclusions, répondit le jeune homme le front barré d'une ride soucieuse. La mort de ce joaillier, à moins qu'il n'ait vendu ses pierres dans la journée de dimanche, rapporte une belle fortune à ses assassins. Mais pourquoi un crime si mal déguisé ? Pourquoi avoir emmené les vêtements et oublié le mantel ? Je ne m'explique pas ce mélange de précautions et de maladresses. Et enfin tout ceci a-t-il un rapport avec les événements de la cathédrale ?

– De quoi parlez-vous, de quels événements ?

– Il y a eu mort d'homme sur le chantier, et d'après mon ami Audouard, depuis quelque temps, de nombreux accidents….

– Mort d'homme, je ne le savais pas. Quand cela est-il arrivé ? s'écria Ausanne en pâlissant.

– Lundi soir.

– Je ne devais pas être encore revenue de la léproserie quand cela s'est passé. J'y suis restée toute la journée.

– Pas toute la journée, c'est le jour où nous nous sommes rencontrés pour la première fois !

Puis, sans paraître davantage prêter attention aux propos de la jeune femme, le chevalier poursuivit.

– La vie de ce vieillard était nouée à celle de la cathédrale par deux liens. Le premier étant sa chambre.

– Sa chambre ? dit Ausanne interloquée.

– A-t-il observé quelque chose qu'il n'aurait pas dû voir ? C'est très possible vu l'emplacement de sa fenêtre. Deuxièmement, cet homme avait partie liée avec l'évêché auquel il vendait ses pierres. Laquelle de ces deux pistes est la bonne ? Ou bien est-ce juste sa richesse qui lui a gagné cette mort cruelle ? Pardonnez-moi, dame Ausanne, je pense tout haut et du coup, je fais un bien piètre compagnon.

– Que non point, messire, au contraire, tout ceci est passionnant. Vous êtes un bien curieux homme… La vie et les actions des autres vous intéressent donc à ce point ? ajouta-t-elle au bout d'un moment de silence.

– J'avoue que c'est là l'un de mes nombreux travers.

– Est-il vrai, ainsi que vous en discutiez avec le prévôt, que votre grand-père était croisé ? Vous savez, mon grand-oncle est, lui aussi, parti pour le royaume de Jérusalem avec sa femme et ses deux enfants. Depuis malheureusement, personne n'a eu de leurs nouvelles. Ils avaient laissé en garde à mon grand-père leur maison et leur potager. C'est maintenant là où je vis, le conseil de famille me l'a donné quand je suis devenue miresse. Il m'arrive souvent, la nuit, de rêver qu'ils reviennent tous quatre frapper à ma porte.

– Oh, je crois que nous avons tous dans nos familles des parents qui ont connu la Terre Sainte. Mon grand-père Florent de Lesneven avait 38 ans quand il a rejoint la croisade d'Urbain II. À l'époque, mon père, Gilduin n'avait que 5 ans et ma grand-mère, une forte femme, est restée seule pour tenir la terre. Elle s'est endettée comme beaucoup pour faire face aux dépenses engagées par son époux pour tenir notre rang. Au dire de ma grand-mère, qui vénérait son époux malgré toutes ces difficultés, Florent était un preux. Dès sa quinzième année, mon père a pris en main la destinée de notre famille. Le château menaçait ruine et il n'a eu de cesse, par son labeur, de le reconstruire. Il a plus manié la truelle et le soc que l'épée. Quant à ma mère, originaire de Gascogne, elle nous a apporté en dot toute sa gaieté et l'insouciance de ses origines. Aujourd'hui, notre famille est un peu moins pauvre et mes parents sont encore vivants et je ne saurais trop remercier Dieu de m'avoir accordé père si vaillant et mère si bonne…

– Pardonnez-moi, chevalier, je ne voulais rentrer dans un sujet si intime, dit Ausanne intriguée par la tristesse qui avait envahi les traits du chevalier.

– Oh non, dame Ausanne, ma mélancolie n'est pas tristesse. Il est vrai que je n'aime pas à parler de ma famille mais cela n'est que par discrétion. Et puis, parfois, un souvenir en éveille un autre. Vous-même, dites-moi si vous me parliez de vous, de votre enfance ? dit Galeran en observant d'un air rêveur la lumière jouer dans les boucles rousses de la jeune femme.

– Oh, mon Dieu, messire, j'ai eu une enfance heureuse dans une honnête famille de tisserands. Ma mère, originaire du Puiset, est une femme dévouée à sa famille et dure à la tâche. Mon père est sévère mais juste avec sa mesnie. Ma sœur Éloïse est très douce et sa beauté n'a d'égale que son talent, elle tisse comme une fée. Même l'évêque a reconnu son habileté, il lui a commandé une grande tapisserie représentant Notre-Dame sur laquelle elle travaille actuellement. Quant à mon cadet, Benoît, vous le connaissez, c'est un finaud qui s'y entend plus en pêche et chasse qu'en fil et aiguille !

– Mais vous, dame Ausanne, dans tout cela, je ne connais rien de vous. Comment une fille de tisserands peut-elle abandonner sa mesnie pour un choix si hardi et devenir miresse ?

– Et pourquoi pas, messire ? Je vous trouve bien pressé soudain d'être instruit de ma vie. Sachez que je n'aime pas à en parler et surtout à quelqu'un que je ne connais que depuis deux jours.

La jeune femme, soudain sur la défensive, avait élevé le ton puis s'était tue, comme étonnée de sa propre violence.

Galeran la regarda droit dans les yeux puis lui répondit avec douceur :

– Ne vous méprenez pas, dame Ausanne, ne me confondez avec quiconque. Si je veux vous connaître mieux c'est que, je le crois bien, vous me tenez captif. Depuis notre dernière rencontre, votre visage reste en ma prunelle. Mais j'ai trop de respect pour vous nuire et j'admire cette force qui vous anime, même si, pour l'instant, je n'en comprends pas l'origine. Ne soyez donc pas si secrète, ouvrez-vous un peu à moi, ma dame, je ne vous veux que du bien. Et suis prêt à jurer devant Dieu que vous ne le regretterez pas.

Le chevalier avait appuyé cette dernière phrase d'un regard si direct qu'Ausanne qui ne s'attendait pas à une telle déclaration, rougit et baissa les yeux.

Elle parut hésiter, ouvrit la bouche pour répondre puis se leva et sortit si précipitamment de l'auberge que Galeran n'eut pas le temps de la retenir.

Le chevalier resta assis un moment, les lèvres

serrées, ne sachant quel parti prendre. Puis il se leva à son tour, soudain décidé à rattraper la jeune femme pour lui demander explication ou, à tout le moins pour se faire pardonner sa trop grande franchise. En sortant de l'auberge, il bouscula des habitués qui se tenaient devant la porte et s'écartèrent en jurant. L'air sévère du chevalier tout autant que son épée les dissuada de lui chercher noise. Ayant trop perdu de temps, le jeune homme ne retrouva pas trace d'Ausanne et se dit qu'il était inutile de retourner rue Percheronne. La jeune femme avait dû partir faire ses visites et si ce n'était pas le cas, ne lui ferait certainement pas bon accueil à son logis. Peu après le départ du chevalier, l'aubergiste redescendit en hâte. Tout en rajustant ses braies, il cherchait sa servante du regard. Il la vit dehors, elle était occupée à servir un groupe d'ouvriers attablés en plein soleil.

Il s'approcha d'elle et lui dit doucement :

– Laisse ça et monte voir ta maîtresse, elle a deux mots à te dire.

La petite obéit en tremblant et trouva Mahaut debout devant la fenêtre ouverte, en train de contempler les animaux de basse-cour qui s'ébattaient dans le potager, derrière l'auberge.

Elle s'adressa à la servante sans se retourner :

– Dis-moi, Doëtte, il me semble que tu as beaucoup de choses à me conter?

La terreur que lui inspirait la femme submergea la petite si brusquement qu'elle ne put retenir un flot de larmes.

Mahaut lui fit face brutalement :

– Ah, non! Pas ça, assez de grimaces!

La Doëtte ravala ses larmes, s'essuya vivement les yeux avec sa manche. Elle tremblait de tous ses membres, cherchant désespérément à gagner du temps.

– Bon, c'est mieux comme ça, dit sèchement la femme, alors tu vas me dire ce que faisait tout à l'heure à la taverne, ta bonne amie Ausanne et qui était avec elle ?

– Je ne sais pas bien, maîtresse, dit la petite, c'est un chevalier…

– Ça, cela se voit. Tu sais comment on le nomme ?

– J'ai entendu dame Ausanne l'appeler messire Galeran…

– Et de quoi parlaient-ils tous deux ?

La Doëtte baissa les yeux puis murmura en rougissant :

– Je crois qu'il en a après elle.

– Qu'est-ce que tu veux dire ? Qu'il est amoureux de cette garce ?

La petite hocha la tête :

– Oui, il lui disait des choses gentilles.

Un long moment, Mahaut la regarda fixement, d'un air de doute.

– J'espère pour toi que ceci est vrai. Puis elle ajouta rudement, ce soir, tu porteras à ta mère, le reste de bœuf salé. Allez va-t-en, tu m'ennuies !

La Doëtte, émerveillée de s'en tirer à si bon compte et ne croyant encore qu'à moitié à tant de générosité, sortit de la chambre comme dans un rêve.

23

Ayant renoncé à poursuivre Ausanne, le chevalier, mécontent de lui-même, décida d'aller quérir son cheval aux écuries du Cœur Couronné.

C'était un bien mauvais jour pour se rendre place de l'Étape au Vin. Ce lieu, appelé aussi la « Hanterie » par les Chartrains, était encombré par des chariots en train de livrer des planches de chêne. Car ici, non seulement on vendait les vins mais aussi le bois nécessaire à la fabrication des barriques. Déjà bruyante en temps normal, la place résonnait du cri des charretiers qui échangeaient des lazzis et se lançaient des bordées d'injures.

Tout avait commencé par une carriole qui avait refusé le passage à une autre et maintenant un inextricable fouillis de chariots et de chevaux bloquait toute circulation sur la place et dans les rues voisines. Chacun voulait avoir raison et les crieurs des auberges, habitués à donner de la voix, s'en étaient mêlés, défendant leurs livreurs. Quelques passants goguenards s'étaient joints à la partie, choisissant leurs champions à la saveur de leurs vins favoris.

De robustes lingères qui remontaient avec leurs paniers s'en prirent à un tavernier dont la voiture entravait le passage. Le malheureux, un malingre, ne savait comment se dépêtrer des pattes de ces créatures qui le chahutaient sans ménagement.

Galeran, bien qu'habitué à Paris et aux grandes cités byzantines, avait rarement vu aussi beau remue-ménage. Il chercha quelque connaissance des yeux et repéra le hurleur du Cœur Couronné. Ambroise donnait de la voix comme les autres et même, il faut le dire, plutôt mieux que les autres. Interrompant ex-abrupto une tirade où il mêlait hardiment le vin clairet, les femmes et les fesses charnues d'un livreur ennemi, le crieur se dirigea droit vers le chevalier qui lui avait fait signe.

– Belle échauffourée, messire. Et regardez-moi ces lingères comme elles y vont de bon cœur, le tavernier il aura bientôt plus de chainse, le pauvre. Si les hommes du prévôt ne viennent pas, cela va tourner vinaigre d'ici peu !

Rouge et le visage en sueur, Ambroise était aux anges.

– Certes, répondit le chevalier amusé, j'avoue avoir rarement vu aussi belle désordenance, mais Ambroise ce jourd'hui, je dois reprendre mon cheval. Il faut que vous m'aidiez, car je ne vois qu'un Chartrain d'expérience comme vous pour m'aider à sortir Quolibet des écuries.

– Bien messire, ne vous inquiétez, je m'en vas le chercher. Prenez tout tranquillement la rue de la Fromagerie et attendez-moi place des Halles. Je me fais fort de vous faire recouvrer votre destrier.

Et sans attendre de remerciements, Ambroise s'éloigna, évitant un coup de pied par-ci, donnant un coup d'épaule par-là, de toute évidence en harmonie complète avec ce chaleureux début de journée.

Peu de temps après que le chevalier se fut assis sur une borne pour attendre Ambroise, il vit arriver tout tranquillement un garçon d'écurie qui tenait par la bride, le paisible animal. Il était déjà sellé et son poil brillant témoignait des soins reçus. Le chevalier jeta une piécette au garçon et remercia Ambroise en pensée. Flattant l'encolure de son vieux compagnon, il le conduisit, en contournant soigneusement la Hanterie, à travers les ruelles qui descendaient vers l'Eure.

La circulation Porte Morard ne ressemblait en rien à celle de la Porte Drouaise. Autant une foule venant de Paris ou de Dreux se pressait là-bas, autant ici ne passaient que quelques pèlerins, paysans ou gens se rendant à la léproserie du Grand-

Beaulieu. Même la route ressemblait plus à une piste cavalière qu'à une chaussée pouvant accueillir des chariots. L'endroit était plutôt isolé et la palissade de l'enceinte, en mauvais état, témoignait du peu d'attention des Chartrains pour ce péage. Quant au poste de garde, il avait l'air désert. Un ronflement sonore attira l'attention du chevalier qui sourit en voyant un garde affalé sur le sol, la cagoule enfoncée jusqu'aux yeux, plongé dans une profonde sieste. Sans plus attendre, le chevalier monta en selle et mit Quolibet au trot. Le soleil était haut dans le ciel. Galeran respira profondément, soulagé d'être enfin sorti de la cohue et du bruit de la ville.

Il rendit leur salut à des pèlerins qui se dirigeaient vers le péage en psalmodiant des cantiques.

Mélancolique, le chevalier laissait la bride sur le cou du grand hongre. Le destrier habitué aux humeurs de son maître avait adopté un trot régulier.

Près du chemin, deux rapaces déchiraient à grands coups de becs, la dépouille d'un lapereau surpris au sortir du terrier.

« Il y a les faits, songeait le chevalier, et puis les mensonges et les illusions et tout au bout, si Dieu le veut, la vérité toute simple et sans tromperie. »

Un instant, il suivit du regard un troupeau de moutons qui se glissait en broutant parmi les épineux en fleur d'une vaste lande.

Que savait-il en réalité? Peu de choses… il y avait le grand chantier de la cathédrale et la mort du malheureux Jérôme. Et, juste en face, l'auberge avec la belle Mahaut que nul ne voyait autrement que voilée, et la petite servante qui avait peur et devait mentir comme elle respirait. Il y avait le vieux joaillier trouvé dans la rivière et ses drôles d'acolytes. Mais, il y avait aussi Audouard, son ami, qui avait perdu sa rude franchise et sa gaillarde humeur… et puis Ausanne au beau visage pâle et fermé, Ausanne sévèrement vêtue…

Brusquement, le chevalier piqua des deux et le hongre prit le grand galop. Des paysans, les voyant passer dans un nuage de poussière, se signèrent. Derrière de jeunes arbres, Galeran entrevit la silhouette encapuchonnée d'un lépreux qui guidait deux grands bœufs de labour.

Un peu plus loin se dressaient les hautes palissades de la maladrerie.

Le clocheton d'une modeste chapelle dépassait de l'enceinte. Galeran remit Quolibet au pas. Des religieux allaient et venaient aidés par des lépreux, reconnaissables à leurs robes noires.

Fondée en 1054, par le comte Thibaud III sur la rive droite de l'Eure, l'hospice de la Madeleine en raison du nombre croissant de malades, était devenu la maladrerie du Grand-Beaulieu.

Tenue par des religieux, la léproserie accueillait nobles, bourgeois ou manants atteints par ce mal redoutable ou par des maladies de peau présentant suppuration ou taches dont on ne savait l'origine.

Quittant la route, Galeran emprunta l'allée menant à la maladrerie. Ici, les lépreux dont l'état le permettait, se déplaçaient et travaillaient comme les moines. Les autres plus atteints, gardaient le lit ou marchaient agitant parfois leurs crécelles en traînant leurs membres rongés par la terrible maladie.

Goûtant, avec raison, davantage la vie des autres que la leur, ils s'arrêtaient pour dévorer du regard les rares visiteurs. Galeran mit pied à terre et se dirigea vers l'entrée. Un frère se mit en travers de son chemin.

– Que désirez-vous, messire chevalier ? Vous êtes

ici dans une léproserie, vous y avez quelque parent à venir voir?

– Que non, mon frère. Je désirerai parler à votre frère soigneur. Je suis ami de dame Ausanne de Chartres.

– Ah, dit le moine dont le visage s'éclaira d'un bon sourire au nom de la jeune femme. Entrez, je vais vous conduire à frère Gacé. C'est lui qui a affaire à dame Ausanne. Comment va-t-elle notre gente Ausanne depuis l'autre jour?

– Quel autre jour?

– Euh, lundi, je crois. Pourquoi ça? Ah, voilà Gacé ! Hola! Gacé.

Un frère qui s'éloignait à longues enjambées, faisant voler sa robe de bure sur ses larges mollets, se retourna.

Le visage couturé d'horribles cicatrices, les cheveux noirs en bataille, les yeux enfoncés sous de gros sourcils touffus, Gacé avait le regard sévère de quelqu'un qui n'a pas de temps à perdre en discours futiles.

Galeran le sentit tout de suite et l'aborda franchement :

– Que Dieu vous garde mon frère, je suis un ami de dame Ausanne et j'ai besoin de votre aide.

Le frère le regarda fixement avant de répondre.

– Que voulez-vous?

– Même si ma question peut vous paraître étrange, dites-moi mon frère, vers quel moment dame Ausanne vous a quitté lundi?

– Ni vos affaires ni celles de dame Ausanne ne me regardent, elle est partie avant vêpres, plus tard que d'habitude. (Puis regardant le chevalier avec un air courroucé) Dame Ausanne est une femme de bien, sachez-le, et n'en croyez jamais autre discours, quoi qu'on vous en conte !

Sur ces mots, dits avec conviction, Gacé tourna les talons sans saluer le chevalier qui se demanda comment cet homme avait pu deviner son trouble et les doutes qui l'assaillaient au sujet de la jeune femme.

24

De retour de sa course, après avoir laissé son destrier aux écuries, Galeran, nullement apaisé, se dirigea vers le Rovin Vignon, bien décidé à retrouver les deux aides du joaillier. Par chance, les deux hommes étaient installés dans l'arrière-salle de l'auberge, en train de vider en silence une cruche de vin clairet. Il s'approcha et, sans plus de façon, saisit un escabeau et s'assit à leur table.

Comme pris en faute, les hommes sursautèrent.

– Oh, du calme, messires ! Vous voilà bien nerveux et quelles tristes mines vous faites là. Est-ce la compagnie du prévôt qui vous a fait cet effet ? Je ne me suis pas présenté, je me nomme Galeran de Lesneven et j'ai quelques questions à vous poser.

– De quoi un chevalier comme vous peut bien vouloir nous causer ? répondit le plus âgé d'un ton agressif. On n'a rien à vous dire.

Le bègue restait coi, laissant à son compère le soin de tenir le crachoir.

– Tout doux, mes beaux sires, je pense, au contraire, que vous avez bien des choses à m'apprendre et, de par ma foi, ne partirai sans les connaître.

Les traits du chevalier s'étaient durcis. Son interlocuteur sentit qu'il valait mieux céder un peu de terrain.

– Le prévôt, il ne nous a pas ménagés et on est fatigués, grogna l'homme en portant la main à son menton enflé. Que voulez-vous savoir de plus que lui?

– J'aimerais connaître le nom des gens que votre maître venait voir et avoir quelques renseignements sur les pierres qu'il vendait.

– Et pourquoi on vous répondrait? répondit insolemment l'homme.

– Parce que, en principe, je suis plus doux, ô combien, que messire prévôt. Quoi qu'il ne faille pas beaucoup m'échauffer. Par chez moi, en Léon, on dit, depuis que j'ai fendu un homme d'un seul coup, d'un seul de ma hache, qu'il vaut mieux m'avoir comme ami. Mais maintenant, si vous préférez, soit on parle en belle franchise tous les trois ou bien...

– Euh non, ça va. Notre maître s'appelait Ogier de Reims.

– Cela je le sais déjà, mais encore... quelles pierres vendait-il?

– Des grenats, des saphirs, et de drôles de pierres qui venaient de Hongrie. Des opales qu'il les appelait. Nous étions les seuls à les vendre ces cailloux. Y disait que même la reine Aliénor en avait acheté pour sa parure.

– Bien, et qui étaient vos clients ici?

– Ça, on sait pas trop. Des orfèvres, des gens du Palais comtal et de l'évêché, notre maître avait juste besoin de nous pour les marchés ou pour le protéger sur les routes... Le reste du temps, on avait quartier libre pendant qu'il allait à ses affaires.

– Pour la protection, vous n'êtes pas tout à fait doués, mes agneaux, on dirait.

– Ici, on pensait pas à mal. Cela fait des années qu'on vient. Chartres est une ville sûre.

– Pas si sûre que ça apparemment. Vous connaissiez les aubergistes ?

– Non, ce sont des nouveaux. La femme est belle. Quant à lui, il est pas commode. Pas question de regarder sa pouliche, même du coin de l'œil. Mais sa femme, elle aimait bien Ogier, elle lui faisait des manières. Et le vieux y demandait pas mieux que de causer avec elle. Pensez ! À son âge…

– Et son mari ne disait rien ?

– Ben non, il est vrai que notre maître il pouvait pas vraiment, eu égard à son état, faire de mal à une dame, hein ?

– Votre maître est tombé malade en arrivant dans cette ville ? Quelques jours avant sa disparition ?

– Comment le savez-vous ? Oui, c'est exact, on avait eu des problèmes en traversant une rivière à gué et le vieux était trempé. Quand on est arrivés à Chartres, il avait la fièvre. L'aubergiste nous a envoyés chez une miresse de son voisinage. Un beau brin, elle aussi, mais pas complaisante pour un sou. Elle a gardé mon maître au chaud et moi, elle m'a giflé en me disant qu'elle aimait pas mes manières. J'avais juste essayé de voir si elle était aussi gironde qu'il y paraissait. Quand elle a rouvert sa porte pour que nous portions notre maître à l'auberge, c'est moi qu'aurait eu besoin d'être soigné. Dans cette ville, quand il vente, ça fait pas semblant. J'avais des glaçons dans le sang !

– Bien, merci, mes braves et bon vin, dit Galeran imaginant très bien Ausanne se débarrassant sans ménagement du peu ragoûtant personnage.

25

Au-dessus de la colline de laine, se dresse la cathédrale de soie. Éloïse travaille vite, continuant souvent à la chandelle un motif qu'elle ne veut pas laisser inachevé avant de s'aller coucher. La fatigue creuse ses jeunes traits. Elle a choisi une gamme de fils bleus, avec l'envie de faire rimer la couleur du ciel et celle des vitraux. Sur l'étonnante tapisserie, la cathédrale semble vue du dessus, comme par un oiseau ou par un ange. Eloïse s'est documentée auprès de l'évêque et a même pu s'entretenir avec le maître d'œuvre des projets de celui-ci. Déjà maîtresse en son art, elle invente, chaque jour, sur son métier, la cathédrale future.

Les vitraux du Narthex paraissaient achevés et animés d'une vie propre. Les sculptures-colonnes qu'elle a vues, encore couchées à même le sol sont déjà en place sur le Portail Royal, les voûtes se rejoignent et se croisent. Depuis le début de son ouvrage, la seule sortie journalière d'Éloïse est pour le chantier de Notre-dame qu'elle contemple de ses grands yeux attentifs. De ses doigts fins, elle dessine fiévreusement au fusain un détail supplémentaire sur sa planchette de hêtre et le reporte en hâte, dès son retour, sur le tissu.

26

Déjà, la journée s'achevait et le ciel était moins lumineux. Au loin, on entendait les crécelles des gens du guet en train de se rassembler pour la nuit.

Le chantier de la cathédrale se vidait lentement de ses derniers ouvriers. Bientôt isolée du monde et des hommes, Notre-Dame se replierait sur elle-même et semblerait flotter dans la clarté lunaire comme un grand vaisseau minéral.

De retour au logis d'Audouard, rue au Lait, le chevalier était venu trouver dame Hermine qui s'affairait toute seule à sa cuisine.

– Ma mie, avez-vous vu jourd'hui votre frère ?

Hermine hocha la tête avec une moue inquiète :

– Non, point de la journée… et même il est en retard, il devrait être rentré, avec ça qu'il fait déjà noir !

Sans se l'avouer, Galeran était, lui aussi, anxieux et énervé de fatigue, il sourit pourtant :

– Allons, ma mie, ne vous alarmez pas, nous l'attendrons ensemble.

Il alla chercher ses armes dans la chambre, s'installa sur un banc et se mit à les astiquer en fredonnant un air ancien.

C'est avec soulagement qu'il entendit au bout d'un moment, le pas familier d'Audouard résonner dans la rue.

Quand il poussa brutalement la porte, le maître verrier avait l'air d'un homme ivre et Galeran comprit aussitôt qu'un nouveau drame s'était produit. Posant ses armes, il se précipita pour soutenir son ami et l'emmener à un banc sur lequel le malheureux s'effondra, la tête entre les mains, les épaules tremblantes comme celles d'un vieillard.

Le chevalier échangea un bref regard avec dame Hermine, ils avaient compris qu'il fallait laisser à Audouard le temps de se reprendre et qu'ils ne devaient pas l'accabler de leur sollicitude.

Sans un mot, Galeran s'en fut chercher une

gourde de forte liqueur qu'il gardait dans son harnois et la tendit à son ami.

– Tiens, bois ça ! Cela va te remettre d'aplomb.

Il alla ensuite jeter un fagot dans l'âtre et tous trois regardèrent, en silence, le bois s'enflammer et lancer des gerbes d'étincelles.

Audouard avait progressivement repris quelques couleurs et paraissait enfin capable de répondre aux questions de Galeran :

– Qu'y-a-t-il mon ami, un nouveau malheur ?

– C'est ma grande verrière, quelqu'un l'a presque entièrement détruite la nuit dernière. J'ai passé la journée avec mes compagnons à chercher les morceaux de verre… il y en a des centaines, brisés, dispersés, sans parler des plombs arrachés, tordus…

Le chevalier crut qu'Audouard allait s'arrêter de respirer. Il attendit quelques instants puis demanda doucement :

– Qui a pu faire ça, et pourquoi ?

– Je n'en sais rien, s'écria le maître verrier d'une voix vibrante de désespoir, et même si je le savais, cela m'est égal. Oui, égal. Tu ne comprends pas, c'est qu'il me faut tout refaire… et je me sens si vieux tout à coup, si fatigué !

Après un court silence, il ajouta à mi-voix :

– Mais le plus effrayant, au fond, c'est que cette fois, ce n'est plus un accident. C'est un crime prémédité, une profanation ! Ce sont les forces du Mal déchaînées contre Notre-Dame !

Le chevalier baissa la tête sans rien dire.

Il y avait dans tout cela quelque chose de pire que la cruauté gratuite ou la méchanceté ordinaire, quelque chose d'obstiné et de pervers qu'il connaissait bien et dont il avait senti la présence furtive dès son arrivée à Chartres.

Le Mal, le Mal à l'état pur qui s'assoit à tous les festins et se rit de tous les malheurs, de toutes les douleurs du monde.

Galeran entoura de son bras, le col de son ami.

– Allez, reprends-toi, ce n'est pas ton genre de baisser les bras. Et puis, comme tu l'as dit, cet attentat a quelque chose de positif, maintenant la guerre est franchement déclarée. Pour la première fois, l'ennemi s'est matérialisé, il s'est dévoilé… à nous autres, maintenant de découvrir son vrai visage.

Audouard hocha la tête, esquissant un vague sourire.

– Tu as raison, pardonne ma faiblesse… mais tu sais, la grande verrière… c'est effrayant, cet acharnement à détruire… il faut que tu m'aides, Galeran.

– Audouard, écoute, je crois que j'ai une idée. Demain, tu me permettras de rester avec tes apprentis dans les échafaudages. Et puis, j'aimerais rencontrer le tailleur de pierre qui vit sur le chantier. S'il dort là-bas, il a bien dû entendre quelque chose… Sauf par magie, on ne brise pas un ouvrage comme le tien sans faire de bruit. Tu l'as interrogé ?

– Non, je n'en sais rien, je ne l'ai pas trouvé.

– Il a disparu ?

– D'après un de mes gars, on l'a vu sortir du cloître Notre-Dame mais il paraît qu'il y est revenu en fin d'après-midi.

– Étrange, pour quelqu'un qui soi-disant ne sort jamais. Tiens, moi aussi, j'ai des énigmes à te conter.

Autant pour distraire son ami que pour l'instruire, Galeran relata sa visite à l'auberge du Rovin Vignon, l'interrogatoire des aides du joaillier et sa visite à la léproserie. La seule chose qu'il omit de décrire fut la fuite d'Ausanne après sa déclaration.

– Eh bien, tu n'as pas perdu ton temps ! Et tu as

l'impression que tout ceci est lié ?

– Je ne sais, mais une chose m'a frappé : c'est la fenêtre de la chambre du joaillier…

– Sa fenêtre, pourquoi ?

– Elle donne exactement sur l'angle de la cathédrale où se déroulent tous ces événements. Le vieux a-t-il vu quelque chose d'anormal ? Coïncidence, peut-être, mais ce n'est pas sûr. Et puis, ce joaillier avait comme clients des gens du Palais mais aussi du cloître Notre-Dame. Il vendait des grenats, des saphirs et même des opales. Qui crois-tu au cloître avait les moyens d'acheter des pierres précieuses ?

– Je ne sais pas, dit Audouard. L'évêque peut-être ?

– Et le chapitre a-t-il beaucoup de moyens ?

– Par rapport au chantier, c'est vrai qu'ils sont plutôt sévères et que le maître d'œuvre est obligé de rendre journellement des comptes sur la moindre de ses dépenses. Mais pour le reste ? Je n'en sais rien, peut-être que tout l'argent passe dans le trésor de Notre-Dame ou dans la Sainte-Châsse.

Pendant que les hommes parlaient, Hermine s'était activée en cuisine. Elle avait dressé la table, ravivé le feu dans la petite cheminée de pierre et disposé une aiguière en étain avec le vin du soir. Une fine odeur d'herbes et de lait d'amandes flottait dans l'atmosphère chaleureuse de la pièce.

– Que nous as-tu fait de bon ce soir, Hermine ? demanda le maître verrier en faisant meilleur visage à la vue de ces sympathiques préparatifs.

– Un potage à la Vierge et une tourte aux herbes. Il faut passer à table de suite, Galeran venez. Mon frère, vous savez comme ce potage tourne vite.

Une fois les deux hommes assis, Hermine amena une marmite où fumait le potage à la Vierge, délicieux bouillon de couleur blanche, où se marient volaille, mie de pain et amandes. Alors que les deux hommes se servaient des bolées brûlantes, Hermine s'esquiva vers son fourneau. Elle revint presque aussitôt avec la tourte aux herbes qu'elle laissa couverte afin qu'elle ne refroidisse pas.

– Mon frère, messire, ne m'en veuillez pas, j'ai dîné avant vous ce soir et je m'en vais coucher. Je suis bien fatiguée. Vous avez des fruits secs dans le garde-manger.

– Bonsoir, ma sœur.

– Bonsoir, douce Hermine et sachez que nous ne vous en voulons que d'une chose, c'est de ne pas partager, avec nous, ce somptueux dîner. La soupe est excellente et quant à cette tourte… rien que de la regarder, votre frère et moi, en rêvons par avance. Reposez-vous bien et que Notre-Dame veille sur vos songes.

– Bonsoir, messire, bonsoir mon frère.

La vieille dame s'éloigna puis revint avec un air de conspiratrice.

– Vous trouverez la fiole d'hypocras couchée dans le petit garde-manger…

– Ne vous inquiétez, ma mie et dormez sur vos deux oreilles, il est certain qu'Audouard et moi ne mourrons ni de faim ni de soif ce soir.

Comme à regret, la vieille dame tourna les talons, son vieux tablier de toile un peu de guingois sur ses larges hanches.

27

Ausanne, fatiguée par cette journée fertile en émotions diverses, se hâtait de regagner son logis.

Elle avait passé tout l'après-midi au quartier juif où la sage-femme l'avait fait mander pour deux accouchements difficiles. Les deux femmes n'avaient pas réussi à sauver un des bébés mais, en revanche, les deux mères se portaient bien et Chartres comptait désormais deux solides jumeaux au nombre de ses habitants.

Le couvre-feu n'allait pas tarder à retentir et le flambeau suffisait à peine à éclairer le sol.

Ausanne remonta la rue de la Boucherie, préférant contourner les hauts murs du Palais comtal plutôt que d'emprunter la rue Evière. Un jeune étudiant en goguette, un peu éméché, son flambeau oscillant entre ses mains voulut l'aborder. La jeune femme, bien qu'elle reconnût le fils d'une de ses patientes, le salua d'un bref signe de tête et accéléra le pas, peu encline à la conversation, surtout à pareille heure.

De fatigue sans doute, elle frissonna et resserra son mantel autour de ses épaules.

Ce soir, les rues en pente lui paraissaient particulièrement dures à grimper. Un peu essoufflée, elle fit une pause. La silhouette qui la suivait depuis un moment s'arrêta de même.

Les derniers volets se fermaient en claquant. Ausanne se sentait mal à l'aise sans bien savoir pourquoi. Il lui semblait avoir entendu des pas mais quand elle s'était retournée, elle n'avait vu personne. Et pourtant, malgré tout, elle continuait à se sentir observée. Et puis, il faisait si sombre qu'on ne voyait que dans le cercle étroit éclairé par le flambeau.

« Mon Dieu, je deviens folle ou bien je suis vraiment trop fatiguée. Il n'y a personne dans cette rue. »

Dès qu'elle se remit en marche, le bruit de pas retentit à nouveau.

Il était soudain plus proche et plus rapide, comme si la personne avait décidé de la rattraper.

Prenant peur, la jeune femme pensa qu'il fallait mieux se cacher et se préparer à faire face. Elle savait par expérience, qu'à la course, déjà enfant, elle ne gagnait jamais contre ses camarades. Elle posa donc son flambeau dans l'encoignure d'une porte et se mit devant, masquant du mieux qu'elle le pouvait la faible lueur. D'une main qu'elle voulait ferme, elle sortit un stylet effilé de sa trousse et le tint brandi. Le bruit de pas se rapprochait.

Après un moment, qui lui parut une éternité, un homme passa non loin d'elle, grande silhouette noire dont la torche balayait le sol. Le sentant si près, la jeune femme, le cœur battant à se rompre, se mordit les lèvres pour ne pas crier d'angoisse. L'individu avait l'air pressé et apparemment ne faisait attention à rien d'autre qu'à éclairer son chemin.

Entendant ses pas décroître, Ausanne sortit doucement de sa cachette. La rue était silencieuse et à nouveau déserte.

« J'ai rêvé, songea Ausanne. Quelle sotte je suis ! Cet homme n'en avait pas après moi. »

Par précaution, la jeune femme glissa néanmoins son stylet dans son habit, gardant le manche au creux de sa paume.

Au moment où elle allait se remettre en route, une forte main se referma sur son bras et l'attira vers une venelle voisine. Son flambeau roula sur le sol et s'éteignit. Ausanne hurla et banda toutes ses forces pour se dégager. L'homme la jeta violemment contre le mur. La jeune femme qui n'avait pas lâché son stylet, frappa son agresseur au hasard.

Celui-ci poussa un hurlement de rage et tout en essayant de la désarmer, chercha à la faire taire. Ausanne cria de plus belle, elle tenait fermement son stylet, essayant de blesser ces mains qui cherchaient inexorablement sa gorge. L'agresseur, qui ne s'attendait pas à tant de résistance, lâcha prise et recula en grondant.

La voix éteinte par l'angoisse, elle haletait, le cœur soulevé, sans quitter des yeux la silhouette noire de son adversaire.

– À l'aide, mon Dieu, à l'aide. Au feu ! Au feu ! parvint à crier la jeune femme qui savait la terreur des Chartrains pour les incendies.

– Garce, je te ferai payer ça, gronda l'homme.

Les mains en sang, persuadé que les appels de la jeune femme allaient ameuter la population, il s'enfuit en courant. Ausanne alla s'affaler contre le mur puis se ressaisit et partit en trébuchant, droit devant elle.

Des volets s'ouvraient bruyamment, des têtes apparaissaient, scrutant l'obscurité. Dans les maisons, des hommes s'habillaient en hâte, cherchant une arme. Les portes se débarraient, les gens s'interpellaient et sortaient par petits groupes, dans la rue, leurs torches haut levées.

Toute une petite foule accourait mais il n'y avait rien à voir.

– Où est la femme qui appelait au secours ? Et le feu ? Tu as vu quelque chose ?

– Je n'en sais rien, j'ai vu une ombre s'enfuir par là. Mais il n'y a pas de feu. C'est encore un sale tour de ces maudits goliards !

28

Les deux amis étaient encore à table quand des coups frappés au heurtoir résonnèrent dans la maison. Une voix que Galeran reconnut aussitôt pour celle d'Ausanne demandait de l'aide.

– Oh, ouvrez-moi, ouvrez-moi vite, par pitié, suppliait la malheureuse jeune femme.

Galeran se précipita pour ouvrir et la recueillit dans ses bras. Sa longue blouse déchirée et son mantel ouvert, Ausanne était si livide que Galeran crut qu'elle allait tomber évanouie sur le seuil. Il la souleva et la porta vers la salle. Aidé par Audouard, il la déposa sur un siège près de la cheminée et alla prendre un verre de vin sur la table.

– Audouard, va me chercher une couverture, vite. (Puis s'adressant à Ausanne :) Tenez, buvez. Ne dites rien encore, nous avons le temps. Respirez doucement, là comme ça. Tout va bien maintenant, je ne vous vois aucune blessure.

Avec douceur, le chevalier maintint la tête de la jeune femme pendant qu'elle buvait et lui essuya le front qu'elle avait en sueur. Audouard rapporta la couverture dont ils enveloppèrent la jeune femme.

Après avoir bu un peu de vin, quelques couleurs lui revinrent.

– Merci chevalier, merci maître Audouard, dit Ausanne en se redressant un peu. Pardonnez-moi, d'avoir ainsi forcé votre porte à la nuitée.

La voix de la jeune femme manquait encore d'assurance.

– Vous êtes toujours la bienvenue, ma dame, répondit le maître verrier très ému, mais que s'est-il passé, qui a pu s'en prendre à vous ?

– Je ne sais, messire. J'ai été attaquée alors que je rentrais de la rue de la Juiverie. J'ai crié, mon agresseur s'est évanoui dans la nature et moi, je me suis ensauvée de mon côté sans attendre mon reste. Mais tout d'un coup, mes forces m'ont trahie et j'ai décidé de frapper à votre porte. Et puis, avec ce qui vient de se passer, j'avais bien trop peur pour rentrer seule à mon logis. J'ai pensé à vous demander à vous-même ou au chevalier de me raccompagner.

– Je vous raccompagnerai, ma dame, si vous le voulez bien, dit Galeran. Calmez-vous, vous êtes en sécurité, maintenant. Avez-vous réussi à distinguer le visage de celui qui vous a attaqué ?

– Non, par contre il était plutôt grand et robuste. Je suis sûre de l'avoir blessé avec mon stylet.

– Vous avez eu de la chance de vous en sortir à aussi bon compte. Maintenant, si vous en avez la force, dites-moi exactement ce qui s'est passé en repartant du moment où nous nous sommes quittés.

Ausanne le regarda, un étrange sourire aux lèvres.

– Depuis cet instant précis ?

– Je vois que vous vous sentez mieux, mais soyez charitable et contez-moi ce qui vous paraît important.

La jeune femme acquiesça du chef et commença son récit. Arrivée au moment de sa lutte avec son agresseur, Audouard lui coupa la parole. Le maître verrier qui était redevenu bien pâle tout à coup, s'écria, la voix rauque :

– Enfer que tout cela ! Il y a une malédiction sur cette ville.

Galeran, qui savait l'état de fatigue de son ami, essaya de l'apaiser sans autre résultat que de l'exciter davantage.

– Mais enfin, vous êtes aveugles tous les deux ?

Il y a un fou ici ! Et non content de s'en prendre à notre cathédrale, voilà qu'il se met à déchirer et à tuer. Que Dieu nous protège tous, dit-il en quittant précipitamment la salle.

La porte de sa chambre claqua et le silence retomba sur la maison. Ausanne et Galeran, stupéfaits par la violence de cette sortie, se regardèrent.

Jamais Audouard, si calme d'ordinaire, n'avait eu une telle réaction.

Galeran conta à Ausanne la destruction du vitrail du maître verrier. Celle-ci secoua la tête.

– Oh messire, je comprends, ne vous inquiétez pas. Je ne méjuge pas Audouard à cause de ses paroles. C'est un homme sensible. Comment, en maniant la lumière, pourrait-il comprendre la perversité des ténèbres ? Il ne peut que souffrir de toute violence. Je n'aurais pas dû parler de ma mésaventure devant lui. Mais je ne savais pas qu'on lui avait brisé son grand ouvrage.

– Ne vous inquiétez, ma dame, et venez à table. Il vous faut manger un peu pour reprendre des forces. Je sais qu'Audouard aurait aimé vous le proposer lui-même. Asseyez-vous ici, il reste encore un peu de l'excellent potage d'Hermine, je vais vous le réchauffer.

Ausanne se laissa faire, peu habituée qu'elle était à ce qu'on s'occupe d'elle avec autant de sollicitude. Elle mangea de bon cœur tout ce que le chevalier lui servit.

– Buvez encore un peu de ce bon vin et après je vous accompagnerai chez vous.

– Merci, chevalier, j'accepte volontiers votre protection et votre bras. Grâce à vos soins, je me sens beaucoup mieux.

– Je préfère vous voir avec ces jolies couleurs que

blanche comme linge, savez-vous, ma dame ?

Galeran alla chercher son manteau de voyage et son épée. Il aida la jeune femme à fermer son mantel et lui recouvrit en plus les épaules de son propre manteau.

– Je n'ai pas si froid, protesta Ausanne.

– Ce n'est pas seulement pour cela, ma dame.

Et ce disant, il masqua les longues nattes rousses avec son capuchon.

– Peu de femmes ont une chevelure aussi flamboyante que la vôtre, ma dame. Et il n'est pas dans mes intentions qu'on s'en prenne à nouveau à votre gente personne cette nuit.

Ausanne se laissa faire, appréciant à leur juste valeur ces attentions et cette tendresse à peine voilée.

Le chevalier referma doucement la porte de la rue, et d'autorité, saisit le bras de la jeune femme, gardant son flambeau dans sa main libre.

Ils arrivèrent sans encombre rue Percheronne devant le logis d'Ausanne. Le chevalier lâcha la jeune femme et recula de deux pas.

– Vous êtes arrivée, ma dame. Cette nuit, faites-moi promesse de mettre la barre à votre porte.

– Messire Galeran, dit Ausanne d'une voix qui tremblait un peu. Ne partez point encore. Permettez-moi de vous donner une autre idée de mon hospitalité que celle que vous avez eue ce matin.

Le chevalier semblait hésiter.

– Et puis, je crois que de toute façon, je ne pourrai dormir de si tôt, j'ai encore frayeur, plaida la jeune femme.

– Bien, ma dame, mais je partirai dès que vous vous sentirez mieux.

La jeune femme s'effaça pour laisser entrer le

chevalier qui alluma à l'aide de son flambeau, une torche fichée dans le mur. Elle ferma doucement son volet et tira une lourde tenture afin d'atténuer la fraîcheur de la nuit qui se glissait par les interstices.

Se retournant, elle contempla, pensive, le jeune homme qui embrasait les brindilles sèches de la cheminée. En quelques instants, un bon feu illumina la salle basse. Une délicate odeur de verveine et de mélisse parfumait l'atmosphère.

Ausanne invita Galeran à sa longue table et le fit asseoir sur un des bancs.

– Puis-je vous préparer ma boisson favorite, messire.

– Par grâce, ma dame, point de messire entre nous, ce soir, appelez-moi Galeran et autorisez-moi à vous appeler Ausanne.

– Difficile de vous refuser cela après la courtoisie que vous m'avez témoignée, Galeran.

Ausanne alla quérir une jarre de terre emplie d'un mélange de plantes et de graines et un petit pot de miel. Prenant son mortier, elle broya soigneusement le mélange, ajouta le miel et versa le tout dans une petite bassine de cuivre avec un peu de vin et d'alcool. Elle porta sa préparation vers la cheminée et la mit à chauffer au-dessus des flammes.

Le jeune homme ne la quittait pas des yeux. Il détaillait le fin profil au menton décidé, la courbe de la nuque, les petites mèches d'or roux qui accrochaient la lumière, la peau si claire…

Il serra les poings, hésitant sur la conduite à tenir, ressentant douloureusement cette proximité dont il ne savait que faire.

Quand sa préparation fut chaude, Ausanne la versa dans deux coupes de grès et en tendit une à Galeran.

Le chevalier la prit et retint la main de la jeune femme dans la sienne en la remerciant d'une voix un peu rauque.

Ausanne retira prestement ses doigts comme si elle s'était brûlée.

Un silence gêné s'installa entre eux, que Galeran rompit en appréciant avec moult compliments l'étrange boisson que lui avait préparée Ausanne.

– Je suppose qu'il est inutile de vous en demander la recette. C'est sans doute un secret.

– Oui, c'est le mien.

– Et non le seul, Ausanne, dit le chevalier en reposant la coupe où il avait à peine trempé les lèvres. J'aimerais que vous me parliez d'un certain jour de 1134, un 5 septembre.

Ausanne pâlit d'un coup et articula péniblement :

– Pourquoi me dites-vous cela ? Que vous ai-je donc fait pour que vous me poursuiviez ainsi ?

– Rien, Ausanne, je vous jure que j'essaye de vous aider. Mais tout comme d'autres ici, vous me cachez quelque secret. Je veux comprendre ce qui se passe dans cette ville. En quelques jours, les accidents et les morts se sont multipliés, je veux savoir pourquoi.

– En fait, depuis votre arrivée, ici ! s'exclama la jeune femme.

– Ah, c'est donc ça. Vous me soupçonnez d'y être pour quelque chose ?

La voix du chevalier s'était faite plus dure. Ausanne se leva d'un bond :

– Oui, c'est cela, je vous soupçonne. J'ai peur que vous soyez la cause de tout ceci. Vous êtes un homme d'armes, personne ici, hormis Audouard, ne vous connaît et puis cette façon que vous avez de regarder les gens…

– Hola, calmez-vous ma mie ! Je ne suis ni un

lâche ni un assassin. Vous me méjugez mais c'est me porter par trop d'intérêt que de penser cela ! dit le chevalier.

Il s'approcha lentement de la miresse et lui dit d'une voix douce :

– Je pourrais vous en vouloir et pourtant, je sens plus d'inquiétude que de haine dans vos paroles. Regardez-moi, Ausanne, et osez me dire en face que j'ai l'air d'un meurtrier ?

Le chevalier posa une main sur l'épaule de la jeune femme et de l'autre, la força à lever le menton.

Il avait planté son regard bleu dans le sien et attendait.

Un long moment passa puis la jeune femme murmura en détournant la tête :

– Non, Galeran, non je ne crois pas que ce soit vous, je ne veux pas que ce soit vous.

– Ce n'est pas moi, je vous le jure, devant Dieu et devant Notre-Dame. Je ne vous veux que du bien, Ausanne.

Soudain, elle éclata en sanglots violents.

Troublé par le désespoir de la jeune femme, le chevalier la prit dans ses bras et la conduisit à un siège.

– Asseyez-vous et écoutez-moi. Voyez-vous, Ausanne, il m'est venu à l'esprit que ce qui est en train de nous arriver n'est pas sans rapport avec le Grand Incendie de 1134. Que s'est-il passé exactement durant cette terrible tragédie, dans ce chaos où les portes de l'Enfer semblaient s'être ouvertes tout à coup ? Il faut, ma mie, que vous m'aidiez à découvrir la vérité, car il n'y a là-dedans ni sorcellerie ni malédiction.

– Pourquoi moi ? protesta la jeune femme.

Le chevalier lui sourit :

– Mais parce que personne mieux que vous ne connaît cette ville. Vous la parcourez jour et nuit pour secourir et soigner les malades. Vous entrez dans toutes les demeures, vous veillez les mourants et recueillez leur dernier souffle… enfin, ma mie, parce que vous étiez là pendant ces horribles événements, vous en avez été témoin et en savez plus que quiconque…

La jeune femme baissa la tête et murmura :

– Je ne vous comprends pas, je ne sais rien.

– Ah que si, ma mie… mais comme un prêtre, vous jugez bon de garder bien des secrets enfouis !

– Ceci est le devoir de toute miresse, dit la jeune femme en se redressant.

– Sans doute, du moins tant que votre vie et celles d'autres personnes ne sont pas menacées !

– Et puis, quel rapport, quels liens pourrait-il y avoir ? Ce jour-là n'a laissé derrière lui que décombres et cadavres et rien de plus.

– Non, Ausanne, pas que des cadavres, des vivants aussi, ou plutôt des survivants !

– Que voulez-vous dire ? Pensez-vous que je sois mêlée de près ou de loin à ce crime ? Oh, je vous en prie… ne m'obligez pas à me souvenir, dit la jeune femme en se tordant les mains. Je ne veux pas, vous entendez, je ne veux pas me souvenir !

– Bien, Ausanne, dit Galeran, en s'agenouillant devant la jeune femme. Vous êtes épuisée. N'en parlons plus, vous devez avoir raison, je me trompe sans doute.

La jeune femme se reprit et essuya ses larmes.

– Pardonnez-moi, Galeran, je ne sais plus où j'en suis. Cela fait trop d'émotions en si peu de temps.

– C'est moi qui dois me faire pardonner. Je ne voulais en aucune façon, Dieu le sait, vous bouleverser.

– Cela va mieux, mais peut-être est-il souhaitable que vous me laissiez maintenant ? Il me faut dormir.

– Oui, ma dame. Une dernière question, vous souvenez-vous du lieu de votre agression ?

– Certes oui. Je m'étais abritée non loin de la maison des Simon, rue de la Boucherie. Je les connais bien, je soigne leur grand-mère. Pourquoi me demandez-vous cela ?

– Oh, pour rien… et vous êtes sûre d'avoir blessé votre adversaire ?

– Oui, et je pense même l'avoir touché à plusieurs reprises, aux mains surtout.

– Bien, il me faut partir, ma mie, vous avez besoin de repos. Pardonnez ma brutalité et laissez quelque espoir à un chevalier de revenir vous voir sans être mis à mort par votre courroux.

– Vous serez le bienvenu, je vous le promets, répondit la jeune femme en souriant. Soyez prudent, je vous en prie.

– Je vous le promets, dit le jeune homme en posant la main tremblante de la miresse sur son cœur.

Il se redressa et ouvrit la porte. Ausanne se mordait les lèvres et lui-même eut un sourire hésitant en la contemplant debout sur le seuil.

Une branche craqua sous son pied. Ausanne qui allait lui tendre sa torche poussa un petit cri.

– Ce n'est rien, n'ayez crainte, c'est juste une fleur, dit le chevalier en se baissant et en ramassant une petite branche d'églantier.

La jeune femme pâlit, prit la fleur et referma précipitamment la porte. Galeran l'entendit mettre sa barre.

Sur le chemin du retour, le chevalier tomba nezà-nez avec une patrouille. Le couvre-feu avait résonné depuis longtemps et les hommes d'armes pointèrent leurs lances en voyant briller l'épée de Galeran.

– Qui va là ?

– Ami, dit Galeran calmement. Je suis chevalier et me nomme Galeran de Lesneven.

– Jetez votre arme et approchez-vous, qu'on vous voie l'ami !

– Que non pas, mes doux sires, je veux bien m'approcher mais, par ma foi, un chevalier ne jette pas ainsi sa lame !

– Sergent, sergent, je le reconnais, c'est lui qu'a trouvé les affaires du mort, au bord de l'Eure. C'est un ami du prévôt, laissons-le aller !

– Ah, bon, répondit le soudard d'un ton rogue. Alors, passez votre chemin, chevalier ! Et ne vous trouvez plus devant moi après le couvre-feu, ou il vous en cuira !

– Vraiment ? repartit Galeran.

Le chevalier qui s'apprêtait à faire demi-tour, s'était immobilisé. Tout soudain, sa voix avait changé. Le timbre en était presque devenu métallique. Il faisait face au sergent, son regard clair planté dans le sien.

Le sergent le fixa un instant, puis baissa les yeux en marmonnant. Après un bref signe de sa part, la patrouille repartit vers la prévôté.

Le chevalier sourit ct se remit en marche. Il gagna le lieu où Ausanne prétendait avoir été attaquée, rue de la Boucherie.

Éclairant le sol de sa torche, il se mit à chercher quelques traces de la lutte. À l'entrée d'une venelle, une tache sombre attira son regard.

Il baissa davantage son flambeau, s'agenouilla et

promena sa main sur le sol.

« Du sang, sans doute… Ausanne a donc bien réussi à toucher son agresseur. Qui pouvait vouloir la tuer ? Était-ce un voleur ou bien quelque vengeance ? La piste s'arrête là. L'homme est un finaud, il a bandé ses blessures pour ne pas laisser davantage de traces ou alors, elle ne l'a guère blessé. »

Dans l'impossibilité de trouver d'autres indices, le chevalier fit demi-tour et regagna le logis d'Audouard, rue au Lait.

Ausanne criait dans son sommeil. Son promis était là, et il ne la reconnaissait pas. Elle hurlait son nom et il ne l'entendait pas. Il tournait vers elle son regard vide, ses mains brûlées, noires de sang. Elle se jetait à ses pieds, mais il marchait vers l'incendie, sans la voir. Soudain, elle s'accroche à lui. Il lui saisit les bras et la traîne maintenant. La chaleur devient intolérable. Ils se rapprochent du brasier, Ausanne essaie de fuir mais en cet instant, c'est lui qui ne veut plus la lâcher, ses articulations blanchies par l'effort.

Les mâchoires serrées, il la porte maintenant vers les flammes, elle sent une brûlure sur ses membres, comme le feu de l'Enfer…

Ausanne se réveilla en hurlant, le corps trempé de sueur, cherchant à tâtons la veilleuse éteinte.

Quatrième partie

« Et le ciel disparut
comme un livre qu'on roule... »
Apocalypse

29

Tout avait commencé par de terribles crampes d'estomac. Elle avait titubé, pliée en deux par la douleur, affolée, cherchant du regard un abri où se dissimuler, comme ces animaux sauvages qui se sentent mourir et se glissent dans un terrier ou sous quelque buisson.

Elle vacilla un instant sur le seuil d'une maison en ruines, les épaules secouées de tremblements convulsifs. L'endroit était désert, envahi par des nuées de mouches bleues. Elle avança d'une démarche hésitante, passant d'une pièce à l'autre, traînant les pieds dans l'herbe humide. Le jour perçait des puits de lumière dans le chaume du toit.

Elle contourna en trébuchant un tas de gravats et s'étala de tout son long sur le sol. Un long gémissement lui échappa. Le vent sifflait dans la charpente noircie.

Les crampes se faisaient plus fortes, plus fréquentes encore. Elle se mit à claquer des dents.

« Froid, si froid… et comme il fait noir… » Elle essaya de se relever et ne put que s'agenouiller. Le sol commença à bouger lentement. Le corps en sueur, elle se mit à hoqueter et vomit en longs spasmes douloureux.

Un peu soulagée, elle releva la tête. Une lumière blanche brillait devant elle. Elle se laissa tomber à plat ventre et se mit à ramper, par saccades, les membres tétanisés par la douleur. Une mousse verdâtre se formait maintenant à la commissure de ses lèvres. La lumière se rapprochait, aveuglante.

« Au secours, de l'aide, je me meurs ! » cria-t-elle. Avec stupeur, elle se rendit compte qu'aucun son n'était sorti de sa bouche et elle resta là, immobile, le visage enfoncé dans l'herbe.

Elle vomit à nouveau. La bave souillant son menton et se perdant dans ses cheveux défaits. Elle se crispa, le visage couvert de terre, griffant le sol, secouée d'une dernière et terrifiante convulsion.

30

Ayant dormi d'un sommeil agité, Galeran s'habilla prestement pour rejoindre son ami à la salle commune. L'angélus matinal n'avait pas encore retenti. Audouard, les traits tirés et le teint gris, semblait mal à l'aise.

– Galeran, je m'en veux pour hier soir. Il me faut te présenter des excuses et à dame Ausanne également. Lui as-tu offert de se restaurer ? Tu l'as raccompagnée, bien sûr? Êtes-vous rentrés sans encombre malgré l'heure tardive ? Je suis indigne de vous recevoir, je vous ai offensés sous mon propre toit !

– Hola ! Du calme, point trop de repentir, mon ami. Il suffit. Tu ne nous as offensés ni l'un ni l'autre. Ausanne m'a demandé de te dire combien le bris de ta verrière l'a navrée. Je te jure qu'elle n'avait aucune rancœur à ton égard.

Sans se préoccuper de la discussion des deux hommes, la bonne Hermine avait dressé la table non loin de la cheminée et la couvrait de victuailles. Voyant cela, Audouard invita son ami à s'asseoir à ses côtés.

Hermine offrit à chacun un bol de lait de chèvre fumant puis trancha de larges morceaux de pain qu'elle posa dans une petite corbeille d'osier. Malgré toutes ces attentions, le maître verrier restait soucieux et répondait par des hochements de tête aux questions du chevalier.

Celui-ci, un peu agacé, finit par poser une main ferme sur l'épaule de son ami et lui dit d'un ton de reproche :

– Audouard, je suis là pour t'aider, pas pour autre chose. Nous étions d'accord là-dessus hier soir, tu sembles l'oublier.

– Que non pas, dit-il d'un ton péremptoire. Je le sais, mais vois-tu depuis la destruction de mon vitrail, certains de mes soupçons se sont renforcés. Je ne veux pas t'en parler avant de m'être assuré que je ne me trompe pas. C'est trop grave. Et puis, sache aussi qu'hier, je t'ai menti.

– Comment ça, tu m'as menti, mais pourquoi ?

– En fait, avant-hier, je suis ressorti après le couvre-feu…

– Oui, je t'ai entendu sortir du lit, comme les autres nuits d'ailleurs, mais je ne pensais pas que tu avais quitté la maison.

– Je suis pourtant bien retourné au chantier.

Dissimulant mal son mécontentement, les sourcils froncés, le chevalier attendait la suite. Comme en s'excusant, la voix plus basse, Audouard continua :

– À peine arrivé à la palissade, j'ai entendu un bruit bizarre, étouffé. Cela ressemblait à une cognée de bûcheron et, bien que je ne sois pas très courageux, Dieu le sait, je me suis mis à courir vers le clocher. Je ne pensais qu'à mon vitrail, tu comprends. Il y avait une petite lumière qui dansait derrière les verrières…

– Et après, dit Galeran, le visage sévère, as-tu vu autre chose ?

– Non, mais j'ai tout de suite su qu'on s'en prenait à mon grand vitrail. Il était déjà trop tard, le mal était fait et bien fait… Quand je suis arrivé, le sol était couvert d'éclats et de débris de plomb. Je n'ai pas vu ce bûcheron du diable et la lumière avait disparu quand j'ai relevé la tête vers les échafaudages.

– Pourquoi ne m'as-tu pas conté cela hier soir ?

– Je ne sais. Avec tous ces événements, je ne voulais pas avouer être retourné sur le chantier après le couvre-feu. J'ai fait semblant de découvrir les dégâts en même temps que les autres. Quand tu es arrivé, hier soir, j'ai continué à mentir.

– Voilà bien des couleuvres dures à avaler, et cette comédie que tu m'as jouée ! Enfin, Audouard, arrête ce jeu dangereux, je t'en conjure. Je comprends tes hésitations, mais crois-moi, il faut faire attention, il y a quelque machination que je ne m'explique pas derrière tout ça. La mort du maçon, le jour de mon arrivée, le joaillier trouvé noyé le lendemain, hier ton vitrail détruit et aujourd'hui, quoi encore ? Tu veux donc d'autres morts ?

– Par Dieu, non Galeran…

– Alors, par ma foi, qu'attends-tu pour me dire ce que tu sais ?

Le chevalier avait élevé le ton.

Quand Hermine, un peu interloquée, sentit le tour que prenait la conversation des deux hommes, elle quitta la salle sans faire de bruit et tira doucement derrière elle la porte menant au potager, heureuse de retrouver sa tranquillité.

Audouard, l'air obstiné, secouait la tête.

– Non, je veux en avoir le cœur net. Fais-moi confiance, c'est une affaire entre gens de même corporation. Vous autres, hommes de guerre, n'avez rien à faire là-dedans.

Le maître verrier avait repris de l'assurance et soutenait sans ciller le regard du chevalier.

– Tu veux dire que tu soupçonnes quelque compagnon de ces forfaits ? demanda Galeran.

– N'essaye pas de me faire dire ce que je n'ai pas dit ! Reste en dehors de tout ceci, pour l'instant, je te le demande.

Le chevalier hocha la tête et dit sèchement :

– Bien, mais pendant un jour seulement, passé ce délai, je t'en fais le serment, que tu sois d'accord ou non, je m'en mêlerai.

– Ne te méprends pas, Galeran. Je ne veux pas t'entraver. Sur ma vie, je te jure, tu m'entends, de tout te raconter ce soir, quoi qu'il m'en coûte.

– Bien, Audouard, sois prudent. Et souviens-toi : le sang a toujours appelé le sang !

Galeran se tut, le visage grave. Audouard, gêné et inquiet, se leva :

– Je ferais mieux de m'en aller. À Dieu Galeran.

– À Dieu, mon ami, qu'Il te protège et surtout ne l'oublie pas, je passerai au chantier comme je te l'ai dit hier soir.

Audouard hocha la tête puis se dirigea vers le jardin pour embrasser sa sœur. Un long moment, il contempla la vieille dame avec attendrissement.

Malgré l'air frais du matin, elle s'était assoupie, toute tassée sur elle-même. Il la secoua doucement afin de la réveiller :

– Hermine, Hermine, il faut que je te parle.

– Mmhh… Oh pardon, mon frère, mais je ne dormais pas, je réfléchissais, vous savez.

Puis, un peu inquiète :

– Vous êtes vraiment fâché avec messire Galeran ?

– Que non, Hermine, ne pense surtout pas cela. Galeran a raison, il réagit à sa façon un peu brutale. Et moi, je me conduis sûrement comme un sot mais je ne peux faire autrement. D'ailleurs, ma sœur, il faut que vous me promettiez votre aide.

– Bien sûr, Audouard. Que dois-je faire ?

– Prendre ceci et le remettre à Galeran s'il m'arrive quelque malheur.

Audouard souleva sa blouse de verrier et, défaisant la ceinture, remit son aumônière à la vieille dame qui se signa.

– Pourquoi êtes-vous d'humeur si chagrine, mon frère ? Et puis, par pitié pour votre vieille Hermine qui vous aime, ne parlez pas de malheur.

– Oui, vous avez raison. À vous revoir, ma chère sœur, Dieu vous protège. Et si vous m'entendez bien, n'oubliez pas votre promesse de ne remettre ceci qu'au chevalier.

Le maître verrier serra un instant la vieille dame dans ses bras puis fit demi-tour et rentra dans la maison. Hermine entendit la porte de la rue claquer, et remonta son châle sur ses épaules, trouvant soudain qu'il faisait plus froid. Un long moment, elle tourna l'aumônière de cuir entre ses doigts ronds, se demandant si elle n'allait pas la donner tout de suite au chevalier. Mais non, elle avait promis. Se levant avec difficultés, elle alla à sa chambre, ouvrit la grande malle, héritée de sa mère, et cacha l'aumônière tout au fond, entre les volants de son vieux jupon de fête.

Le chevalier était resté à table, les yeux dans le vague, le visage grave. Il leva la tête quand Hermine entra et lui sourit.

– Hermine, notre discussion vous a chassée. Je me suis encore emporté mais j'essaye de protéger votre frère contre lui-même. Attendez-moi là, j'ai quelque chose pour vous et avec tout ceci, je n'ai même pas eu le temps de vous l'offrir.

Le chevalier revint avec la jolie nappe qu'il lui avait achetée deux jours auparavant et la tendit maladroitement à Hermine.

– Tenez, c'est pour vous, ma mie.

– Oh, messire, il ne fallait pas… commença la vieille dame en ouvrant tout rond ses yeux bleus.

Mais le chevalier, peu habitué à ce genre de démonstrations, était déjà sorti.

31

Ce matin-là, le temps était maussade et un fort vent du nord balayait les rues. Du coup, les passants semblaient moins disposés à la flânerie. Tout comme eux, Galeran serra son mantel et se mit en marche d'un pas pressé.

« Il me faut battre Audouard de vitesse et me rendre sans tarder à la maison des Bretons. »

Après quelques détours dans les ruelles, il déboucha bientôt rue de la Bretonnerie. Il eut tôt fait de trouver la maison où se réunissaient les Bretons de

Chartres. Il frappa un long coup au heurtoir et attendit. La statuette du saint patron de la confrérie, Saint-Malo, trônait dans une niche de pierre au-dessus de la porte.

– C'est pour quoi ? demanda en patois une vieille femme édentée en lui ouvrant.

Galeran se remémora le dialecte de Saint-Malo et répondit de même.

– Galeran de Lesneven, ma dame, je désire voir le maître de céans.

– Entrez, je vais le quérir.

Quelques instants plus tard, un homme d'une quarantaine d'années, grand et large d'épaules, entra dans la salle. Le visage plissé de mille rides, les yeux très noirs, le menton volontaire, il avait fière allure. Sa robe de bure était celle d'un ecclésiastique, ce qui surprit le chevalier.

Il fixa Galeran un bref instant, et celui-ci sentit que ces quelques secondes avaient suffi pour que l'homme le jauge.

– Pardonnez-moi cette visite, monseigneur, et permettez-moi de me nommer, dit courtoisement le jeune homme. Je suis Galeran de Lesneven, fils de Gilduin.

– Robert le Breton. Que puis-je pour vous ?

La voix était grave et profonde, le regard direct.

– J'ai appris l'existence de votre confrérie et je crois savoir qu'elle voue grand respect à Notre-Dame. J'ai besoin de votre appui dans une affaire qui risque de compromettre la construction de la cathédrale. Mais je vois que vous-même portez la bure et n'êtes sûrement pas sans savoir les derniers événements qui ont bouleversé l'avancée des travaux au cloître Notre-Dame ?

– Oui, c'est exact, je l'ai su grâce au grand chancelier de l'école Thierry, étant moi-même son élève à l'école de Chartres. Mes compatriotes et moi-même portons, c'est évident, grand intérêt à l'avenir de cette ville. Il y a deux raisons à cela.

Un sourire s'esquissa sur le visage ridé du Breton qui marqua un temps d'arrêt avant de reprendre.

– Auriez-vous, messire Galeran, oublié la légende ? Elle rapporte que « les fils de Japhet, troisième fils de Noé, étaient venus s'installer en Armorique, d'où les principaux et les plus courageux de la nation avaient ensuite gagné Chartres... » Ceci est la première raison. La deuxième, voyez-vous, c'est que le sanctuaire de Notre-Dame abrite les reliques de Saint-Tugdual, évêque de Tréguier, abritées là depuis les invasions normandes. C'est vous dire combien notre communauté fait grande attention à tout ce qui se passe ici. Soyez franc. En quoi pouvons-nous vous aider ?

Galeran sentit qu'il pouvait tout confier à cet homme. Il émanait de lui loyauté et force. Bien plus que les hommes, ce Breton-là devait s'y entendre à mener les âmes.

– Il y a deux problèmes à résoudre, dit le chevalier. D'une part, les accidents survenus sur le chantier et la mort d'un ouvrier maçon et par ailleurs, l'assassinat d'un joaillier retrouvé dans l'Eure.

– Oui, je suis au courant de la noyade de ce pauvre homme. Et je pense même l'avoir rencontré au cloître Notre-Dame. Ainsi, vous croyez que ce n'est pas un accident ?

– J'en suis sûr.

Et Galeran relata au Breton les conclusions d'Ausanne et les siennes.

– En effet, ceci m'a tout l'air d'un meurtre. Voici qui pourrait vous aider, cet homme vendait des pierres rares à l'un des orfèvres de notre confrérie, qui travaille pour le trésor du cloître.

– Étant étranger ici, me donnerez-vous votre recommandation pour l'interroger ?

– Sans doute, l'homme s'appelle Mallon l'orfèvre, il habite rue du Cygne. Il est renommé pour son talent dans tout Chartres et même jusqu'à Paris, puisqu'il a déjà exécuté des pièces pour l'abbé Suger. Il est un peu bourru, mais je ne pense pas que cela vous effraie, dit Robert le Breton avec un demi-sourire. Et pour ce qui est de la cathédrale, en quoi puis-je vous aider ?

– Je cherche si, voici un an, il s'est passé quelque chose de particulier sur le chantier. Car apparemment, les incidents ont commencé à cette époque.

La réflexion plissa le haut front dégarni de Robert le Breton.

– Les ouvriers, dit-il.

– Que dites-vous ?

– Il y a eu, à compter de cette époque, un grand mouvement d'ouvriers, et également de maîtres, entre Saint-Denis et notre ville.

– Vous pensez à quelque chose en particulier ?

– Oui, ce sont surtout des maîtres, qu'ils soient tailleurs de pierre ou verriers, qui sont venus pour travailler sur le Portail Royal.

– Des tailleurs de pierre ? répéta Galeran songeur.

– Si vous voulez plus de renseignements, consultez Téobald, c'est un maître charpentier de Saint-Malo, il est là depuis de nombreuses années. Il connaît tout le monde. Dites-lui que vous venez de ma part.

– Je le ferai, messire Robert, et je vous remercie de votre aide.

– Vous êtes le bienvenu chez nous, messire

Galeran. Revenez quand vous le désirez.

Les deux hommes se saluèrent et le chevalier, après avoir demandé son chemin à la vieille servante, prit la direction de la rue du Cygne, afin d'interroger l'orfèvre.

32

Un écolier, vêtu de la stricte blouse de drap gris, indiqua au chevalier l'auvent de l'orfèvrerie, sise au pied de la tour de la famille Boël.

Devant la porte, une longue table supportait coupes, assiettes, hanaps, aiguières… finement travaillés. La lumière grise du petit matin allumait des reflets sur le poli des étains et des cuivres.

– Bonjour, dit Galeran en saluant un jeune homme, en train d'étamer une pièce de métal. Je cherche Mallon l'orfèvre.

– Lui voulez quoi ? répondit le jeune homme sans lever la tête.

– Lui poser quelques questions.

– L'a pas le temps pour des questions.

– Laissez-m'en seul juge. Dites-lui que c'est Robert le Breton qui m'envoie.

– Fallait le dire, dit le jeune homme en se levant aussitôt. Suivez-moi.

« Eh bien ! pensa Galeran. Voilà une recommandation efficace. »

Il pénétra, à la suite du jeune homme, dans l'atelier de l'orfèvre. Le crissement d'un burin déchirait l'air. Court sur pattes et trapu, le cheveux gris et vigoureux, Mallon était courbé sur une aiguière d'étain poli. Il gravait un visage de femme dans le métal.

– Maître, dit l'apprenti, tout doucement.

– Quoi ! tonna une voix de stentor qui contrastait avec la petite stature de l'homme.

– Messire est envoyé par Robert le Breton.

– Ah bon, prenez un tabouret. Sans vous gêner, je continue mon ouvrage. Pourquoi messire Robert vous envoie-t-il ? Vous êtes de par chez nous ?

– Non point.

– Pourtant vous avez un accent…

– Je viens du pays de Lesneven, mais ce n'est pas pour parler du bout du monde que je suis venu à vous. J'ai besoin de votre aide.

– De mon aide ? En quoi un orfèvre peut-il aider un chevalier de votre sorte, si ce n'est pour lui faire une garde d'épée ? La vôtre est très belle, d'ailleurs. Votre lame par contre, me paraît bien légère.

– Sa légèreté n'a d'égale que son tranchant ! Brisons-là, maître Mallon, j'ai des questions à vous poser sur le joaillier qui vous vend des pierres…

– Lequel ? le coupa l'orfèvre. Ils sont plusieurs à venir m'en procurer !

– Celui-ci, en plus de saphirs et de grenats, possède paraît-il des pierres qui viennent de Hongrie.

– Ah ! Alors, c'est Ogier, Ogier de Reims. Ah oui ! Il n'y a vraiment que lui pour trouver ces étranges pierres du Froid.

– Lui en avez-vous acheté récemment ?

– Oui, mais pas à lui directement, non ! Paraît-il qu'il était malade. Mais il m'a envoyé une fille pour me les vendre.

– Une fille ?

– Oui, et même que moi qui y regarde pas, je dois

dire que celle-là, elle avait pas l'air très fière ! M'enfin, j'ai fait comme avec vous, j'ai plutôt continué mon ouvrage… et scruter la qualité des pierres de l'Ogier !

– Quand est-elle venue cette fille?

– Eh ben, c'était lundi, je crois bien.

– Lundi, vous en êtes sûr ? Et c'est la fille qui vous a dit que le joaillier était malade? Comment était-elle ?

– Pas de seins ni de fesses, si vous voyez ce que je veux dire. Une sèche quoi et petite avec ça, et pas très propre ! Cette gamine elle avait rien de particulier et puis elle a gardé la tête baissée presque tout le temps… Je lui ai remis l'escarcelle destinée à Ogier. Elle l'a glissée dans l'aumônière qu'elle avait à la ceinture sans même vérifier le compte et elle est partie en courant. Je me suis demandé pourquoi Ogier m'avait pas envoyé un de ses aides. Enfin, ça me regardait pas…

– Pouvez-vous me montrer les pierres qu'elle vous a vendues?

– Pourquoi pas ? dit l'orfèvre en allant vers un petit meuble bas qu'il ouvrit à l'aide d'une lourde clé pendue à son ceinturon. Tenez, dit-il en lui tendant une bourse de cuir rouge. D'ailleurs, c'est bizarre, cette enfant me l'a laissée, il me faudra la rendre à Ogier.

– Ce n'est pas la peine, cela ne lui servira plus à rien.

– Que voulez-vous dire?

– Vous ne devez guère faire attention à ce qui se passe dans votre ville !

– Si, en plus de mon travail, il fallait que je fasse attention à tout les ragots ! grogna Mallon.

– Ogier a été assassiné et probablement avant

même que vous achetiez ces pierres, répondit le jeune homme en faisant glisser une dizaine d'opales entre ses doigts. « Il y a en elles un feu plus doux que celui de l'escarboucle, le pourpre brillant de l'améthyste, le vert profond de l'émeraude… Certaines… égalent la palette des peintres, d'autres la flamme du soufre brûlant… » Pline l'ancien avait raison, ces pierres sont extraordinaires, mais le meurtre me paraît un prix trop élevé pour les posséder.

– Assassiné ! Et vous pensez que cette gamine a pu tuer Ogier pour lui voler ses cailloux ?

– Non, pas elle, j'ai ma petite idée là-dessus. Mallon, vous allez devoir confier la garde de votre échoppe à votre aide et m'accompagner chez le prévôt. Il faut l'informer de tout ceci.

Après avoir donné des ordres à son apprenti et fermé son atelier à clé, Mallon suivit en maugréant le chevalier. Pour lui, la journée commençait mal. Ayant chacun matière à réflexion, les deux hommes empruntèrent en silence la rue de la Pelleterie, se frayant un chemin au milieu des étals.

33

Longue et basse, la prévôté était une des rares maisons de pierres de la ville haute. Séparée du Palais comtal par la largeur d'une rue, elle était pourvue de meurtrières et d'une lourde porte de chêne, qu'on ne pouvait passer sans un serrement de cœur. La voûte, sombre à souhait, empestait l'urine et les défécations. Un homme d'armes, revêtu de sa broigne de métal, escorta les deux hommes jusqu'à la salle réservée au prévôt. Une voix tonitruante répondit au coup discret frappé sur la porte cloutée.

– J'avais dit qu'on ne me dérange pas ! (Le battant fut ouvert avec violence et alla heurter le mur avec fracas.) Ah, c'est vous, Lesneven ! Entrez, qu'est-ce que vous attendez ? Vous aussi, ne restez pas là dans ce couloir puant !

Galeran, nullement impressionné par l'agitation du prévôt, entra dans la pièce suivi de l'orfèvre, un peu hésitant. La pièce était petite et encore plus glaciale que les couloirs. Un peu de jour filtrait d'une haute meurtrière munie de barreaux. Une cheminée cacochyme, impuissante à la chauffer, crachait sa fumée dans la salle ! Un flacon de vin, une coupe renversée et un jeu d'osselets traînaient par terre. Un lit de camp, une table et des bancs constituaient le seul mobilier. Empilés sur un tabouret, un suroît et des braies essayaient de sécher devant l'âtre.

– Prenez ce banc, vous voulez boire quelque chose? Je dois avoir une autre coupe dans tout ce…

– Non merci, prévôt. Mais écoutez plutôt l'histoire que va vous raconter Mallon.

L'orfèvre répéta ce qu'il avait dit au chevalier quelques minutes plus tôt.

– Quoi, que dites-vous? rugit le prévôt après avoir entendu le récit de l'orfèvre. Une fille est venue vous vendre les pierres du joaillier?

– C'est exact, messire prévôt, répondit sèchement Mallon, agacé par le ton rogue et les manières du soudard.

– Et vous ne pouvez pas me dire qui c'est ?

– Je vous ai dit que je ne l'avais jamais vue.

– Bon, bon… Qu'est-ce que vous en pensez, sire

Galeran ?

– Je crois que nous devrions confronter les aides du joaillier ainsi que les aubergistes avec maître Mallon.

– Mmhh… Attendez-moi ici tous les deux !

Le prévôt sortit sans en dire davantage, claquant la lourde porte derrière lui.

Un long moment passa. La cheminée continuait à refouler de la fumée. Ni Mallon ni Galeran n'avaient envie de parler. L'angélus de midi retentit, le prévôt n'était toujours pas revenu. Une heure passa ainsi, sans que les hommes échangent un mot. Galeran, à qui cette atmosphère confinée pesait, faisait les cent pas comme un ours en cage. Mallon, quant à lui, maugréait sans discontinuer contre la soldatesque, en général, et le prévôt, en particulier. Les deux hommes commençaient à perdre patience et à se dire que le prévôt les avaient oubliés quand un lourd bruit de pas retentit. La porte se rouvrit à la volée devant le prévôt et les deux aides de l'orfèvre. L'homme d'armes avait un teint brique qui n'augurait rien de bon.

– Impossible de trouver qui que ce soit d'autre que ces drôles-là. La Doëtte est sortie. Le voisin, qui s'entend plutôt bien avec le Jehan, m'a dit qu'il lui avait confié le soin de garder l'auberge. Pour une fois, l'aubergiste a emmené sa femme. Ils sont partis pour le marché aux chevaux de Maintenon. J'ai envoyé deux cavaliers à leur recherche. Que va-t-on faire de vous, mes gaillards ? dit-il en se tournant vers les deux aides pétrifiés de terreur. Sergent, mettez-moi ces gaillards à la cave en attendant, ils connaissent le chemin !

Le sergent empoigna sans ménagement les deux aides et, malgré leurs protestations, les fit sortir de la pièce à grand renfort de jurons et de coups de pied.

– Sire prévôt, dit Galeran, j'ai promis à maître Audouard de le rejoindre sur le chantier, il me faut vous laisser. Faites-moi quérir dès que nécessaire.

– Oui, et vous aussi, maître Mallon, vous pouvez disposer. Je vous enverrai également chercher quand nous aurons mis la main sur les aubergistes. Sur mon honneur, on va régler ça et vite.

34

Dès le matin, les ouvriers avaient dû lutter contre les violentes rafales du vent du nord. Après un bref répit au moment du repas, l'aquilon s'était à nouveau déchaîné. Il soufflait maintenant avec force sur le Portail Royal, gênant l'ouvrage des verriers et des tailleurs de pierres.

Déjà les charpentiers qui travaillaient au clocher du midi avaient suspendu la pose des chevrons-fermes. Car, même encordé, il devenait impossible de se tenir aux bois de cette forêt de poutres qui se dressait vers le ciel.

Du sol, s'élevaient des tourbillons de poussière. Des bâches claquaient au vent, des planches s'envolaient… Le travail s'était considérablement ralenti. Les sculpteurs du Portail Royal suspendaient de plus en plus souvent leurs gestes, hésitant à poursuivre leur fin travail sur les statues-colonnes.

Le maître d'œuvre et ses appareilleurs allaient et venaient, enjoignant à chacun de redoubler de prudence, prêts à tout arrêter si le vent gagnait encore en force.

Quand Galeran arriva au pied du clocher du midi, il eut du mal à reconnaître la physionomie du chantier, tellement il y avait de poussière et d'agitation fébrile.

Il croisa un groupe de charpentiers, leurs cordes enroulées à l'épaule. Galeran dressa l'oreille, deux d'entre eux parlaient breton. Il se rappela le conseil de Robert le Breton d'essayer de trouver le vieux maître charpentier malouin.

– Pardonnez-moi, dit-il en dialecte malouin aux deux ouvriers, je cherche un nommé Téobald, maître charpentier de son état.

Les deux hommes, un jeune blond aux yeux couleur de mer et un vigoureux vieillard aux cheveux blancs le toisèrent avant que ce dernier lui réponde :

– Qu'est-ce que vous lui voulez à Téobald ?

– Lui parler, c'est Robert le Breton qui m'envoie.

– Ah bon, dit le vieux, un sourire plissant les rides de sa face. Fallait le dire ! Vous l'avez en face de vous, le Téobald.

– Je me nomme Galeran de Lesneven, je voudrais que vous me parliez des tailleurs de pierre et des verriers venus de Saint-Denis.

– Je sais pas bien causer, vous savez, mais comprendre, ça oui. Venez. Les verriers, hormis le Audouard et le Théon, je les connais pas bien. La pierre par contre, je sens davantage !

Et le Breton s'en retourna, entraînant Galeran dans son sillage, vers le Portail Royal. Il s'arrêta devant la baie centrale et, désignant du doigt les statues-colonnes couchées sur le sol, murmura :

– Connaître un homme, c'est apprendre à regarder ce qui sort de ses doigts. Approchez-vous et voyez comme c'est beau. Ce tailleur-là est ici depuis un an et fait battre le cœur des pierres ! Regardez son Moïse serrant les Tables de la Loi et cette reine aux longues nattes, plus fée que femme !

Le vieux charpentier continuait à parler, promenant des doigts amoureux sur les sculptures, mais Galeran ne l'entendait plus, il dévorait des yeux la reine de pierre.

– Touchez-les, messire, et vous aurez la réponse à vos questions. Vous voyez vous aussi, vous êtes en amour, elles sont si belles…

– Grand merci, Téobald, j'ai ma réponse, même si j'en eus préféré une autre.

Les deux hommes se saluèrent, Galeran remerciant encore le vieux charpentier amoureux des statues. Évitant de justesse deux ouvriers qui couraient relever une échelle renversée par la bourrasque, le chevalier rejoignit les ateliers des maîtres verriers.

Un peu à l'abri du vent dans leurs baraquements, les verriers étaient, eux aussi, en pleine effervescence. Le mauvais temps rendait impossible la pose des verrières. Audouard, le visage fermé, surveillait ses aides en train de découper au fer rouge des gemmes de verre bleu.

En entrant dans l'atelier, le chevalier se secoua pour se débarrasser de la poussière et s'alla chauffer les mains un instant au-dessus du brasero.

Audouard, qui l'avait vu rentrer, lui adressa un bref signe de tête tout en continuant à suivre des yeux les délicates manœuvres.

– Attention, regarde ce que tu fais, tu rêves ma parole, s'écria le maître en reprenant le fer des mains de son aide. Il faut que tu coupes ici !

Puis redonnant le fer à son apprenti et se tournant vers le chevalier :

– Je suppose que, obstiné comme tu es, tu veux passer un moment avec nous dans les échafaudages ? Tu n'as pas bien choisi ton moment, il fait un temps épouvantable pour grimper là-haut.

– Oui, j'ai vu ça.

– Oh, tu n'as encore rien vu ! À cent cinquante pieds du sol, c'est plus proche de l'Enfer que du Paradis ! Bon, allez, on y va.

À peine sorti du baraquement, les deux hommes dûrent s'arc-bouter contre une rafale de vent qui les obligea à hurler pour s'entendre.

– C'est de pire en pire ! s'exclama Audouard. Viens, j'ai laissé trois de mes gars là-haut, il faut que je les fasse descendre !

Le chevalier emboîta le pas au maître verrier qui se dirigeait vers le clocher du midi.

– Tu passes par là ?

– Oui, les charpentiers sont redescendus, je les ai vus quitter la tour, nous allons emprunter l'escalier à vis du clocher. Nous pourrons ainsi rejoindre sans encombre les passerelles menant aux vitraux.

– Sinon, d'habitude tu fais passer tes gars par les consoles de la façade ?

– Oui, cet escalier sert surtout aux maçons et aux charpentiers qui travaillent sur la flèche du clocher mais les appareilleurs nous permettent de l'utiliser également dès que ça commence à souffler ou bien à trop pleuvoir.

L'escalier à vis donnait le vertige. Une volée de marches sans rambarde, se perdait dans les hauteurs du clocher. Il permettait aux ouvriers d'accéder en haut du clocher sans passer par la façade. Avec la flèche en construction, l'ensemble dépasserait bientôt les trois cents pieds !

Audouard montait doucement, se collant parfois

au mur pour laisser passer des ouvriers qui redescendaient. Galeran le suivait sans difficulté.

Le vent sifflait au travers des hautes fenêtres encore béantes.

– Je ne sais si nous allons pouvoir rester là-haut, ces rafales sont trop dangereuses ! hurla Audouard pour se faire entendre. Viens, suis-moi, nous allons passer au-dessus des portes du Portail Royal.

Les deux hommes quittèrent l'escalier pour un pont de planches menant aux passerelles où travaillaient les autres maîtres verriers.

– Sois très prudent. Méfie-toi des appels d'air, et n'hésite pas à te tenir ! Ici, on est comme sur un bateau pris dans la tempête ! Si tu entends sonner les cloches avant l'Angelus, descends, ce sont les ordres de Thiberge, il préfère que nous perdions une journée de travail que des hommes.

– Je le comprends, ne t'inquiète pas, dit le jeune homme en s'agrippant à une poutrelle pour résister à une bourrasque.

Avant d'arriver à la verrière d'Audouard, les deux hommes passèrent derrière celles, déjà quasiment installées, de la Passion et de l'Enfance du Christ. Galeran ralentit, émerveillé par le rouge braise mêlé au bleu profond du vitrail de l'Enfance. Audouard qui avait suivi son regard, dit :

– Il est beau, n'est-ce pas ? C'est Théon, un maître qui vient de Saint-Denis comme moi qui l'a réalisé. Son ouvrage est plus avancé que le mien, ajouta le verrier avec tristesse.

Arrivé près de l'arbre de Jessé, Galeran admira les éléments et ce bleu « surnaturel », propre à l'œuvre de son ami. Un peu plus loin, un monceau de verres brisés et de plombs tordus marquait l'emplacement de la partie détruite.

Un ouvrier, gêné par les bourrasques qui passaient à travers la baie, ramassait et triait les débris avant de les ranger dans une caissette de châtaignier.

Sur les planches luisait doucement un éclat de verre bleu. Galeran le ramassa et le mit devant son œil, regardant Notre-Dame à travers cet étrange cabochon. Sur une passerelle, non loin de là, une mince silhouette semblait figée dans l'éclat de verre. L'homme semblait le regarder.

– C'est un morceau de l'arbre de Jessé, de maître Audouard, dit l'apprenti qui ramassait les éclats. C'est beau, n'est-ce pas ? Il n'y a que lui à avoir la recette de ce pigment.

– Vraiment ? dit Galeran tout en ôtant le cabochon de son œil et en regardant dans la direction où s'était tenue la silhouette.

Mais il n'y avait plus rien, comme si l'homme n'avait existé que par la grâce de ce bleu magique.

Galeran empocha le cabochon. L'apprenti continuait à lui parler :

– Des morceaux, y en a partout. Quelqu'un s'est acharné à détruire, mais qui ? On n'y comprend rien, nous autres, et les autres verrières, elles ont rien eu !

Et l'apprenti, songeur, ajouta :

– Ceci dit, il n'y a pas que chez nous, un de mes amis, tâcheron de son état, a retrouvé son travail détruit. Nous sommes en train de penser à mettre des gardiens dans les échafaudages, la nuit. Il y a bien maître Enguerrand qui reste sur le chantier. On lui en a parlé, mais il a rien entendu cette nuit-là. Bizarre, moi je crois qu'il a une belle qu'il va parfois rejoindre à la nuitée.

– Je vais vous aider à ramasser vos morceaux de verre, dit le chevalier en se baissant pour aider le jeune homme. Mais parlez-moi un peu de cet Euguerrand.

– Eh bien, c'est un tailleur de pierre. Il travaille sur les statues-colonnes et sur une sculpture du clocher du midi. Grâce au maître qui a accepté, il vit dans une cabane sur le chantier ou bien, quand le temps n'est pas trop mauvais, carrément là-haut entre corneilles et éperviers. Il a fait vœu de solitude.

– C'est vrai ?

– C'est ce qu'on dit, il est un peu fou, à mon avis, mais faut reconnaître qu'il n'y a pas deux sculpteurs comme lui !

– Maître Audouard m'en a parlé. Alors, il vit parfois là-haut ? C'est impossible !

– Si, si, il s'est fabriqué une espèce d'abri sur une passerelle, à l'intérieur du clocher. On se demande comment il tient, surtout quand le vent souffle. En tout cas, quand il est pas à sa cabane au pied de Notre-Dame, il dort là.

– Où est-ce ?

– Grimpez sur ces poutrelles en face de vous, vous arriverez plus vite au clocher et reprenez l'escalier à vis. Il faut que vous montiez un bon moment, il s'est installé presque au sommet. Avant la flèche, vous verrez son abri au-dessus de votre tête.

Audouard, qui arrivait sur ces entrefaites, rabroua vivement son apprenti et l'envoya rejoindre les autres.

– Tu n'as pas entendu que je t'appelais, tout le monde redescend, cela devient trop dangereux. Prends ta caissette et file !

Le jeune homme s'excusa en rougissant et s'éloigna sans demander son reste.

Le maître verrier grommela puis s'adressant à

Galeran :

– J'ai fait redescendre tous mes gars. Vu le temps qu'il fait, je pense que Thiberge va tout arrêter. Je vais aller faire un dernier tour et puis j'irai jusqu'à la forêt de Marchenoir avec le Thibaud. On a besoin de reprendre du verre aux ateliers. Toi aussi, tu devrais redescendre.

– Tu as des ateliers dans la forêt de Marchenoir ?

– Oui, j'y ai ma verrerie. C'est vrai, je n'ai même pas eu le temps de t'en parler. Je l'ai construite avec Théon. Ce n'est pas grand-chose, nous avons un seul four mais deux ateliers et une maison pour nous abriter quand nous décidons d'y passer la nuit. J'ai deux gars qui sont là-bas en permanence.

– Il faudra que nous y allions ensemble. Ne t'inquiète pas, je vais reprendre l'escalier et nous nous retrouverons à ton atelier tout à l'heure, à moins que je ne reprenne mon cheval et ne t'accompagne en forêt !

Abandonnant son ami, Galeran tourna les talons et décida d'aller visiter l'abri d'Enguerrand.

Croisant un maçon qui redescendait avec son auge, Galeran gravit une volée de marches puis une autre, puis encore une autre, la montée était interminable… Levant la tête, il vit soudain au-dessus de lui la masse sombre d'une plate-forme. L'abri d'Enguerrand tenait plus d'un gîte de chasseur que d'une cabane !

De longues planches liées les unes aux autres et recouvertes d'une toile goudronnée étaient dressées contre le mur.

« Cette tanière-là, pensa le chevalier stupéfait, doit tout juste permettre à un homme de s'allonger et encore ! »

Au moment où Galeran s'apprêtait à grimper sur

la plate-forme, un long cri se répercuta dans le clocher, éveillant de sinistres échos.

Au même instant, retentit la sonnerie d'alarme annoncée par Audouard. Les cloches s'étaient mises en branle, sonnant l'évacuation du chantier. La violence de la tourmente avait forcé le maître d'œuvre à faire arrêter le travail !

Malgré le vacarme du bourdon, on entendait des hurlements s'élevant du côté du Portail Royal.

Galeran descendait le plus vite qu'il pouvait, sautant les marches trois par trois. Un ouvrier criait, debout à l'entrée des passerelles menant aux verrières de Théon et d'Audouard.

Le chevalier ne comprit pas tout de suite pourquoi. Les passerelles étaient désertes, il ne restait plus qu'un pan de tissu bleu qui flottait au bout du passage. Gêné par le vent et la poussière, les sourcils froncés, Galeran s'avança. Ce drap couleur de ciel, il le connaissait.

Le chevalier, un instant pétrifié par l'horreur, ne pouvait plus bouger. Puis il tituba vers le corps qui gisait au pied de la dernière échelle.

Le maître verrier était recroquevillé, couché sur un panneau de vitrail. Le vent se prenait dans sa longue blouse. Un sang trop rouge se répandait sur les cabochons bleus.

Galeran saisit le corps de son ami et le tira pour le mettre à l'abri. Il le retourna avec précaution et écarta doucement les doigts crispés sur une longue lamc de verre qui émergeait de sa blouse lacérée, à la hauteur du sein gauche. Un flot de sang jaillit avec une puissance inouïe et Galeran comprit tout de suite que son ami était perdu. Pourtant, le verrier respirait encore à petites goulées rapides. Il voulut parler, des bulles se formèrent à la commissure des lèvres.

Un murmure, presque un souffle inaudible :

– Aus… dis à Aus…

La tête d'Audouard retomba. Le verrier avait rendu son âme à Notre-Dame, les yeux grands ouverts face au ciel.

Le chevalier resta immobile un long moment.

Puis, un bruit de pas retentit. Des ouvriers avaient prévenu l'équipe du verrier qui se précipitait vers les deux hommes.

– N'avancez plus et ne touchez à rien, par Dieu ! Allez quérir dame Ausanne et le prévôt, dit Galeran sans même se retourner.

Les hommes s'arrêtèrent net. Le chevalier se mit à genoux et ferma doucement les paupières de son ami puis releva la tête. Un silence anormal régnait maintenant sur le chantier. Même le vent semblait s'être calmé. Les équipes se groupaient en silence, sur les échafaudages, sur les échelles, sur les plates-formes, dans l'escalier… Un attroupement se formait autour de Galeran qui se leva lentement, ôtant son mantel pour le poser sur le corps sans vie de son ami.

35

Les ouvriers s'écartèrent soudain, livrant passage au prévôt et à ses hommes.

– Eh bien, messire Galeran, dit le vieux soldat, on ne peut pas dire que nos rencontres soient placées sous de bons auspices. Est-il…

– Mort, oui messire prévôt, répondit Galeran, la voix blanche. Mon ami est mort.

Les ouvriers s'écartèrent à nouveau, laissant

passer dame Ausanne.

– Galeran ? Oh mon Dieu, c'est Audouard, s'exclama-t-elle, car on ne l'avait pas informée de l'identité du mort.

– Que tout le monde s'écarte ! dit-elle d'un air sévère.

Docilement, avant même que les gens d'armes aient agi, les ouvriers reculèrent, laissant Ausanne se pencher sur Audouard pour l'examiner.

Elle prit son temps. Repoussant le mantel de Galeran, elle détailla le corps de la tête aux pieds avec un calme déconcertant. Ses doigts fins se saisirent des mains du maître verrier, elle scruta les ongles. Puis, après avoir largement dénudé la poitrine du mort, elle prit une pince dans sa trousse et extirpa de la plaie sanglante, la longue écharde de verre qu'elle déposa avec précaution sur un linge à côté d'elle.

– Où étiez-vous, messire Galeran, au moment de cet accident ? demanda-t-elle soudain.

– En haut du clocher du midi. Pourquoi ?

– Pour savoir si vous avez vu comment il s'est fait cela.

– En tout cas, Ausanne, je ne vois pas comment on peut « accidentellement » s'enfoncer un morceau de verre dans le cœur !

– …

– Cela semble difficile, vous ne trouvez pas ?

– Nous en parlerons tout à l'heure si vous le voulez bien, laissez-moi poursuivre mon examen, messire Galeran, dit la jeune femme d'un ton péremptoire. Cette mort vous est trop proche pour que vous soyez bon juge, croyez-moi !

Galeran se recula, le visage fermé. Puis, se frayant un passage au milieu de l'attroupement, il se dirigea vers l'escalier à vis et là, s'arrêta net.

L'homme de tout à l'heure se tenait à quelques mètres de lui, grande silhouette mince vêtue d'une blouse grise, raide, indifférente à ce qui l'entourait. De face, ce visage faisait peur. De multiples cicatrices entouraient ses yeux creux aux orbites profondes et sa barbe clairsemée ne parvenait pas à cacher les balafres qui marquaient ses joues. Galeran fit mine de s'approcher mais, avant même qu'il ait fait un pas, l'homme avait disparu dans la pénombre de l'escalier. Galeran se mit à courir. En vain, il n'y avait plus personne, l'homme lui avait encore une fois mystérieusement échappé.

« Il faut, se dit le chevalier que, malgré la tempête, ce damné personnage soit ressorti par la façade… »

Galeran s'en retourna alors auprès d'Ausanne et lui fit part de son intention d'aller prévenir la vieille Hermine.

– Oh non, messire, laissez-moi faire. Il vaut mieux que ce soit une femme qui s'en charge. Vous autres, hommes, êtes toujours mal à l'aise dans ce genre de situation, surtout avec une vieille dame. Et puis la pauvre Hermine aura certainement besoin de mes soins.

– Vous avez raison, ma dame, je pense être moins adroit que vous en cette occasion, dit Galeran, en pressant la main de la jeune femme.

Quand Ausanne arriva près de la maison d'Hermine, elle n'avait encore aucune idée de la façon dont elle allait lui annoncer la mort brutale de son frère. Elle frappa deux coups légers au heurtoir. Elle cherchait encore ses mots quand Hermine ouvrit la porte. La vieille dame la regarda, détaillant son visage pâli :

– Il est arrivé quelque chose à mon frère, dit-elle calmement, avec cette lucidité des gens qui aiment.

– Oui Hermine, répondit simplement Ausanne, une mauvaise chute. Je suis désolée, il n'y avait plus rien à faire.

Hermine vacilla un court instant puis se ressaisit et déclara d'une voix ferme :

– Mon frère est mort, conduisez-moi près de lui.

– Non, pas maintenant. Galeran m'a envoyé, près de vous et vous demande, par amitié pour lui, de prendre ce fortifiant. Je vous promets que nous vous ferons ramener votre frère ici afin que vous puissiez lui rendre les derniers devoirs.

– Bien, dit simplement la vieille dame en prenant docilement la fiole que lui tendait la miresse.

Une grosse larme coulait sur sa joue, marquant le début d'un long désespoir silencieux. Dorénavant Hermine était seule, elle le savait. Le seul homme qui lui témoignait de la tendresse et à qui elle avait tant donné, s'en était allé à jamais…

– N'avez-vous personne que je puisse quérir ? demanda Ausanne. Une voisine, voulez-vous que j'aille chercher Bertrade ? Vous vous entendez bien toutes les deux. Je ne désire pas vous laisser ainsi.

– Non, je préfère rester seule pour l'instant. Mais dites au chevalier de passer me voir. J'ai un message pour lui.

– Un message ?

– Oui, ce matin même, Audouard, que Dieu et Notre-Dame l'aient en leur Sainte Garde, me disait qu'il pourrait lui arriver malheur. Il voulait que je remette son aumônière au chevalier.

– Voulez-vous me la confier, Hermine, j'irai la lui porter. C'est peut-être important.

– Je ne sais… Bien sûr, mon frère m'a dit de la remettre au chevalier. Mais vous, mon frère vous aimait énormément.

– Moi aussi, Hermine, je l'aimais.

– Oh, pas comme lui vous aimait, allez. Pour lui, vous étiez plus qu'une femme ! Je vous en prie, dites au chevalier de venir me voir et de ne pas craindre mon chagrin, il faut que je lui donne cette aumônière. Les promesses faites aux morts sont deux fois plus sacrées !

– Vous avez raison, ma mie. Pourtant, promettez-moi de vous aller reposer un peu dans votre chambre, répondit Ausanne troublée par les propos de la vieille dame.

– Cela ira, vous pouvez vous en retourner. Ne vous inquiétez pas pour moi, dit Hermine en se dirigeant vers son cher potager.

Ausanne referma doucement la porte du logis et s'éloigna, comme à regret, le front soucieux.

36

Depuis la mort du maître verrier, Galeran errait sans but sur le chantier. Soudain, il se trouva nez à nez avec le sergent Geoffroy.

– Le prévôt vous attend, messire. On va quérir Mallon et les cavaliers ont rattrapé les aubergistes.

– Bien, je vous suis, dit le chevalier, la voix lasse.

Une foule d'hommes et de femmes, parmi lesquels des ouvriers du chantier, était massée devant la prévôté. Deux hommes d'armes gardaient la lourde porte. Sur un signe du sergent, ils s'écartèrent pour les laisser passer. Un brouhaha de voix et de pas emplissait la salle d'armes. Apparemment le prévôt n'avait pas perdu de temps. Il avait réuni, en hâte, ainsi qu'il en avait le pouvoir, divers représentants de l'autorité.

Dans la vaste salle, se côtoyaient le riche seigneur de Marmoutiers, le vicomte Georges, représentant de Thibaud IV, le seigneur du Puiset ainsi que deux vicaires et Robert le Breton chargé de représenter l'évêque Geoffroy de Lèves.

Un peu à l'écart se tenaient les deux aides du joaillier, Mallon et Ausanne ainsi qu'une femme d'allure misérable que Galeran ne connaissait pas.

Chacun s'était installé du mieux qu'il avait pu derrière une longue table, sur les quelques bancs et tabourets disponibles.

Le chevalier salua l'assemblée d'un bref signe de tête et alla s'asseoir au côté de Robert le Breton qui lui nomma les différents membres de cette digne assemblée.

– Qui est cette vieille femme auprès d'Ausanne ?

– C'est la vieille de la rivière. Apparemment, c'est Ausanne qui l'a été quérir.

Les deux hommes se turent. Le prévôt venait d'assener un grand coup de poing sur la table.

– Que tout le monde fasse silence, ordonna-t-il, et que l'on fasse venir les aubergistes.

Les conversations s'arrêtèrent, on entendit le pas lourd des hommes d'armes.

Mahaut, la chevelure en désordre et la robe déchirée fut poussée devant ses juges. Elle se laissa tomber sur un banc. Le désordre de sa toilette n'enlevait rien à sa sauvage beauté. Ses yeux aux paupières lourdes allèrent de la grande porte aux fenêtres comme si elle cherchait désespérément par où s'enfuir. Puis elle se redressa et tourna son regard vers l'assemblée des notables, scrutant un à un les visages sévères tournés vers elle. En apercevant la vieille de la rivière, assise à côté d'Ausanne, elle eut un bref mouvement de dégoût, puis détourna les yeux.

C'est alors que l'aubergiste, le visage en sang, fut amené par deux hommes d'armes et jeté sur le banc près de sa femme.

– Voici les faits, déclara le prévôt devant l'assemblée attentive. La semaine dernière, ainsi que chaque année depuis bientôt cinq ans, au dire de Mallon l'orfèvre et des autres témoins, Ogier de Reims est venu dans notre ville pour y vendre ses joyaux.

» Il est descendu à l'auberge du Rovin Vignon, tenue, depuis un an, par Jehan et Mahaut de Toulouse, dit-il en désignant le couple. Mardi matin, on a retrouvé son corps flottant dans l'Eure.

Un murmure emplit la salle.

– Dame Ausanne a déclaré que, au vu de l'état du corps, cet homme était dans l'eau au moins depuis dimanche et que par ailleurs, il avait, sans nul doute, été assassiné. Une arme lui ayant proprement fendu le crâne !

Le murmure s'amplifia.

– Silence, messires, je n'ai pas fini. Mallon déclare, par ailleurs, qu'une femme est venue lundi dans son échoppe lui vendre les pierres d'Ogier arguant que celui-ci était malade. Et lorsque j'ai voulu interroger les aubergistes qui d'ailleurs ne m'avaient pas prévenu de la disparition de leur client, ils avaient fui.

– Ce n'est pas vrai, protesta Mahaut, nous allions au marché de Maintenon.

– Vraiment ? Alors comment se fait-il que mes cavaliers vous aient rattrapé après Maintenon ? Et comment se fait-il que vous ayez eu sur vous autant d'argent. Et enfin, pourquoi vous être battus avec mes hommes ?

– Nous avons pris peur, répondit l'aubergiste. Nous n'avions pas reconnu vos hommes sous leurs mantels. Quant à l'argent, il est à moi. Enfin, si nous avons dépassé Maintenon, c'est que je voulais montrer à Mahaut, les pierres dressées !

– Vous avez bien fait d'avoir peur, rétorqua le prévôt en vidant une bourse sur la table. D'où vous vient tout cet argent ? Prouvez-nous que ce n'est pas celui de la vente des pierres.

– …

Galeran s'approcha et fit face au prévôt.

– Me permettez-vous de poser quelques questions aux accusés, messire prévôt ?

– Bien sûr, chevalier, allez-y.

– Jehan, quand avez-vous vu Ogier pour la dernière fois ?

– J'ai déjà dit ça au prévôt l'autre fois. C'était dimanche.

– À quel moment, dans la matinée ou dans la soirée ?

– Il a mangé à l'auberge le midi, ensuite il est sorti. Il a dû rentrer avant l'angélus pour dîner. Ensuite, il est monté à sa chambre, il était fatigué. On croyait qu'il s'était endormi mais il est venu frapper à notre porte pour dire qu'il avait besoin de sortir. C'est ma femme qui s'en est occupée. C'est tout.

– D'après vous, il est donc ressorti dimanche soir. La Doëtte m'a dit que le mantel du vieil Ogier lui avait été offert par sa défunte femme ?

– …

– Il paraît qu'il y tenait plus que tout.

– C'est faux, cria Mahaut, je la vois venir cette peste. Elle a menti comme à chaque fois. Demandez à ces deux-là, Ogier sortait aussi sans son mantel.

– La Mahaut a raison, répondit Robert, un des deux aides. Ogier oubliait souvent son mantel dans sa chambre.

– Et ce soir-là, alors qu'il pleuvait, cet homme qui avait été malade est ressorti sans manteau pour aller se baigner ?

– Et alors ! s'exclama Mahaut. Il fallait pas aussi que je lui mette des langes, non ?

Mahaut était dressée, furieuse comme un animal aiguillonné par les chasseurs. Elle parlait haut et fort. Jehan quant à lui semblait réfléchir.

– En tout cas, vous êtes apparemment la dernière personne à l'avoir vu vivant. Saviez-vous, dame Mahaut, où cet homme cachait ses joyaux ?

– Bien sûr que je le savais !

Force exclamations furent poussées dans l'assistance.

– Et alors, vous autres ! Oui, je savais où étaient ses pierres ! Eux aussi d'ailleurs, dit-elle en montrant les aides, et la Doëtte également. C'est pas pour ça que je l'aurais tué.

Un lourd silence plana dans la salle. Le prévôt reprit la parole. Galeran perplexe, alla se rasseoir.

– Jehan et Mahaut, désirez-vous avouer le meurtre de cet homme ?

– Nous sommes innocents, déclara Mahaut, se redressant face au prévôt. Vous ne pouvez rien prouver contre nous.

– Et si l'orfèvre vous reconnaissait, dame Mahaut ?

– Ce n'était pas moi.

– Mallon, reconnaissez-vous cette femme ?

À l'appel de son nom, l'orfèvre se leva et détailla un long moment la jeune femme avant de hocher négativement la tête :

– Non, ce n'est pas elle. Une dame comme elle, je m'en serais souvenu, pensez ! L'autre, c'était une fille, vous savez, une qu'on oublie !

– Soit, mais alors, dame Mahaut, vous avez envoyé quelqu'un pour vendre ces cailloux, sans cela d'où vous viendrait tout ce bel argent.

Mallon, qui était resté debout, s'approcha de la table où était posée la bourse.

– Puis-je regarder, messire ?

L'orfèvre examina la monnaie.

– Ceci n'est pas mon argent, ce sont des deniers parisis.

– Et alors ?

– J'ai payé la fille en deniers chartrains. Et pas n'importe lesquels. Ceux de l'évêque, frappés à l'effigie de la Sainte Chemise !

– Ce n'est pas une preuve, Mallon, s'exclama le prévôt. Ils avaient largement le temps de passer aux tables des changeurs ! Le cours étant le même, il n'y aurait pas perdu beaucoup et cela brouillait les pistes !

– Puisque je vous dis que c'est mon argent ! s'exclama tout à coup Jehan furieux de ces revirements qui, à chaque fois jouaient en sa défaveur.

– Dites-nous d'où il vient alors !

– Ça ne vous regarde pas, mais c'est à moi, répéta l'aubergiste têtu.

Le prévôt se tourna vers les seigneurs et vers Robert le Breton.

– Je vous demande messires et monseigneur, quel

est votre avis ?

Après un long conciliabule avec les seigneurs présents, le vicomte se leva

– Nous réclamons le jugement de Dieu, l'ordalie par le feu !

Robert le Breton se leva à son tour,

– Nous sommes contre. « Celui qui tue un chrétien répand le sang du Christ », nous demandons, au nom de l'évêque, une trêve pour examiner cette affaire.

– Ceci n'est pas au pouvoir de l'évêque, répliqua sèchement le vicomte. Le cadavre a été trouvé hors de l'enceinte de la cathédrale. Ceci est une affaire sous la juridiction du comte Thibaud et non sous celle de Monseigneur. Il y a eu meurtre en dehors de votre territoire. Le pouvoir séculier doit trancher ! Et puis, monseigneur, un homme d'Église comme vous, ne peut nier la valeur du jugement de Dieu !

Robert le Breton se rassit, l'air mécontent.

– Nous allons procéder à l'ordalie. Faites chauffer les fers, ordonna le prévôt à un de ses hommes.

Mahaut se mit à hurler :

– Ne me touchez pas. Regardez-moi, je suis innocente.

Puis se tournant vers Ausanne, stupéfaite, elle la montra du doigt et dit :

–C'est elle qui a tout manigancé !

Galeran se leva furieux,

– Cette drôlesse ment, elle est prête à tout pour se sauver.

Le vicomte s'approcha de Mahaut.

– Vous osez accuser dame Ausanne ?

– Vous osez bien m'accuser moi ! Oui, je suis sûre que c'est elle. Elle a tout arrangé avec la Doëtte. Elles étaient toujours fourrées ensemble ces deux-là !

Et puis, elle connaissait mieux le joaillier que moi.

Le silence retomba, pesant.

– Cette femme ment, déclara Ausanne, blanche de colère. On ne peut attendre mieux d'une fille chassée par sa propre mère ! Dites-le, la vieille, que c'est votre fille !

Celle qu'on appelait la vieille de la rivière, se leva avec difficulté. Son visage était dur, elle hocha la tête et proclama d'une voix aiguë :

– Oui, c'est ma fille, cette catin, cette traînée qui a connu tous les bordelages d'ici jusqu'en Orient !

Murmures dans la salle.

– Toi aussi, tu me hais donc tant que tu me veuilles morte ? cria Mahaut. Mais je ne te ferai pas ce plaisir. Je suis sûre que cette femme veut me perdre. Et d'abord, pourquoi ne vous aurais-je pas prévenu, messire prévôt, de la disparition d'Ogier ? Je vous ai toujours dit, il me semble, quand j'avais des problèmes avec mes clients, rappelez-vous. Vous êtes sûr que ce n'est pas elle qui a fait vendre les pierres ? Et que la Doëtte n'était pas sa complice ?

Mahaut se défendait de plus belle.

Ausanne était devenue livide et ne savait trop comment se défendre face à son accusatrice.

Galeran observa les réactions de l'assistance et sentit que Mahaut était en train de retourner la situation en sa faveur.

– Messire prévôt, m'autorisez-vous à poser quelques questions aux accusés.

– Faites, je vous prie.

Le chevalier se tourna vers la miresse, penchant vers elle son visage attentif.

– Dame Ausanne, pouvez-vous dire où vous étiez lundi ?

– Oui, j'étais à la léproserie, jusqu'en fin d'après-midi.

– C'est exact, frère Gacé s'en porte garant et j'ai moi-même été le vérifier au Grand-Beaulieu. Vous ne mentez pas. Cette femme est femme de bien, vous le savez, messires. Elle passe son temps entre les lépreux, les malades et les morts. La voyez-vous en meurtrière d'un vieil homme qu'au demeurant elle avait déjà soigné. Et puis, réfléchissez, pourquoi l'aurait-elle tué ?

Des murmures approbateurs s'élevèrent. Galeran sentit que la balance penchait à nouveau en faveur d'Ausanne.

Le chevalier se tourna ensuite vers Mahaut

– Quand je vous ai vue pour la première fois, lundi vous portiez un voile. Reveniez-vous de chez les changeurs, ma dame ? Ne mentez pas, il sera facile de le vérifier. Comme a dit Mallon, une femme comme vous ne s'oublie pas facilement. Même voilée, même avec une robe de bure, vos formes vous trahiraient ! (Puis s'adressant à Jehan l'aubergiste.) Eh bien, vous n'êtes guère bavard.

– Je n'ai rien à dire.

– Les hommes du prévôt vous ont bien accomodé, déclara Galeran en détaillant les multiples contusions au visage. Mais je ne comprends pas pourquoi ils se sont ainsi acharnés sur vos mains ?

L'homme lui lança un regard furieux, cachant dans ses manches, ses mains bandées.

– Ausanne, pouvez-vous raconter ce qui vous est arrivé dans la nuit de mercredi ? dit le chevalier.

Après le récit d'Ausanne, les conversations reprirent dans la salle.

– Pensez-vous que Dame Ausanne puisse être à la fois victime et coupable ?

– Mon mari a été pris de folie, plaida Mahaut. Il

y a deux mois, j'avais donné une correction trop sévère, il est vrai, à la Doëtte. Elle cassait toujours les objets auxquels je tenais et elle faisait des simagrées autour de mon Jehan ! Cette garce d'Ausanne, elle était toujours à se mêler de nos affaires et si on n'a plus le droit maintenant de corriger ses servantes ! Alors Jehan, en voyant Ausanne à l'auberge l'autre jour avec le chevalier, en a eu assez, il a juste voulu lui faire peur. Il l'a giflée, c'est vrai, mais celle-là a commencé à lui donner des coups de couteau…

Bien qu'atténuées par les épais murs, on entendit soudain les clameurs d'une foule en colère qui menait grand tapage devant la prévôté.

– Qu'est-ce encore ! tonna le prévôt. Silence, vous tous.

Dans la salle, tout le monde se tut, tendant l'oreille pour mieux écouter. Des bruits de pas se rapprochaient dans le couloir. Tout comme le vicomte et le prévôt, Galeran porta vivement la main à son épée.

On frappa violemment contre le battant.

– Qu'on fasse entrer ! hurla le prévôt.

Un homme d'armes ouvrit la porte et s'effaça pour laisser passer deux jeunes Chartrains qui portaient un brancard de fortune sur lequel reposait une forme humaine recouverte d'un drap souillé. Le garde referma soigneusement derrière eux.

– Posez ça ici, vous deux ! dit le prévôt aux deux jeunes gens qui étaient restés plantés là. Et soulevez-moi ce drap ! Geoffroy va me calmer ces gens dehors ! Je ne veux plus rien entendre. Prends des gars et disperse-les. Et s'il faut, cogne dessus !

L'un des jeunes gens rejeta la toile sur le côté et tout le monde s'approcha.

Avec ces longs cheveux sales, son visage souillé et tordu par la douleur, on avait du mal à reconnaître dans ce corps recroquevillé celui de la petite Doëtte.

– C'est vous qui l'avez trouvée ? dit le prévôt à l'un des jeunes gens.

– Oui, à vrai dire, avec mon ami, on chassait le lapin. Celui qu'on avait déniché s'est jeté dans les ruines d'une vieille chaumière. C'est là qu'on l'a trouvée.

– Bien, laissez-nous, et attendez dans le couloir.

Galeran prit le prévôt à part et lui demanda de rester en tête à tête avec la miresse. Le soldat fit un signe de dénégation. Les deux hommes discutèrent encore un moment puis le prévôt fit signe à Ausanne.

– Dites-moi, dame Ausanne, à votre avis, de quoi est morte cette pauvre fille ?

La jeune femme s'agenouilla près du corps.

– À première vue, on pourrait croire à une crise d'épilepsie, les membres sont contracturés, les lèvres blanches, elle a dû abondamment baver. Elle a vomi… Apparemment, son cœur n'a pas résisté. Cette fille était d'une constitution fragile.

À son tour, le chevalier se pencha sur le corps de la Doëtte, examinant attentivement sa bouche et ses yeux révulsés. Ausanne passa sa main sur les paupières de la jeune fille et lui ferma les yeux.

– Qu'elle repose en paix, dit-elle.

Le chevalier se raidit et recula, reprenant sa place au côté de Robert le Breton.

– D'après les voisins de Jehan, la Doëtte n'était pas à son travail hier soir… Cela fait beaucoup de gens qui vous quittent et en meurent, dame Mahaut ! dit le prévôt en se tournant vers la femme de l'aubergiste.

– C'est vrai, j'ai eu une discussion avec elle hier, mais elle était bien vivante quand elle m'a quittée ! Je lui ai même dit de porter un reste de viande à sa mère. Mais demandez plutôt à celle-là, dit Mahaut en pointant un index accusateur vers Ausanne. Elle en sait plus que nous, cette grande savante !

À l'autre bout de la salle, les seigneurs et les vicaires délibéraient. Le vicomte proclama :

– Par notre Foi, nous maintenons le jugement de Dieu et que sa lumière nous éclaire !

– Afin d'être lavée de toute accusation, je veux être jugée en même temps, dit Ausanne en se levant brusquement, le regard planté dans celui du vicomte.

– Vous n'êtes aucunement obligée ma dame, nous ne vous croyons pas coupable, répondit le vicomte.

– J'y tiens, aucune tache ne doit ternir le nom de ma famille.

Galeran serrait les lèvres. Il avait vu bien des ordalies et en connaissait les insoutenables douleurs et le fatal dénouement…

Il se leva et s'approcha de Mahaut

– Pourquoi l'avez-vous accusée ? dit le chevalier d'un ton sévère. Ausanne ne vous a jamais nui. Vous n'échapperez pas ainsi à un juste châtiment, sachez-le. Et si par votre faute, il lui arrive malheur, je vous tuerai de mes mains.

– Je vais vous dire, gentil chevalier, répondit à mi-voix la jeune femme, j'ai trop souffert dans ma chienne de vie pour payer seule un crime que je n'ai pas commis. Je n'ai pas tué cet homme, entendez-vous, je vous le jure. Je suis une catin, comme dit ma douce mère, ou plutôt j'en étais une avant que Jehan ne m'épouse et abandonne tout pour moi. Est-ce un crime que d'avoir été fille de joie ? Même le Christ nous aimait bien, nous autres ! Qui n'a pas fauté ? Je n'ai pas tué et Jehan non plus ! C'est un brave homme, le seul qui m'ait vraiment aimée ! Croyez-moi, chevalier, votre esprit est obscurci par l'intérêt que vous portez à la miresse.

– Il suffit, Mahaut, vous êtes redoutable, on vous croirait presque, dit le chevalier en s'éloignant.

Jehan se tenait assis sur son banc, l'air abattu et comme insensible à tout ce qui l'entourait.

Deux hommes apportèrent un creuset chargé de braises. Un fer incandescent reposait en son centre.

Le sinistre instrument fut déposé au bout de la salle.

Geoffroy demanda aux accusés de se tenir prêts à affronter l'ordalie.

–Que Dieu protège les siens ! dit-il.

Un sergent voulut saisir Mahaut qui se mit à hurler. La vieille qui avait suivi, avec horreur, le jugement, se leva et voulut courir vers sa fille. Mallon la retint et la vieille femme se rassit, le visage dans ses mains.

Soudain, Jehan, comme réveillé, se leva d'un bond et projeta l'agresseur de sa femme contre le mur.

Il se mit devant Mahaut, le visage déformé par la fureur, les yeux enflammés.

– Ne la touchez pas ou je vous tue !

Des hommes d'armes se précipitèrent, le prévôt les arrêta.

– Il suffit, laissez-le. Voulez-vous subir l'épreuve le premier, Jehan ?

– Oui, dit l'homme en saisissant de lui-même le fer rougi dans sa large main bandée.

On entendit un grésillement et les pansements brûlés se détachèrent. Un murmure s'éleva parmi l'assistance.

Une horrible odeur de chair grillée se répandit, l'homme ne disait toujours rien.

Il se tourna vers Mahaut. Son regard planté dans les magnifiques yeux verts de sa femme.

La main de Jehan se consumait, lentement collée au métal en fusion.

L'homme se mit à trembler, la sueur ruisselait sur son visage. Un sourd gémissement monta de ses lèvres. Il se mordit si fort que le sang coula jusqu'à son menton.

Jehan fit un pas vers Mahaut puis tomba à ses pieds, sans un cri, les yeux exorbités.

Ausanne se précipita, essayant d'ouvrir la main de l'aubergiste avec des linges. Le métal ne faisait qu'un avec la chair carbonisée. L'horrible odeur emplissait maintenant toute la salle.

Mahaut repoussa brutalement Ausanne et se jeta sur le corps de son mari.

– Messire prévôt, cet homme est mort, son cœur a lâché, dit Ausanne en s'écartant.

– Mort, vous mentez, hurla Mahaut. Jehan, reviens, je t'en prie, ne me laisse pas, Jehan.

Elle étreignait avec violence le grand corps inerte. Les gardes durent la relever de force. Elle tomba évanouie dans leurs bras.

Serrés les uns contre les autres, le cœur soulevé par tant d'horreur, les membres de l'assemblée contemplaient en silence ce couple tragiquc qu'ils venaient de détruire.

Mais comme l'existence se moque toujours des pires douleurs humaines, la porte fut brusquement ouverte et un tout jeune homme apparut, l'air héberlué, roulant comiquement de grands yeux ronds.

– Qui c'est celui-là? demanda le prévôt à l'homme d'armes qui accompagnait le garçon.

– Il dit qu'il est le promis de Doëtte.

– Ah, c'est nouveau, ça ! Personne ne m'avait dit que cette gamine avait un promis, dit le prévôt en se retournant vers le jeune homme. Qui es-tu toi ?

– Je me nomme Gautier, j'habite avec ma mesnie sur la route de Saint-Chéron. On est bûcherons. J'avais rendez-vous avec ma Doëtte et elle n'est pas venue. C'est pas son genre, alors je l'ai cherchée. C'est un gars de la ville haute qui m'a dit qu'on avait trouvé une fille morte. Je voulais savoir si…

Le prévôt s'effaça afin que le jeune homme puisse apercevoir le brancard posé derrière lui.

– Doëtte ! Ma Doëtte !

Le jeune homme se mit à genoux.

– Qu'est-ce qu'on t'a fait ? Pourquoi elle est tordue comme ça ?

– Elle a eu une crise de haut mal ! Mais relève-toi et conduis-toi en homme. Ici, on ne s'amuse pas, gronda le prévôt en levant les yeux au ciel.

Le jeune homme sembla tout juste réaliser où il était, vit le cadavre de Jehan, les fers et se mit à trembler.

– N'aie pas peur, ce n'est pas pour toi, enfin pas encore ! Mais parle-moi de vous deux.

– Je vais tout vous dire, c'est arrivé dimanche soir… murmura le jeune homme en frissonnant.

– Quoi ?

– Je devais marier la Doëtte mais on voulait juste se toucher un peu avant, pour voir si nos corps s'entendaient bien. Dimanche, après être allée chez sa mère, ma Doëtte n'est pas rentrée à l'auberge comme d'habitude. Nous avions rendez-vous au bord de l'Eure.

– Il pleuvait cette nuit-là…

– Oui, mais pas tout le temps et il faisait pas froid.

On a passé la nuit au vieux lavoir en face de l'église Saint-Hilaire. Et puis, ma Doëtte, elle avait le corps chaud et j'avais pris un bon mantel. On s'est serrés…

– Et ensuite ? demanda le prévôt.

– Ben, on les a vus jeter le corps dans l'Eure, juste en face et malgré qu'il faisait pas très clair, c'était le joaillier, ma Doëtte l'a reconnu. Même qu'il était tout nu.

– Et tu as reconnu quelqu'un d'autre ? Maître Jehan, par exemple ?

Le jeune homme coula un long regard vers le corps de l'aubergiste et reprit :

– Je le connaissais, on était en affaire tous les deux, je lui vendais du bois de chauffe… Mais, ce n'était pas lui, l'autre était plus mince. Quant à Mahaut, ma Doëtte me disait que c'était elle, mais moi j'la connaissais pas. La fille, ce soir-là avait baissé sa capuche, elle avait deux longues nattes attachées comme les dames là-bas, dit le jeune homme en désignant Mahaut et Ausanne.

» … Et il y a autre chose, ma Doëtte, elle savait ce qu'elle voulait, et elle m'aimait rudement fort ! Elle voulait qu'on se marie vite, qu'on ait des enfants et elle m'a dit qu'elle aurait assez de deniers pour qu'on soient heureux notre vie durant. Même que mardi, quand on s'est retrouvés au bois, elle me les a montrés !

– Quoi ?

– Les deniers tiens, et c'est vrai qu'il y en avait dans son aumônière, j'en avais jamais vu autant !

– Où est-ce qu'elle la mettait son aumônière ?

– Ben à sa ceinture, elle disait qu'on penserait jamais qu'elle avait tant de sous sur elle. Elle était finaude, ma Doëtte !

Le jeune homme éclata en longs sanglots douloureux. Un homme d'armes s'approcha de lui sur un signe du prévôt et le fit asseoir.

Le prévôt se pencha sur le corps de la petite morte et écarta les plis de la robe, l'aumônière était là, apparemment intacte. Il la fit glisser de la ceinture, la jeta sur la table et l'ouvrit. Elle était pleine de deniers chartrains à l'effigie de la Sainte-Chemise !

Un silence stupéfait régnait dans la salle.

Robert le Breton se reprit le premier, décidé à arrêter cette macabre scène, et s'avança vers le prévôt :

– Messire, que retenez-vous maintenant contre les aubergistes ? Un témoin dit que ce n'est pas Jehan qui a jeté le cadavre dans l'Eure, que Mahaut n'avait pas l'air d'être Mahaut et enfin, les joyaux ont été dérobés et vendus par cette pauvre gamine, que Dieu ait son âme ! Apparemment, l'argent des aubergistes est bien à eux, d'où qu'il vienne. Alors, je vous pose la question, qui a tué Ogier ? Et surtout qui aurait pu le tuer sans vouloir le voler ?

Puis se tournant vers Galeran :

– Messire, il serait bien que vous nous aidiez de vos lumières.

Robert le Breton avait traversé la pièce et les yeux plantés dans ceux du chevalier, murmura :

– Il le faut, chevalier… Tout comme moi, vous savez qui, dans cette salle, aurait pu le faire.

Galeran pâlit puis se tourna vers Ausanne.

– Ma dame, les morts vous ont trahis. Il vous fallait compter avec eux, Dieu est juste.

– Que voulez-vous dire, messire ? s'exclama la miresse.

– Je veux dire, ma dame, que vous avez commis certaines erreurs.

– Non, Galeran, ne m'accusez pas ! C'est cette maudite femme qui vous a ensorcelé !

– Hélas, ma dame, j'aimerais que ce soit le cas, cela voudrait dire que vous êtes innocente !

Ausanne se redressa et toisa le jeune homme avec hauteur :

– Je ne suis pour rien dans tout cela…

– Vous avez raison, vous n'y étiez pas pour grand-chose avant ce matin, du moins.

La miresse pâlit comme si la terre se dérobait sous elle. Le chevalier fixait sur elle son regard clair et dit à mi-voix :

– Dites à tout le monde ici qui a tué Ogier et j'essaierai de vous sauver.

Devant son silence, le chevalier se tourna vers le prévôt.

– Messire, je vous réitère ma demande, puis-je parler un instant seul à seul avec cette femme ?

– J'accepte, sire Galeran. J'ai fait demander qu'on m'envoie le frère Gacé pour soigner dame Mahaut et pour s'occuper décemment des malheureux défunts. Je vais faire monter un peu de vin pour tout le monde, nous en avons besoin. Allez dans ma salle avec elle.

Galeran prit Ausanne par le coude, la força à se lever et l'entraîna dans la chambre du prévôt.

La jeune femme se laissa tomber sur le lit de camp. Comme pétrifiée, elle regardait le chevalier debout devant elle.

– J'ai grand pitié de vous, Ausanne. Mais, par Dieu, gronda-t-il, pourquoi ne pas m'avoir fait confiance l'autre nuit, il était encore temps ! Tout à l'heure, je pouvais encore vous sauver. J'ai vite compris que Mahaut et son mari, Dieu ait son âme, étaient innocents. Et vous aussi, à votre manière. Mais c'était avant d'avoir vu le cadavre de cette malheureuse enfant !

– Non, Galeran !

– Vous l'avez empoisonnée, n'est-ce pas ? Et je sais pour l'avoir déjà vu à l'œuvre, que le poison que vous avez choisi n'est autre que la mandragore !

Ausanne resta silencieuse, la tête baissée.

– Bien sûr, il y avait les symptômes de l'épilepsie mais au prix de quelles douleurs ! Comment avez-vous pu faire ça, Ausanne ? Et à cette petite qui vous aimait ?

Après un silence, le chevalier continua, en détachant chaque mot :

– J'ai tout deviné lorsque vous avez essayé de me cacher ses yeux en les fermant ! La couleur des yeux, il n'y a que la mandragore pour teinter l'œil d'un si beau jaune ! Comme cette enfant a dû souffrir, Ausanne ! Vous vous êtes perdue en la tuant, mais je crois que dès le début, c'est ce que vous souhaitiez, n'est-ce pas ? À moins que vous n'ayez cru pouvoir tuer impunément !

Ausanne restait immobile, le regard fixe.

Le chevalier poursuivit :

– Si je vous ai emmenée à l'écart, ce n'est pas pour parler de ce que nous savons déjà, vous et moi, mais plutôt de ce que les autres devront connaître.

– Je comprends, dit Ausanne en levant brusquement la tête. N'accusez personne d'autre que moi, vous entendez ! C'est moi, et moi seule qui ai tué !

– Vous mentez, Ausanne ! Rappelez-vous, vous avez dit vous-même, lors de l'examen d'Ogier que le coup avait été porté par quelqu'un de costaud. Vous qui n'arriviez même pas toute seule à retourner son cadavre, vous prétendez lui avoir brisé le crâne et l'avoir jeté à l'eau ? Et l'homme que le petit Gautier a vu à vos côtés, n'était sans doute qu'un fantôme !

– C'était Jehan ! affirma la miresse.

– Pas à moi, Ausanne, cet homme-là était celui d'une seule femme et ce n'était pas vous ! Laissez-le en paix. Et le maçon dans les échafaudages ? Et ce pauvre Audouard qui est mort en prononçant votre nom ? Vous voulez me faire accroire que c'est vous qui les avez tués, je suppose ?

La jeune femme baissa la tête et murmura :

– Je saurai mourir, Galeran. Pour cela, au moins, je ne vous décevrai pas !

Le chevalier la regarda.

À cet instant précis, il se souvint de sa première visite au logis d'Ausanne. Il se rappela des manuscrits soigneusement rangés sur les étagères, de la luxueuse crédence mais surtout de la coupelle de bois fruitier, avec l'étrange créature mi-femme, mi-démon, qui se lovait autour. Elle la lui avait tendue spontanément comme on propose un devinail, une question ou mieux encore un « de rebus quæ geruntur » … Et maintenant, Ausanne était devant lui, et il savait que c'était elle-même la solution de l'énigme qu'elle lui avait, par défi, proposée.

En un éclair, le chevalier mesura l'orgueil infernal et la volonté de puissance de cette femme qui avait échappé à sa modeste condition de tissandière, s'était instruite seule avec une obstination admirable et s'était dépensée sans compter pour les autres… En quelques années, Ausanne s'était taillé un empire à sa mesure, elle avait régné sur l'intimité de toute une ville et même au-delà, sur l'angoisse de centaines de malades et de mourants, sur les secrets des corps tourmentés.

Comment en était-elle arrivée à penser, qu'après avoir appris à donner la vie, elle aurait aussi le droit de donner, à son gré, la mort ?

Elle s'était offerte au Malin, songea le chevalier avec horreur. Elle avait vendu son âme ! Ausanne était perdue pour lui et pour Dieu !

Désormais, il ne verrait plus dans le rouge de cette chevelure que la rouille, ce sang de fer qui tue les moissons et damne les hommes !

Galeran passa sa main sur son front en sueur, puis, d'un ton qu'il voulait le plus neutre possible, dit :

– Que Notre-Dame vous ait en sa sainte clémence, Ausanne. Venez et avouez ce que vous voulez, je ne vous contredirai plus.

– Merci, Galeran, que ne vous ai-je connu…

– Plus un mot, ma dame ! gronda le chevalier.

Ausanne lâcha le bras de Galeran en entrant dans la salle d'armes et, levant son menton volontaire, fit face à ses juges.

– Monseigneur, messire, mes seigneurs, il me faut vous dire que je suis faute de tout ceci. J'ai tué Ogier et la Doëtte. Jehan n'était que mon amant, il était innocent de toute vilenie et m'a juste aidée à faire disparaître le cadavre pour me protéger. Paix à sa mémoire. Que Dieu me pardonne à défaut que vous, mes seigneurs me pardonniez. Et que mon châtiment lave mes fautes.

Un profond silence régnait maintenant dans l'assemblée. Personne ne s'attendait à un tel dénouement. Le prévôt respira bruyamment, et sans oser regarder Ausanne en face, dit à ses hommes.

– Emmenez cette femme et enfermez-la dans ma chambre pour la nuit.

Robert le Breton s'approcha d'Ausanne.

– Puis-je vous aider ma dame ? Repentez-vous afin que Dieu vous aide car les hommes seront moins cléments, je le crains. Voulez-vous que ma servante demeure à vos côtés, cette nuit ?

– Non, il n'en est point besoin, monseigneur. Je préfère rester seule.

37

Dans un coin de la salle, frère Gacé, venu à cheval avec un autre religieux de la maladrerie soignait Mahaut, toujours sans connaissance. La vieille de la rivière, émue par tant de malheurs, s'était approchée de sa fille dont elle bassinait le front brûlant. Deux hommes d'armes chargèrent sur un brancard le corps du malheureux aubergiste.

– Cet homme avait de la fierté et du courage, dit Robert le Breton en se signant. Il est mort sans rien dire. Mais quel gâchis que ces ordalies ! Combien d'innocents tués pour quelques coupables démasqués ! Si seulement ces hommes de guerre avaient bien voulu patienter un peu. Le temps aurait fait ce que toute leur violence ne permettait pas.

Galeran hocha la tête. Les hommes d'armes avaient emmené Ausanne vers son cachot improvisé. Elle était sortie droite et raide entre ses gardes, comme une reine. Le chevalier se tourna vers le prévôt.

– Eh bien ! Messire, nous croyons avoir résolu l'énigme de la mort d'Ogier et celle de Doëtte mais les meurtres de la cathédrale demeurent une énigme.

– Je le sens par Dieu bien, messire, et ne sais que penser.

Cependant, les notables délibéraient et la sentence tomba le soir même. Un vent de colère soufflait sur la cité, les ouvriers menaçaient d'abandonner le chantier Notre-Dame. Toutes ces morts violentes faisaient peur. On y voyait du surnaturel, du diabolique ! Dans toute la ville, les gens d'armes allèrent crier la sentence prononcée :

« Oyez, oyez, gentes dames et gentils seigneurs,
le jugement rendu par la grâce de notre évêque
Thierry, représenté par monseigneur Robert le
Breton, que Notre-Dame les protégent !
Par la grâce de notre comte Thibaud IV,
représenté par le vicomte Georges,
que Notre-Dame les protègent !
Par la grâce des seigneurs de Marmoutiers et du
Puiset que Notre-Dame les protègent !
Par la grâce de notre bon prévôt, que Notre-Dame
l'ait en sa Sainte Garde !
Oyez, oyez le jugement de dame Ausanne,
miresse, habitant en la rue Percheronne en notre
bonne ville de Chartres.
Pour avoir tué messire Ogier de Reims, joaillier
de son état et la Doëtte, servante en l'auberge du
Rovin Vignon, la miresse Ausanne, par la grâce
de notre comte Thibaud, que Notre-Dame veille
sur lui, sera pendue haut et court
jusqu'à ce que mort s'ensuive.
Ainsi qu'il est coutume, monseigneur l'évêque
demande à ce que le ravaire soit exécuté, la
maison de la miresse sera brûlée.
Toutes les cendres en seront dispersées
afin que rien ne subsiste

du mal né en ce lieu !
Oyez, oyez, l'exécution devant notre peuple assemblé, aura lieu demain après l'angélus de midi. »

Galeran quitta la prévôté en compagnie du Breton. L'ecclésiastique était silencieux, et le chevalier n'osait troubler ses pensées. Il le salua devant sa porte et tourna les talons.

– Messire chevalier !

– Oui, dit Galeran en faisant demi-tour.

– Merci pour ce que vous avez fait. Je sais combien cela a dû vous coûter. Mais éclairez-moi, pourquoi Ausanne a-t-elle dit que Jehan était son complice ? Cela ne tient pas debout. Qui est derrière elle ? Mais vous le savez, n'est-ce pas ? Il y a trop de passion rentrée dans cette femme qui, pourtant s'est souvent montrée bienfaisante... Je sens bien, messire, que vous auriez préféré la tuer de votre main plutôt que de la voir pendue ?

– Oui, répondit Galeran, la gorge serrée. Vous avez raison. Même si elle mérite la mort, je n'aime pas à l'imaginer pendue !

Le chevalier saisit la main de Robert le Breton, la tint un instant serrée sur sa poitrine et s'en retourna.

Cinquième partie

« Car Nulle joie tant ne m'attrait
Que jouissance d'amour lointain »
Jaufré Rudel

38

Arrivés la veille au soir, une trentaine de charrois avaient formé cercle dans l'enceinte du cloître. Il y avait là les habitants de plusieurs villages du Blésois.

Cela faisait maintenant plus de deux mois qu'ils étaient partis de chez eux, au pas lent de leurs attelages, pour porter leurs offrandes de bois et de vin à Notre-Dame.

Des filets de fumée s'élevaient des foyers soigneusement recouverts de cendre. Les pèlerins dormaient encore, roulés dans leurs manteaux à même un lit de paille.

On avait regroupé femmes, enfants et malades dans trois chariots aux bâches soigneusement baissées. Les bœufs des attelages se déplacaient sans bruit dans leur enclos improvisé et broutaient nonchalamment le foin de leurs litières.

Assis, le dos bien calé contre une barrique, un vieil homme, ses maigres jambes couvertes de bandages, contemplait la cathédrale. Il l'avait si souvent rêvée et maintenant, elle était là, devant lui, plus grandiose que dans ses songes !

Une bâche se souleva doucement derrière lui et une gamine d'une dizaine d'années, ses vêtements à la main, sauta sur le sol. Frissonnante, elle enfila prestement des braies sous sa longue chemise de drap, passa une cotte de laine et chaussa des patins de bois.

Elle poussa un grand soupir de soulagement et l'air espiègle, s'ébroua comme un jeune animal en se tournant vers le vieil homme :

– Bonjour, grand-père, je croyais être la première ce matin.

– Eh non, fillette ! Mais si tu me donnes ma canne nous pourrions être les premiers pour l'office de prime.

– Oh oui, grand-père et quand la verrons-nous ?

– Qui ça ? répondit le vieux en détaillant le visage mutin de l'enfant.

De petite taille pour son âge, la fillette avait le nez retroussé, des cheveux bruns bouclés et des yeux noisette.

– Elle ! Notre-Dame, pardi !

– Aubriette ! Ça suffit !

Puis, d'un ton plus doux, le vieil homme reprit :

– Tu sais, Notre-Dame est partout ici, c'est sa maison. Et si tu promets de rester tranquille, nous irons voir la Sainte Chemise !

– Oh grand-père, raconte-moi encore !

– Viens t'asseoir là, tu me donnes le torbeillon !

La gamine obéit, et s'assit en tailleur en face de son grand-père, l'air attentif.

– De la Sainte Vierge, mère de Dieu, Chartres garde la chemise. Et sais-tu que cette tunique est celle qu'elle portait au moment de l'Annonciation ? Lorsque le Verbe fut conçu.

– Oh ! s'exclama l'enfant.

– Elle est enfermée dans une châsse en bois de cèdre, recouverte de plaques d'or et de pierres précieuses. Un griffon d'or émaillé, ramené d'Orient par les croisés, la protège. Et jamais, tu entends, jamais on n'ouvre cette chasse miraculeuse !

La petite fille écarquillait les yeux, émerveillée par cette histoire tant de fois racontée et toujours aussi fascinante.

– Et le puits ?

– Ah, le puits des Saints-Forts ! On dit qu'au Ier siècle de notre ère, on y jeta les corps martyrisés des premiers chrétiens. Depuis, on n'a cessé de chanter les vertus de cette eau devenue miraculeuse ! C'est là, dans Notre-Dame-Sous-Terre, que nous allons déposer nos malades et que moi-même j'irai m'allonger pour demander la guérison.

– Tu as dit que tu allais rester plusieurs jours sous terre ?

– Oui, les dames des Saints-Lieux-Forts vont nous garder neuf jours afin que l'eau accomplisse son miracle.

– Je pourrais venir te voir ?

– Non, mais tu pourras dire tes neuvaines à la Vierge Noire.

La fillette réfléchit un instant et déclara d'un ton sans réplique en frappant le sol de ses petits patins :

– Je te promets de la prier chaque jour pour qu'elle te guérisse !

Le vieil homme, ému, détourna la tête afin que l'enfant ne voie pas son trouble.

– Viens, donne-moi ma canne, il est temps, l'angelus annonce l'office de prime. Regarde, nos compagnons se réveillent.

39

Au même moment, dans la vaste crypte de Notre-Dame-sous-Terre, une jeune femme implorait le salut pour une âme vouée à l'enfer.

Cela faisait maintenant plusieurs heures qu'elle s'était jetée au pied de la Vierge Noire.

Tout d'abord agenouillée, elle avait senti, au fil de ses prières, qu'il lui fallait faire plus pour attirer l'attention de l'étrange et sévère petite statue noircie par le temps.

Elle s'était donc mise à plat ventre, les bras en croix comme elle l'avait vu faire à tant de pénitents.

Le froid du dallage s'était lentement insinué en elle, la laissant insensible et immobile, les lèvres bleuies dans un état de semi-inconscience.

– Réveillez-vous, mon enfant, réveillez-vous ! criait le frère en la secouant.

La femme ne réagit pas. Inquiet, le frère la secoua de plus belle. Ne la voyant toujours pas bouger, il lui saisit les bras et la souleva sans difficulté, tellement elle était légère. Il la plaça sur ses larges épaules et sortit de la chapelle. De loin en loin, un peu de lumière passait par les soupiraux donnant sur la crypte.

Un long corridor voûté le mena droit aux Saints-Lieux-Forts. L'hôpital souterrain était installé dans une galerie attenante au puits des martyrs.

L'endroit était étrangement silencieux.

Une vingtaine de litières s'alignaient le long des parois, des tentures flottaient entre chaque couche. La vaste salle était juste éclairée par des torches et par de petites lampes à huile nichées dans les murs.

Secoué d'une mauvaise toux, un homme s'agita

sur son lit. Une soignante l'aida à s'asseoir et le força à boire à petites gorgées un peu d'eau miraculeuse. Non loin de là, une autre garde-malade refaisait les bandages d'un infirme.

Le frère qui semblait la connaître se dirigea vers elle avec son fardeau.

– Mon frère, que se passe-t-il ? Qui est cette pauvrette ?

– Je ne sais, je l'ai trouvée comme ça au pied de la Vierge Noire. Où puis-je la mettre ?

– Venez, j'ai une litière de libre par ici, dit la garde-malade en soulevant une tenture.

Le frère posa doucement la jeune fille et se redressa.

– Avez-vous encore besoin de moi ?

– Que non pas, merci mon frère, dit la vieille dame qui avait déjà enveloppé le corps inerte d'une épaisse couverture et mis des briques à chauffer sur un brasero voisin.

Les yeux ouverts, la jeune fille avait l'air consciente mais indifférente à ce qui l'entourait. Il paraissait surtout urgent de réchauffer ce corps glacé. Sortant de dessous sa cotte, une petite fiole et une spatule de bois, la vieille dame versa doucement quelques gouttes entre les dents serrées. La petite déglutit et avala malgré elle un peu de liquide. Elle se mit à tousser, devint toute rouge et essaya de se rclcvcr.

– C'est bien, c'est bien, doucement, asseyez-vous. Eh bien, les couleurs reviennent, on dirait !

– C'est… oh, c'est fort !

– Certes, mais une vraie eau-de-vie n'a jamais fait de mal, sourit la soignante en se détournant pour attraper une brique tiède qu'elle emballa dans un linge.

– Tenez fillette, mettez ça sur votre ventre, cela va vous réchauffer.

Touchée par la douceur de la gentille vieille, la petite baissa la tête et éclata en sanglots. Émue, la femme lui caressa les cheveux.

– Là, là, c'est normal, c'est la réaction, il n'y a pas de quoi pleurer, pauvrette.

– Oh, ce n'est pas ça, c'est ma pauvre sœur, si vous saviez.

– Votre sœur ?

– Ce n'est rien, se reprit Éloïse. Je vais beaucoup mieux. Il faut que je parte…

Puis saisissant les mains de la dame des Saints-Lieux-Forts et les baisant :

– Jamais je n'oublierai votre gentillesse, je prierai Notre-Dame pour vous.

Elle écarta les couvertures, enfila ses chausses et se mit debout en vacillant.

– Vous n'allez pas partir comme ça !

La vieille, habituée à être obéie, la força à se rasseoir.

Elle sortit de son aumônière un morceau de pain et un peu de viande séchée qu'elle tendit à Éloïse.

– Prenez, fillette, quoi que vous ayez à faire, il vous faut reprendre des forces.

Le ton était sans réplique, Éloïse saisit le pain et la viande et mordit dedans. La première bouchée lui parut délicieuse. Elle se souvint qu'elle n'avait pas mangé depuis la veille.

La femme sourit en la voyant avaler de bon appétit son repas improvisé.

– Cela va mieux maintenant. Au moins, vous tiendrez sur vos jambes.

– Merci, grand merci !

La jeune fille plaqua un gros baiser sur la joue

ridée et sortit de l'alcôve avant que la vieille dame ne la retienne. Elle émergea avec soulagement de la crypte et respira profondément. Elle sentit qu'on la regardait et se retourna. Un vieil infirme, sa lourde main posée sur l'épaule d'une gamine, s'adressa à elle.

– Damoiselle, dit le patriarche avec dignité, nous devons prier la Vierge Noire, ma petite-fille et moi, faut-il emprunter ce passage pour descendre à sa chapelle ?

– Oui, dit la jeune fille en rouvrant la porte de la crypte. C'est par là, tournez à droite en bas de l'escalier, vous suivrez un corridor qui vous mène au puits des Saints-Forts et à la Vierge Noire.

– Merci, damoiselle, que Notre-Dame vous bénisse vous et les vôtres.

– Qu'elle entende vos prières et les miennes, murmura la jeune fille en s'effaçant pour laisser descendre le vieux et sa petite-fille.

Le cœur serré, elle referma doucement la porte avant de s'éloigner dans la cathédrale.

40

La chambre était glacée. Le chevalier réfléchissait tout en contemplant le visage de l'ange prisonnier du vitrail au-dessus de lui. Il avait dormi d'un sommeil agité, mêlant la réalité aux pires cauchemars. Un long moment passa ainsi. Galeran réalisa à quel point Audouard lui manquait. Il n'avait étrangement pas eu conscience de la force de cette amitié avant la mort du maître verrier. Et Ausanne, qui avait passé la nuit entre les hauts murs de la prévôté…

Se secouant de sa rêverie, il se leva, enfila une chemise et alla au jardin. Un baquet d'eau était posé sur le banc de pierre. Se penchant, le chevalier plongea la tête dans l'eau glacée et s'ébroua vigoureusement. Après s'être habillé, il alla gratter à la porte de la chambre d'Hermine. Celle-ci qui, apparemment, n'avait pas réussi à mieux dormir que lui, ouvrit presque aussitôt et le salua.

– Oh, Hermine, vous êtes bien pâle, vous n'avez pas réussi à dormir ?

– Non, mais ce n'est pas grave, venez chevalier, je vais vous apporter quelque chose à manger.

– Seulement, si nous le partageons, Hermine.

– Je n'ai guère faim, messire.

– Moi non plus, vous le savez bien. Nous allons tout de même manger un peu, car une rude journée nous attend et vous vous devez d'avoir la force d'aller jusqu'au bout. Il faut que je vous dise, Thiberge m'a demandé en grâce de garder le corps d'Audouard à son atelier. Ses compagnons le voulaient veiller. Je n'ai pas su refuser, ma mie.

– Vous avez bien fait, chevalier. Mon frère aimait ses hommes et c'est bien ainsi.

Hermine accepta une grosse tranche de pain de seigle arrosée de miel que Galeran lui avait préparée et un peu de vin chaud aux épices.

– Hermine, comment allez-vous faire maintenant ? Cette maison est propriété de l'évêché, ils vont vouloir la reprendre.

– Mon Dieu, je n'y avais pas pensé. Mais que vais-je faire, que vais-je devenir ? dit la vieille dame affolée.

– Avez-vous quelques amis ici ?

– Oui, mais…

– Mais quoi ?
– C'est si vieux tout ça... Je pourrais peut-être demander à Ausanne.
– Ma bonne Hermine... c'est vrai, vous ne savez pas ! Hier, vous n'êtes pas sortie d'ici, vous avez passé la journée cloîtrée dans votre chambre, tout à votre chagrin !
– Il est donc arrivé malheur à notre chère Ausanne ?
– Oui, en quelque sorte !
– Elle est...
– Que non pas, mais cela vaudrait mieux car le pire est encore à venir... pour l'instant, elle est encore enfermée à la prévôté.
La vieille dame était devenue très pâle. Inquiet, le chevalier lui prit doucement les mains.
– Ce n'est rien, fit-elle, il faut tout me dire maintenant.
– Ausanne est accusée d'avoir empoisonné la petite servante du Rovin Vignon.
– Mais cela est calomnie ! s'exclama Hermine.
– Non, ma pauvre Hermine, elle a avoué, sans même qu'on la force.
La vieille dame secoua la tête, tout cela paraissait appartenir à un autre monde. Enfin, elle se redressa, refoulant ses larmes :
– Pouvez-vous me dire, chevalier, pourquoi elle, si bonne, si dévouée, aurait fait chose pareille ?
Galeran dit, d'un ton désespéré :
– Pour protéger quelqu'un, je pense. Je n'en sais pas davantage. Mais que vous arrive-t-il ma mie ?
La vieille dame s'était levée d'un bond et avait gagné sa chambre en criant :
– Ce n'est rien, je reviens de suite, attendez-moi chevalier.

Tout essouflée, son chignon encore plus défait qu'à l'accoutumée, Hermine tendit l'aumônière d'Audouard au chevalier.

– Tenez, c'est pour vous. Audouard me l'a remise le matin de sa mort.

Galeran la saisit gravement et la tint serrée entre ses doigts un instant avant de l'ouvrir.

Lié par une ficelle, un petit parchemin était roulé au fond de la bourse de cuir.

Après avoir défait le lien, il mit à plat le parchemin sur la table et commença à déchiffrer lentement les quelques lignes laissées par son ami :

« Par la grâce de Dieu, Galeran de Lesneven,
mon ami très cher, je serai mort quand tu liras
ceci. Regarde en mon coffre, tu y trouveras un
rouleau de vélin et une gemme bleue, que je te
confie comme mes biens les plus précieux.
C'est le « secret » de ma couleur !
Transmets-le un jour à qui tu jugeras digne.
Tu y trouveras également une bourse. J'y ai
serré somme suffisante pour Hermine. Vois
Thiberge et dis-lui de lui remettre les clés de la
maison sise au Bourg-Muret que je lui ai achetée.
Veille sur ma sœur.
Pour le reste, la promesse que je t'ai faite m'est
sacrée : c'est Nivelon le coupable !
Prie pour le salut de mon âme.
Que Notre-Dame te garde de tout danger !
Audouard, maître verrier,
en ce mois de may 1145, en Chartres. »

Une fois sa lecture faite, Galeran resta un long moment silencieux, puis il reprit le parchemin et lut à haute voix le paragraphe concernant la vieille dame.

– Vous voyez Hermine, votre frère n'a rien oublié et surtout pas vous !

La pauvre femme hocha la tête en silence. De grosses larmes coulaient sur ses joues.

Ému, le chevalier dit d'un ton grave :

– Je dois aller voir le maître d'œuvre ce matin. Je vais lui parler de tout ceci. Vous savez que je dois quitter Chartres prochainement. Il me faut être à Blois dans quelques jours et je partirai sans doute ce soir ou demain matin. Si vous en êtes d'accord, j'aimerai confier le soin de vos affaires à un homme de bien, Breton tout comme moi, en qui j'ai toute confiance.

– Ce que vous ferez sera bien fait, mon ami. J'ai confiance en votre choix et remets mon sort entre vos mains ainsi que mon frère le désirait.

– Je demanderai donc à Robert le Breton de venir vous voir et de veiller, car il est bien placé auprès de l'évêque, à ce que vous ne soyez pas chassée de cette maison avant que celle du Bourg-Muret puisse vous accueillir !

Un long silence entrecoupé de reniflements.

– Thiberge de Soissons fera arrêter le travail avant l'heure de midi et tout le chantier rendra hommage à Audouard puis la procession se rendra en cortège à la collégiale Saint-André. C'est Robert le Breton qui s'est occupé de tout cela hier. J'enverrai un des aides d'Audouard vous chercher. Je vous attendrai à son atelier avant l'angélus. D'ici là, reposez-vous.

– Bien messire, je vous promets d'être forte.

– Je n'ai jamais douté de votre courage, Hermine ! dit la chevalier en embrassant la vieille dame sur la joue.

On frappait à la porte de la rue.

– Oh, allez voir chevalier, supplia la pauvre femme. S'il vous plaît. Je n'attends et ne désire voir personne.

– Bien, ne vous inquiétez. Allez vous reposer, nul ne vous dérangera.

La mine sévère, Galeran ouvrit le battant. L'intrus était une toute jeune femme aux longues nattes rousses. Elle le dévisagea puis dit d'une petite voix d'enfant :

– Ausanne vous a bien décrit, vous êtes le sire Galeran ! Je suis Éloïse, sa cadette. Il faut que je vous parle, chevalier.

– Pas ici, jeune fille ! Dame Hermine est fatiguée et je dois aller au chantier Notre-Dame. Nous parlerons en chemin.

D'autorité, le chevalier passa son bras sous celui de la jeune fille, tira la porte et entraîna Éloïse vers la cathédrale.

– Que me voulez-vous, petite ?

– Ausanne vous aimait beaucoup, elle m'a dit que vous étiez homme de bien…

– Je ne suis pas d'humeur à discuter alors dites-moi ce que vous attendez de moi, voulez-vous ? dit Galeran.

Un peu intimidée par le ton sévère du chevalier, la jeune fille ravala sa salive et détachant chaque syllabe articula :

– Trois choses : je veux revoir ma sœur. Je veux que vous m'expliquiez ce qui s'est passé, je veux comprendre !

Galeran poussa un profond soupir.

– Ce n'est pas à moi de vous expliquer tout ceci. Sachez seulement que votre sœur a tué une innocente enfant ! Pour ce crime odieux, elle doit mourir.

– Mais enfin, ce n'est pas possible, vous le savez

bien ! Pas Ausanne ! Pas ma sœur !

– Si, Éloïse, c'est elle et de cela, au moins, je suis sûr !

Après un court silence, il demanda :

– Que va faire votre mesnie, maintenant ?

– Mes parents sont fous de douleur et de honte. C'est le prévôt qui est venu nous annoncer la nouvelle hier soir. Il est longuement resté chez nous et nous a conseillé de quitter la ville sans délais.

– Il a sans doute raison !

– Pourquoi cela ? dit la jeune fille en dégageant son bras de celui du chevalier et en lui faisant face.

– Les Chartrains ne vous pardonneront jamais d'avoir une sœur meurtrière. Je n'ai pas aimé tous ces gens, hier devant la prévôté. La foule est un animal enragé, Éloïse. Dites à vos parents de suivre le conseil du prévôt. Qu'ils partent en hâte et surtout qu'ils ne descendent pas aux Vieux Fossés cet après-midi !

– Mon Dieu, s'exclama la pauvre jeune fille en se cachant la bouche. Chevalier, vous n'allez pas la laisser mourir ainsi, d'une façon si infâmante !

– Rentrez chez vous, vous n'avez rien à faire dans la rue à cette heure ! gronda Galeran.

– Aidez-moi au moins à revoir Ausanne, je vous en prie !

– Je vais vous décevoir, Éloïse. Mais je pense que votre sœur préfère rester seule face à elle-même et de plus, je crois qu'elle a davantage besoin des secours de la religion que de vos pleurs. Aller au gibet sans faiblir va lui demander une grande volonté ! Laissez-la en paix et priez pour elle.

– Vous n'avez pas le droit de me traiter ainsi !

– C'est vous qui êtes venue me voir. Il suffit maintenant ! Rentrez chez vous et veillez à la sécurité des vôtres !

Le ton du chevalier était sans réplique, il se radoucit néanmoins, prit la jeune fille par les épaules et lui dit :

– Je vous jure que si elle était innocente de ce crime, je l'aurai sortie moi-même des griffes du prévôt, malgré toute la soldatesque du monde !

Éloïse leva ses beaux yeux vers le chevalier, elle comprit qu'il était sincère et que la condamnation de sa sœur lui était aussi douloureuse qu'à elle-même.

– Je comprends… pardonnez-moi, sire chevalier, je vais vous obéir et parler à mes parents. Que la Vierge Noire vous protège !

Et saisissant à deux mains les plis de sa longue robe, le jeune fille partit en courant pour rejoindre sa mesnie.

41

Depuis l'annonce de l'exécution, la veille au soir, des groupes se formaient dans les rues de Chartres, et on discutait ferme. Tous ici connaissaient Ausanne. D'aucuns disaient que ce ne pouvait être elle, d'autres qui lui devaient trop, la chargeaient de tous les vices.

Elle connaissait chacun d'eux, elle était venue à leur chevet, avait mis au monde leur descendance, leur avait donné potions… et, plus grave, avait sauvé la vie de beaucoup.

Du jour au lendemain, sa beauté devenait maléfique ; son talent, suspect et ses remèdes, poisons redoutables !

Les esprits s'échauffaient. Ne restait-il pas quelques fioles maudites dans les maisons ? On vidait les coffres, on jetait ce qu'Ausanne avait pu préparer ou même toucher. On lavait ce qu'on ne pouvait jeter.

Des gamins lancèrent des pierres sur la petite maison aux volets clos. Enjambant les clôtures de joncs tressés, ils piétinèrent le potager et le jardin aux simples, et souillèrent les parterres de fleurs en pissant dessus.

Une escouade venant de la prévôté les chassa. Les hommes d'armes étaient chargés d'exécuter une partie de la sentence. La maison devait être brûlée !

Ils défoncèrent la porte à coups de haches, détruisant tout sur leur passage, empilant pêle-mêle tentures, parchemins, et meubles, versant de la poix sur le sol. Le visage empourpré, ils ressortirent et l'un deux jeta une torche par la porte fracturée.

La foule qui s'était massée pour le spectacle, se mit à hurler de joie. En quelques instants, la maison prit feu. Les flammes l'enveloppèrent en grondant, brûlant même les vieux pommiers voisins. Il ne resta bientôt plus, du logis de la miresse, qu'un tas de cendres fumantes que les hommes d'armes dispersèrent à grands coups de pieds rageurs.

Pendant ce temps, à l'autre bout de la ville, une foule menée par des femmes, se massait silencieusement aux abords de la prévôté.

Robert le Breton se fraya un passage vers la large porte.

N'hésitant pas à jouer de sa canne, quand on ne s'écartait pas devant son habit, le Breton arriva devant les hommes d'armes qui, leurs lances croisées, restaient imperturbables devant la populace.

– Laissez-moi passer, je dois voir le prévôt.

Les hommes d'armes qui avaient reconnu l'ecclésiastique s'écartèrent.

Malgré son refus de la veille, Robert obtint du prévôt, la possibilité de rencontrer Ausanne.

Un garde l'escorta à la chambre et le fit entrer. Comme il faisait mine de pénétrer lui aussi dans la pièce, le Breton le repoussa.

– Laissez-nous seuls, mon ami. Vous pouvez rester devant la porte.

– C'est une meurtrière, monseigneur ! Le prévôt a ordonné que personne n'entre ici sans escorte.

– C'est une femme, mon ami et une égarée de Dieu ! Ceci ne concerne plus les hommes d'armes mais les soldats de Notre Père. Laissez-nous seuls, au nom de l'évêque, je vous l'ordonne !

L'homme d'armes recula, inquiet d'avoir déplu à un si fier personnage. Il sortit et referma doucement la porte derrière lui.

Robert se retourna lentement.

Ausanne était debout, devant la cheminée éteinte, fixant les cendres éparses. Elle ne tourna même pas la tête et dit :

– Je n'ai pas changé d'avis depuis hier, monseigneur !

– Vous, non mais moi, oui ! Je ne peux vous laisser partir comme cela, mon enfant.

– Ne m'appelez pas ainsi, il y a bien longtemps que j'ai perdu l'innocence qui va de pair avec ce mot. Et puis, quel joli mot, partir ! Croyez-vous que je vais laisser ces drôles me traîner à la potence ?

– Que voulez-vous dire, Ausanne ?

– Tous, ici, ou presque me doivent la vie, dit la jeune femme sans répondre à la question. Même vous, si mes souvenirs sont bons. Je vous ai sauvé, moi, la pauvre tisserande ! Sans moi, vous seriez déjà assis à la droite de ce Dieu que vous vénérez et qui m'a abandonnée, moi, depuis longtemps !

Le visage blanc de colère, Ausanne faisait face au prêtre. Robert recula, très pâle, comme si cette haine presque palpable l'avait frappé de plein fouet.

– Vous blasphémez Ausanne ! Ne vous attribuez pas une puissance qui n'appartient qu'à Dieu !

– Il avait bien besoin de moi, Dieu, pour soigner ces plaies purulentes, ouvrir ces ventres, guérir ces tumeurs, accoucher ces enfants qui se mouraient dans le sein de leur mère…

Il saisit Ausanne par le bras.

– Arrêtez, vous jouez avec le Malin. Vous serez damnée pour l'éternité, si vous ne vous repentez !

– Je le sais messire et cela me plaît davantage que de me traîner au pied de Dieu pour lui demander de m'épargner !

– Repentez-vous, Ausanne, il en est encore temps.

– Que croyez-vous que je craigne, monseigneur ? Que peut-il y avoir de pire que la vie sur cette terre ? Que me fait le pardon de celui qui me laisse mener au gibet et qui m'ôte, de façon si cruelle, la vie qu'il m'avait soi-disant offerte.

Robert le Breton baissa les yeux et murmura :

– Dieu vous pardonne, Ausanne, comme je le fais.

– Mais vous ne comprenez donc rien, je suis déjà morte, messire Robert ! Ni vous ni Dieu ni Diable n'y pouvez rien !

Le prêtre la regarda, comme pour graver l'image terrible de ce visage déformé par la haine et par l'angoisse. Puis il baissa la tête et sortit sans un mot.

Alors, la jeune femme se précipita sur la porte close, la martelant jusqu'à ce que le sang coule de ses petits poings serrés.

– Revenez, ne me laissez pas seule, revenez !

Au-dehors, la foule grondait, comme en écho aux hurlements de la jeune femme. On entendait les cris de quelques déchaînés : « À mort, la sorcière ! À mort la rousse, la maudite ! À mort l'empoisonneuse ! »

La foule, sans bouger davantage, s'était mise à taper du pied de plus en plus vite, faisant vibrer le sol et les murs de la prévôté.

42

Sur le chantier, l'ambiance n'était pas meilleure. La journée perdue de la veille, la tempête, et enfin le meurtre d'Audouard avaient achevé de semer le désordre.

Ce matin-là, ils étaient près de sept cents compagnons à se presser autour de la plate-forme où se tenaient les appareilleurs, des chanoines et le maître d'œuvre.

Les maçons et les tailleurs de pierre exigeaient un dédommagement pour la journée d'hier. Les maîtres verriers refusaient de retourner dans les échafaudages, certains pour rendre hommage à Audouard, les autres par peur !

Un peu à l'écart, une vingtaine de charpentiers discutaient âprement entre eux.

Les appareilleurs haussaient, en vain, la voix essayant de se faire entendre dans ce tumulte.

Seul Thiberge de Soissons restait très calme. Dominant ses aides de sa haute stature, le maître d'œuvre passait la main dans sa courte barbe d'un air songeur.

Quand il frappa le sol de sa longue canne, attribut de son rang, un brusque silence se fit sur le parvis.

– Vous avez donné le meilleur de vous-mêmes et Notre-Dame qui nous regarde, ne vous en aime que mieux ! Elle nous permet d'élever… l'avez-vous oublié ? gronda soudain la voix du géant. Elle nous permet d'élever, disais-je, sa maison, la maison de Dieu !

Un murmure inquiet se propagea dans l'assistance, impressionnée.

– Par ma barbe, faut-il que nous allions ailleurs chercher des hommes ? Des hommes capables de construire « SA » maison ?

Des cris de protestation s'élevèrent.

– Faut-il que je continue seul à construire la Cité de Dieu ? Sachez que rien ne barrera ma route. Devant vous, qui reniez Notre-Dame et votre parole d'homme, pierre après pierre, je l'éleverai ! Où sont les hommes que j'avais choisis et qui m'avaient choisi ?

Le chevalier qui s'était mêlé à la foule des ouvriers, admira le talent d'orateur de Thiberge. Ce n'était pas seulement un bon architecte, c'était aussi un de ces hommes qui vous mènent au combat le cœur vaillant. Il sentit intuitivement que le maître d'œuvre avait gagné et que les ouvriers allaient s'incliner devant la puissance de sa parole et remonter dans les échafaudages.

Déjà les charpentiers, sous la conduite du vieux Breton, avaient fait demi-tour et s'étaient engouffrés dans le clocher du midi.

Thiberge de Soissons s'était tu et fixait la foule, les mains posées sur sa canne. Les ouvriers se dispersaient en silence. Il ne resta bientôt plus personne pour soutenir le regard de l'architecte.

Alors, le géant redescendit lentement de l'estrade avec les appareilleurs et les chanoines. Avisant Galeran, qui était resté sur l'esplanade, il lui fit signe de le suivre.

– Ah ! messire Galeran. Venez, je vous prie, allons à la chambre aux Traits. Nous y parlerons plus à l'aise.

Les deux hommes marchèrent, côte à côte en silence. Le chevalier essayant de suivre les longues enjambées de l'architecte.

Arrivé devant une maison de pierre accotée à la cathédrale, l'architecte poussa une porte et fit passer le chevalier devant lui.

– Entrez, je vous prie.

Même à Saint-Denis, Galeran n'avait jamais pénétré dans ce saint des saints, cette chambre aux Traits où était engendrée, épure après épure, la Cité de Dieu.

Tous les plans et modèles destinés à la construction sortaient de cette vaste salle.

Sur le sol dallé, un grand espace vide servait d'aire de traçage. L'architecte y reproduisait ses dessins en taille réelle à l'aide du compas ou de l'équerre.

Sur les côtés, des piles de gabarits en bois reproduisaient fidèlement ogives, meneaux, doubleaux ou formerets. Plusieurs fenêtres, aux volets grands ouverts, laissaient pénétrer la lumière, éclairant ce sol gravé de mille traits qui se superposaient.

Thiberge avait un peu forcé la main de l'évêque pour avoir sa fameuse « Chambre ». Craignant les intempéries, et surtout les vents de la colline chartraine, il avait exigé qu'elle soit construite en pierre et qu'elle bénéficie d'une solide toiture. Malgré le coût occasionné par la construction, l'évêque avait fini par céder. Ce que maître d'œuvre veut…

– Asseyez-vous, dit Thiberge en entraînant le chevalier vers un coin de la salle où des bancs étaient disposés. Allons droit au fait. J'ai besoin de vous et Audouard vous présentait comme un homme perspicace. Il est hors de question que ce désordre continue ! Je ne pourrai pas toujours les tenir, surtout avec cette sordide histoire d'exécution ! Et si, en plus, je perds d'autres hommes…

Galeran ne répondit pas, attendant que l'architecte continue.

Un long silence s'établit entre eux. Le maître d'œuvre fixait le sol d'un air obstiné, les lèvres serrées, puis la phrase jaillit avec brutalité :

– Audouard croyait avoir trouvé le coupable et cela a provoqué sa perte…

Le visage du maître d'œuvre s'empourpra :

– J'aurais pu empêcher cette mort en le forçant à parler, mais il était têtu comme un âne ! Il a voulu intervenir seul. Pourtant, après la mort de Jérôme, il m'avait dit qu'il songeait à vous confier ses soupçons, il n'en a pas eu le temps.

– À votre avis, à qui songeait-il ?

La voix de Galeran avait une sonorité étrange, presque métallique.

Le maître d'œuvre le regarda et articula :

– Sur ma foi, je n'en sais rien, peut-être en a-t-il parlé à Enguerrand. Ils avaient de drôles de rapports tous les deux. Tantôt amis, tantôt ennemis. Enguerrand m'a même dit qu'il pensait qu'Audouard était la cause de tout ceci !

– Il accusait Audouard ?

– Oh, il ne l'accusait pas de meurtre, mais il disait

que tout était de son fait ! Qu'il avait une grande responsabilité dans tout cela. Ceci dit, Enguerrand est un peu dérangé. J'ai souvent eu l'impression qu'il était possédé d'une étrange folie.

– N'est-ce pas dangereux d'employer un tel homme sur un chantier ?

– Oui… mais c'est un sculpteur plus extraordinaire encore que le grand Gislebertus d'Autun ! De toute ma carrière, je n'ai rencontré quelqu'un qui possède une telle maîtrise ! Avez-vous vu ses œuvres ?

– Certaines, oui. Téobald m'a montré celles du Portail Royal.

– Mon vieux charpentier ?

– Lui-même.

– Le Portail est ce qu'il a fait de plus achevé, mais pour connaître Enguerrand, il faut monter dans le clocher du midi. Il y taille une figure… vous comprendrez en la voyant.

– Il faut que je rencontre cet Enguerrand. Depuis que je suis ici, tous m'en parlent. Je ne vois que ses hautes figures de pierre, mais de lui, point ! Pire qu'un fantôme, j'en arrive à douter que ce soit un personnage de chair. Où puis-je le trouver?

– À ce moment, il doit certainement travailler à la statue dont je vous parlais.

– Un de vos hommes peut me montrer comment y accéder ?

– Bien sûr, Brunel fera l'affaire, il connaît presque aussi bien Notre-Dame que moi-même ! Cependant, je n'ai pas revu Enguerrand depuis la mort d'Audouard. Il y a peut-être danger à l'aller quérir. Cette dernière mort a certainement dû ébranler son esprit. Voulez-vous que je demande à deux ou trois gars solides de vous accompagner.

– Ainsi, c'est à ce point ? Mais j'irai seul. Il y a plus à craindre pour lui que pour moi.

Le maître d'œuvre appella le dénommé Brunel qui s'activait autour d'une longue table. Le jeune homme qui ne devait guère avoir plus de 14 ans, accourut aussitôt.

– Que puis-je pour vous, maître ?

– Il vous faudra mener le chevalier jusqu'au lieu où Enguerrand travaille, sur le clocher du midi. Soyez prudents tous deux et que Notre-Dame vous garde.

– Merci, encore deux choses. Audouard m'a dit vous avoir acheté une maison au Bourg-Muret...

– C'est vrai, vu l'ampleur de ce chantier et l'argent qu'il avait mis de côté, il voulait s'installer définitivement à Chartres. De plus, il avait créé une verrerie avec l'un de ses compagnons et cela commençait à leur rapporter quelques rentes. Quand je lui ai parlé des vignes et de cette maison que j'avais au Bourg-Muret mais que je n'habitais pas, il m'a demandé si je ne voudrais pas la lui vendre. Je lui ai remis la motte de terre, ainsi qu'il est coutume, et nous avons ainsi scellé notre engagement, le mois dernier.

– Bien, tout était donc en règle entre vous. Je vous dit cela, car les dernières volontés de mon ami étaient que je m'occupe de sa sœur. J'ai donné rendez-vous à Dame Hermine pour l'enterrement et il serait bien si vous vouliez l'accueillir, de lui remettre en même temps, les clés de sa maison.

– Bien sûr. Et maintenant, quelle est l'autre question ? dit Thiberge qui ne perdait pas aisément le fil d'une conversation.

– Qui est Nivelon ?

– ...

Le maître d'œuvre semblait perplexe.

– C'est censé être quelqu'un du chantier ?

– Oui, je le crois.

– Si c'est un maître… non il n'y a pas de Nivelon parmi eux. J'en suis sûr, je les connais tous personnellement. Si c'est un ouvrier, c'est beaucoup plus compliqué. J'ai actuellement presque un millier de manœuvres et de charretiers, cent cinquante maçons, vingt charpentiers et forgerons, une centaine d'apprentis tailleurs de pierre et verriers… la liste est longue. Il faut que je fasse vérifier cela par les appareilleurs, mais cela va prendre du temps.

– Tout renseignement sera précieux. Cela nous évitera peut-être d'autres morts.

– Sans indiscrétion, d'où vous vient ce nom ?

– De la bouche d'un mort, de celle d'Audouard.

– Il n'a pas laissé plus d'indications ?

– Non, hélas.

– Bon. Allez toi, arrête de te dandiner d'une jambe sur l'autre, dit l'architecte au jeune Brunel et accompagne le chevalier. Tu es responsable de sa sécurité dans les passerelles. Pour le reste, tu lui obéis comme à moi-même !

– Bien, maître.

43

Les deux hommes se dirigèrent d'un bon pas vers le clocher du midi. Après avoir emprunté l'escalier à vis, le jeune assistant précéda le chevalier et grimpa avec l'assurance d'un écureuil aux barreaux d'une échelle qui surplombait le vide. Le chevalier regarda en bas puis le suivit jusqu'à une première plate-forme.

– Où allons-nous Brunel ? Ce sacré bonhomme travaille donc tout en haut de l'édifice ? Plus haut que cela ?

– Oh, oui, messire, Enguerrand travaille trois plates-formes plus haut. Il nous faut continuer par ces échelles, dit-il en désignant les frêles échelles qui servaient à passer d'un niveau à l'autre.

– Bien, allons-y, mais tu t'arrêteras avant sa plate-forme. Je veux voir cet homme seul à seul.

– Je vous obéirai.

Et les hommes reprirent en silence leur dangereuse escalade. Plus ils montaient, moins il y avait d'ouvriers. Apparemment, le tailleur de pierre était le seul à travailler à cette hauteur et surtout dans un endroit aussi exposé. Ici, point de rambardes. À travers les barreaux des échelles, on voyait de minuscules insectes humains s'agiter sur le sol.

– Voilà, je vous attends ici, c'est la dernière. Il doit être juste au-dessus.

– Bien, ne bouge pas !

Et le chevalier, sortant une dague qu'il plaça entre ses dents, grimpa lentement tout en surveillant le haut de l'échelle.

Précaution inutile, une fois de plus l'oiseau s'était envolé, il n'y avait personne sur la plate-forme. Une sculpture inachevée occupait tout l'angle du frêle plancher, une sacoche ouverte traînait sur le sol, un burin était posé à même la pierre. L'homme avait dû les entendre. Regardant autour de lui, Galeran se demanda où il avait bien pu passer. Seule une étroite corniche surplombant le vide permettait de quitter l'endroit, et à moins d'appartenir à la gent ailée…

Le chevalier rengaina sa dague et observa la

sculpture, comprenant mieux, soudain, les énigmatiques paroles de Thiberge.

Enguerrand avait fait jaillir de la pierre une créature mythique, tête humaine campée sur un frêle corps d'oiseau. Il avait sculpté avec soin les yeux, y perçant deux pupilles dilatées. La créature de pierre fixait la ville de ses yeux troués, la bouche tordue par une grimace. Les ailes à demi déployées comme si elle voulait s'envoler. Les griffes enfoncées dans la chair de la cathédrale. Était-ce son propre portrait que l'homme avait ainsi gravé dans la roche ? Tout en s'interrogeant, le chevalier s'agenouilla et posa sa paume sur le visage de pierre. Il retira vivement sa main, la peau marquée d'une brûlure que le soleil ne pouvait expliquer ! Quand Brunel vit le chevalier redescendre, il lui trouva la mine troublée.

– Vous l'avez vu, messire ?

– Que non pas, ce n'est pas un homme, c'est un Diable que cet Enguerrand, que Notre-Dame me pardonne ! Redescendons, Brunel, j'en ai assez vu.

Une fois arrivés au pied du clocher, les deux hommes se séparèrent.

– Dis à ton maître que je vais à l'atelier de messire Audouard quérir dame Hermine. Dis-lui aussi que j'ai compris ses propos.

44

Hermine était déjà à l'atelier de vitrail. Elle n'avait pas eu la patience d'attendre qu'on vienne la quérir et était venue seule sur le chantier pour rendre un dernier hommage solitaire à son frère. Pour la réconforter, les aides du maître verrier, qui la connaissaient bien, l'avaient ensuite fait asseoir sur un banc et lui avaient servi un petit verre de vin.

La pauvre femme, tout de marron vêtue, se leva en vacillant un peu, à l'arrivée de Galeran. Celui-ci lui prit fermement le bras et la conduisit vers le Portail Royal. La procession, une vingtaine de personnes, menée par Robert le Breton arriva en chantant et se dirigea vers eux.

Afin que ses compagnons puissent lui rendre hommage, la civière où reposait le corps d'Audouard, fut posée sous la verrière de l'arbre de Jessé.

Les maîtres verriers déplièrent une soie bleue sur le corps en souvenir de cette couleur tant aimée. Dans les échafaudages, le travail s'était arrêté et les compagnons se mirent à frapper dans leurs mains. Puis un grand silence se fit.

Thiberge de Soissons s'approcha, se baissa et déposa la sacoche d'Audouard au pied de la civière. Aucun maître ne devait partir dans l'au-delà sans emmener ses outils avec lui dans la tombe. Le géant vint ensuite présenter ses condoléances à la vieille femme, qui s'était mise à pleurer doucement derrière son mouchoir. Frère Gacé qui tournait depuis un moment autour du groupe, vint se joindre à eux et, prenant le bras d'Hermine, la soutint.

Le chevalier s'éloigna discrètement et chercha Robert le Breton afin de lui demander de s'occuper des affaires de la vieille dame. Mais le prêtre avait d'autres choses en tête et, encore remué par son entretien avec la miresse, en parla à Galeran, dont le visage se ferma. Robert le Breton s'en aperçut et s'arrêta net.

Toute évocation d'Ausanne rappelait avec trop de force au chevalier que le supplice d'Ausanne était proche.

Les religieux entonnèrent un chant à plusieurs voix et la procession, grossie d'une cinquantaine de personnes, descendit en suivant le cours de l'Eure vers la Collégiale Saint-André où Audouard devait être inhumé. En hommage au verrier, Thiberge suspendit le travail tout en s'engageant à payer la journée complète à ses hommes, une façon très habile de les reprendre en main. Du coup, nombre d'ouvriers se joignirent au convoi funéraire espérant bien se régaler ensuite du spectacle rare d'une exécution capitale.

Galeran remarqua que la procession empruntait presque exactement en sens inverse le chemin qu'il avait parcouru en arrivant à Chartres, cinq jours auparavant. La boucle était bouclée, mais, comme bien souvent, par la Mort !

L'évêque Geoffroy de Lèves arriva avec une dizaine de chanoines pendant la cérémonie et vint lui-même rendre un dernier hommage au maître verrier. Ses compagnons jetèrent les premières pelletées de terre sur la soie bleue au fond de la fosse.

45

Non loin de là, près des Vieux Fossés, les bourreaux avaient passé leur corde dans le chêne-gibet des Chartrains. Le nœud coulant pendait maintenant à une forte branche. Un escabeau devait servir à faire monter Ausanne au supplice. Les hommes, satisfaits de leur ouvrage, échangeaient force plaisanteries macabres. Des badauds jouaient aux dés, assis dans l'herbe, dans l'attente du spectacle. Tapis dans l'ombre des arbres, deux silhouettes, leurs chaperons sur la tête, attendaient sans bouger.

Déjà la foule impatiente se pressait par les rues de la cité, descendant vers la porte Guillaume pour assister à la pendaison de l'empoisonneuse.

Dans la ville haute, la colère grondait plus fort d'instant en instant.

Le prévôt redoutait l'émeute et que la foule furieuse en vienne à s'emparer de la miresse pour rendre justice à sa façon. Il ordonna qu'on aille, sans plus tarder, chercher la jeune femme.

La charrette était déjà prête, les chevaux harnachés, les hommes du prévôt, armés et casqués, attendaient dans la cour.

– Messire prévôt, venez vite.

– Quoi encore ? Vous n'êtes pas assez costaud pour mener seul cette femme à la charrette ?

– Ce n'est pas ça, venez, venez, dit le soldat affolé en repartant en courant vers la cellule improvisée.

Le prévôt, pressentant quelque malheur, se mit, lui aussi, à courir. Le soldat qui avait préparé la miresse à la mort, n'avait oublié qu'une chose. Sur sa demande, il avait abandonné, bien innocemment, à la jeune femme, ses deux longues nattes rousses qu'il avait coupées !

Faisant de ses cheveux, une longue et souple corde, Ausanne s'était pendue aux barreaux de la haute meurtrière.

Afin d'atteindre l'ouverture, elle avait empilé une table et un banc, et nouant cette corde rouge aux barres de métal, s'était donnée la Mort ! Sa beauté envolée, les yeux saillants, du sang coulant de sa bouche et de ses narines, Ausanne avait choisi de se damner deux fois !

Le prévôt poussa un cri de rage.

– Mais, détachez-la, Bon Dieu, détachez-la !

Des hommes d'armes accoururent, aidant à faire glisser le cadavre sur le sol.

Dehors, la foule continuant son vacarme, hurlait à la mort, réclamant son spectacle.

– Qu'est-ce que je vais faire avec ça, hein ! rugit le prévôt furieux. Et ceux-là qui veulent leur pendaison ! Ah mais, je vais la leur donner, moi leur pendue. Emmenez-la !

– Mais, prévôt…

– Emmenez-la à la charrette, vous deux et toi va me chercher le menuisier !

– Le menui…

– Oui, et plus vite que ça.

Deux hommes d'armes soulevèrent le cadavre de la jeune femme.

– Allez, direction la charrette ! Et au trot !

Le menuisier, un vieux soldat à la face couturée, se présenta devant le prévôt.

– Bon, toi, trouve-moi des barres ou des planches, je veux que ce cadavre tienne droit dans sa charrette !

– Bien, dit le vieux en faisant demi-tour sans poser de questions.

Un quart d'heure plus tard, le corps d'Ausanne était lié sur une espèce de croix improvisée qui fut dressée dans la carriole. Un des gens d'armes, le cœur soulevé, avait nettoyé le sang coagulé et mis un bâillon autour de la bouche déformée par la douleur. Le prévôt avait également ordonné qu'on noue un linge autour du cou pour dissimuler l'horrible marque bleue et avait lui-même attaché la tête à la croix afin qu'elle ne basculât point. Les yeux sans vie regardaient droit devant eux. Les cheveux roux, taillés très courts, donnaient un peu de couleur à ce corps exsangue. Le simulacre était presque parfait.

Quatre hommes d'armes prirent place dans la carriole. On entendait le trépignement de la populace à l'extérieur. Dans la cour, on n'en menait pas large. Les hommes avaient sorti leurs épées. Le prévôt réclama le silence et ordonna qu'on ouvre les portes. Un exclamation salua la sortie de la charrette escortée par une douzaine de cavaliers menés par le prévôt, en personne. Des piqueurs essayaient d'écarter la foule pour que la charrette passe. Le prévôt hurla :

– Vous voulez tous voir l'exécution de l'empoisonneuse ?

La foule, en délire, hurla.

– Alors, allez au gibet et laissez-nous passer.

Le prévôt avait touché juste, la populace s'écarta enfin et la petite troupe put enfin se frayer un passage au milieu des Chartrains en délire.

– Par le cloître Notre-Dame, il faut que tout le monde la voie ! enjoignit le prévot au conducteur de la charrette, suivez-moi !

La carriole fit le tour de la cathédrale avec son macabre chargement. Les cavaliers n'hésitant pas à distribuer des coups de masse d'armes pour écarter les plus curieux. Le prévôt chevauchait en tête, cinglant sa monture avec un jonc.

Enguerrand se tenait dans la pénombre du clocher du midi. Grande silhouette mince vêtue d'une blouse grise, il avait suivi sans broncher, du haut de sa cachette, l'enterrement du maître verrier puis s'était soudain assis, comme pris de faiblesse. Sur son visage bleui par le froid, couraient de multiples cicatrices. De grands cernes creusaient leurs sillons noirs sous ses yeux.

Puis, l'homme s'était redressé, observant avec attention, les mains crispées sur une rambarde, un étrange équipage qui venait de déboucher au pied du Portail Royal. Se frayant difficilement un passage au milieu de la cohue, la charrette transportant Ausanne faisait maintenant le tour de Notre-Dame. À la vue de cette silhouette crucifiée, Enguerrand poussa un hurlement de bête blessée et se cacha la tête entre ses mains. Puis, toujours hurlant, se précipita vers les hauteurs du clocher, vers son abri loin des hommes.

46

Cette journée se serait sans doute déroulée de manière moins tragique si le temps était demeuré clair. Mais il faisait lourd, le ciel semblait peint en noir, des lueurs fugitives apparaissaient au loin sur la rivière. Des grondements de tonnerre se mêlaient à la trépidation de la foule excitée par la chaleur et le vin. Il devenait de plus en plus difficile de maintenir la cohue à distance. Des ouvriers du chantier Notre-Dame s'étaient joints à la meute avec d'autres, moins recommandables, des goliards et des écorcheurs sortis d'on ne sait où. Les hommes d'armes avaient réussi à passer la Porte Guillaume, non sans moult horions donnés et reçus. La route cavalière menant au gibet étant à peu près dégagée, le cocher de la charrette funèbre fouetta ses chevaux. Il leur fit prendre le galop, s'éloignant de la ville dans un nuage de poussière, suivi de près par le prévôt et ses hommes.

Parvenu au pied du chêne centenaire, le prévôt fit arrêter la carriole et hurla à l'escorte de former cercle autour de l'arbre.

Des badauds, qui attendaient paisiblement allongés dans l'herbe, se remirent sur pied et s'écartèrent précipitamment.

Galeran qui arrivait à cheval avec Robert le Breton, sauta à terre et s'approcha du prévôt.

– Que lui avez-vous fait ? cria le chevalier en montrant le corps ligoté et bâillonné de la jeune femme.

– Oh, du calme, messire, je n'y suis pour rien, elle s'est arrangée toute seule ! Mes hommes l'ont trouvée pendue dans sa cellule.

– Et alors, qu'est-ce que c'est cette mascarade ? s'exclama Robert le Breton qui avait rejoint le chevalier. Vous n'avez tout de même pas l'intention…

– Détachez-la tout de suite, menaça Galeran, mettant la main à son épée.

La foule en délire avait atteint en courant l'esplanade. Paysans et citadins, pauvres et bourgeois, commerçants ou artisans se massaient en grondant autour des gardes. On voyait briller çà et là le métal d'une fourche ou d'une hache. Des drôlesses, l'injure aux lèvres, relevaient leurs jupons pour provoquer les soldats.

Un détachement d'archers, mandé en hâte par le prévôt, prit position, face à la foule. Les flèches étaient déjà dans les encoches, les hommes prêts à tirer.

– Vous me faites perdre un temps précieux ! Poussez-vous de là ! Si vous voulez savoir pourquoi, regardez, mes beaux sires ! dit le prévôt en montrant la foule. Si je les avais privés de leur exécution, ils auraient massacré mes hommes ou, pire, s'en seraient pris au vicomte ou à l'évêque !

Galeran et Robert le Breton échangèrent un coup d'œil.

– Faut-il que nous laissions commettre cette infamie ? dit le prêtre.

– Je crois que nous n'avons plus guère le choix, répondit le chevalier en se tournant pour faire face à la foule, les articulations blanchies sur la garde de son épée.

Déjà, un sergent avait détaché le corps de la jeune femme et ôté les linges qui cachaient les marques de son suicide.

Sur un signe du prévôt, il avait soulevé au-dessus de lui le corps torturé pour le montrer à la foule, puis l'avait chargé sur ses épaules et était descendu de la charrette.

Des hurlements d'horreur s'élevèrent puis ce fut la stupeur et un grand silence se fit. Plus un geste, plus de cris, la foule attendait.

Les gardes s'écartèrent. Le corps inerte fut hissé en haut de l'escabeau, deux hommes furent nécessaires pour le soulever jusqu'à la corde.

Le sergent passa le nœud autour de la gorge marbrée de noir. Un violent coup de pied balaya l'escabeau. Le corps supplicié fut pendu pour la seconde fois et alla se balancer comme un pantin au bout de sa corde.

Venue d'on ne sait où, une plainte s'éleva alors comme le sanglotement d'un enfant qui s'enflait peu à peu en un cri inhumain, un hurlement déchirant qui cessa d'un coup. C'était Éloïse qui, accompagnée de

Benoît, s'était mêlée à la foule et n'avait pu maîtriser sa douleur, à la vue du corps martyrisé de sa sœur. Sous le coup de l'émotion, elle était tombée à genoux et son chaperon avait glissé, libérant ses longues nattes rousses. Tous les regards se tournèrent vers la petite qui pleurait en se tordant les mains.

La foule s'écarta comme d'une pestiférée et soudain, une horrible vieille donna le signal de la curée :

– À mort la rouge !

– À mort la tueuse ! répondirent d'autres voix.

– À mort ! À mort ! scanda la foule, à qui on avait offert la pendaison d'une morte et qui préférait le supplice d'une vivante.

Brandissant son bâton, Benoît réussit à faire reculer deux femelles en furie et se plaça devant sa sœur, l'arme levée.

– Approchez, bandes de lâches, vous allez voir ! Si vous touchez à ma sœur, je vous tuerai !

– C'est un rouge ! Tuez-les ! Taïaut, sus aux bêtes ! Du sang ! criait la multitude sans même entrevoir ceux qu'elle conspuait.

Éloïse était toujours à genoux derrière son frère. Pâle comme une morte, elle priait les yeux fermés, se balançant d'avant en arrière, éperdue de terreur.

Des femmes, traînant leurs enfants, cherchaient une place pour mieux voir. Sans ciller, le jeune Benoît toisait du regard la foule qui faisait cercle. Au passage, il reconnaissait des visages autrefois amicaux et maintenant animés par la haine. Le cercle devenait plus étroit, des pierres commencèrent à pleuvoir.

– Arrière, ne faites plus un pas ! tonna soudain une voix puissante.

Galeran fendait la racaille à grands pas, distribuant des coups de plat d'épée. Il vint se placer au côté de Benoît :

– Ne touchez pas à un cheveu de ces enfants ! hurla-t-il. Ou, par ma foi, le premier qui avance, je le coupe en deux !

Devant la menace, la foule recula, comme reprenant haleine.

– Relève ta sœur ! ordonna le chevalier. Je vais siffler mon cheval, quand il sera près de nous, tu t'ensauves avec elle. Sinon vous êtes morts ! Ceux-là veulent leur pinte de sang.

– Bien, messire, répondit le gamin l'air farouche.

À nouveau, le cercle se resserrait.

– Allons messire, on n'en a pas après vous, plaida un homme qui se tenait campé au premier rang de la populace.

– À mort, criaient les femmes plus enragées que leurs hommes. Qu'on les pende, qu'on les étripe ces suppôts du Diable !

Une pierre vola, blessant Éloïse à l'épaule. Le chevalier siffla son destrier qui hennit et se cabra, forçant le passage à coups de sabot.

Le regard brillant, le chevalier balafra d'un ample geste, deux écorcheurs qui s'avançaient vers lui avec leurs crochets à viande. Robert le Breton, qui venait de se placer à ses côtés avec son solide gourdin en assomma un autre.

– Grand merci. Gardez-vous à droite, dit le chevalier.

Galeran estourbit du plat de son épée une robuste matrone qui tentait de s'approcher des enfants.

Tous trois essayaient de protéger du mieux qu'ils pouvaient la fuite d'Éloïse, qui s'était relevée, chancelante.

Quolibet s'était approché, les naseaux frémissant, se cabrant et ruant des quatre fers à chaque fois qu'on le voulait toucher.

– Benoît, mets ta sœur sur le cheval et fouette ! tonna Galeran.

Robert le Breton se défendait comme un beau diable, endommageant les crânes des pauvres pécheurs avec un bel enthousiasme.

Un homme en robe de bure, que Galeran ne reconnut pas tout de suite, vint soudain se battre à leurs côtés.

Attaqués par deux goliards armés de bâtons, Galeran chargea l'épée haute en poussant un hurlement sauvage. Plus habitués aux rixes d'ivrognes qu'au fracas des épées, ils prirent la fuite. Le chevalier se retourna à temps pour esquiver un coup de hache et sautant de côté coupa le jarret de son adversaire qui hurla de douleur en s'effondrant sur le sol.

En quelques minutes, la clairière était devenue le lieu d'une bataille générale. Seuls les hommes du prévôt restaient immobiles, indécis, attendant un signe de leur chef qui ne venait toujours pas. Éloïse avait réussi à enfourcher le hongre mais peu habituée à monter, elle n'en savait que faire. Benoît sauta en selle derrière elle et maintenant fermement sa sœur contre lui, piqua des deux.

Malheureusement, une pierre habilement lancée vint le frapper à la tête. Il se tassa sur lui-même et glissa au sol entraînant Éloïse dans sa chute.

Le moine se précipita vers les enfants mais le coup de couteau d'un vieux paysan, l'arrêta dans sa course et il roula aux pieds de son agresseur.

Seuls Galeran et Robert le Breton étaient encore debout, taillant, tranchant et frappant du mieux qu'ils pouvaient.

« Si le prévôt n'intervient pas rapidement, il aura nos morts sur la conscience, sans compter celles de ces fous furieux ! » grogna Galeran, à bout de souffle.

Tout à coup, les assaillants se mirent à reculer, abandonnant, comme par miracle, le combat. Au loin, des cris retentissaient. On entendait maintenant sonner le tocsin de Notre-Dame, bientôt repris par toutes les églises de la ville. Abandonnant les blessés, la foule refluait en hurlant vers la Porte Guillaume. Une colonne de fumée noire s'élevait du côté de Notre-Dame.

Galeran profita de ce vent de panique pour se précipiter vers les deux jeunes gens. Benoît, dont les blessures étaient légères, s'était assis, la tête encore bourdonnante des coups reçus. Éloïse, voyant qu'il n'avait pas besoin d'elle, s'était tournée vers le moine étendu sans mouvement sur le sol. Le chevalier l'aida à le retourner et reconnut avec surprise le visage couturé du frère Gacé. Une lame brisée était restée plantée dans l'épaule du religieux.

– Que se passe-t-il ? dit celui-ci en ouvrant les yeux.

Galeran qui avait fendu la robe de bure avec sa dague pour examiner la blessure, immobilisa l'homme d'une main ferme :

– Ne bougez pas, frère Gacé, et calmez-vous, il faut que je vous retire cette lame avant de vous bander.

Le moine répondit entre ses dents serrées :

– Eh bien, allez-y et qu'on en finisse !

– Peut-être vaudrait-il mieux que vous ne regardiez pas, dit le chevalier en tirant d'un coup sec le coutel brisé hors de la plaie.

Gacé n'eut pas une plainte, à peine un sursaut. Il se mit sur son séant, l'air furibond :

– Je ne suis pas une femmelette !

– Mais non, dit le chevalier en essuyant le sang de la blessure avec un tampon de tissu donné par Éloïse, vous êtes un malade très agréable, au contraire !

La jeune fille s'était reprise et déchirant sa cotte préparait des bandes et de la charpie pour le malheureux moine. Heureusement, le fer n'avait pas pénétré profondément et Galeran aidant l'homme à se relever lui entoura l'épaule et le bras d'un bandage serré. Un peu à l'écart, le prévôt qui était déjà en selle, échangeait des propos acerbes avec Robert le Breton. Il avait renvoyé ses archers vers la ville et s'apprêtait à les suivre.

– J'allais intervenir, monseigneur, mais je vous assure vous ne m'en avez pas laissé le temps…

– Prévôt, pardonnez-moi, rétorqua violemment le prêtre, mais je ne pense pas que vous ayiez eu la moindre intention de venir à notre aide. Mais soyons charitables…

– Tout s'est passé si vite, dit le prévôt gêné, et maintenant le feu ! Il faut que je regagne la ville, pardonnez-moi, monseigneur…

Et, faisant signe à ses hommes de le suivre, le prévôt éperonna son cheval.

47

Une épaisse fumée noire s'élevait au-dessus de Notre-Dame. L'équipe de Téobald le charpentier, restée à boire sa prime dans une taverne, avait été la première à donner l'alarme et à se précipiter vers le sanctuaire.

L'obscurité était presque complète. Une violente bourrasque qui semblait sortir d'un four brûlant, se leva et le ciel crevant d'un coup, déversa sur la ville des trombes d'eau.

La pluie qui tombait avec violence noyait l'incendie dans ses eaux sombres.

Alors, les Chartrains se sentirent comme délivrés d'un cauchemar atroce. Certains tombèrent à genoux, criant au miracle. Ils riaient et pleuraient comme s'ils recevaient le choc en retour de leur impiété et de leurs débordements.

C'est beaucoup plus tard que des volontaires atteignirent, à leurs risques et périls, le haut du clocher et la plate-forme où avait pris l'incendie. Par bonheur, la pluie avait éteint les flammes avant qu'elles ne gagnent les poutres de la haute flèche. Les hommes trouvèrent le corps calciné d'Enguerrand, à demi-suspendu dans le vide. Quand ils voulurent s'en approcher les restes de la plate-forme et des échafaudages s'effondrèrent à l'intérieur du clocher, entraînant dans leur chute, les ossements noircis du sculpteur. On supposa qu'il avait, par maladresse, enflammé ses vêtements. D'autres, plus perspicaces, songèrent qu'Enguerrand s'était suicidé en s'immolant par le feu, mais ils demeurèrent cois et n'osèrent porter cette terrible accusation en public.

48

La petite silhouette fantomale de la miresse se balançait doucement. Elle était noyée dans un linceul de pluie que le chevalier avait peine à percer du regard.

– Nul ne peut sonder les esprits et les cœurs, mon ami, murmura Robert le Breton, en posant sa rude main sur l'épaule de Galeran, n'importe, je vous promets de faire ce qu'il faut pour qu'elle repose dans une sépulture décente !

Le chevalier hocha la tête, puis planta ses yeux clairs dans ceux du prêtre :

– Par ma foi, monseigneur, comment vous rendre grâce ? Et de plus, tout à l'heure, vous vous êtes battu comme un lion, vous faites un franc compagnon !

Le Breton se redressa tout joyeux :

– Ça, chevalier, quand la Sainte Justice arme mon bras, je ne connais plus ma force !

Après avoir jeté autour de lui un regard circulaire, il ajouta :

– Mais laissons les morts enterrer les morts, maintenant occupons-nous des vivants qui en ont grand besoin.

– Je pense d'abord à ces enfants, il faut les mettre en sécurité, dit le chevalier en désignant Benoît et Éloïse qui se tenaient à l'écart, serrés l'un contre l'autre et grelottant sous la pluie.

– Ces deux-là, je m'en charge, dit Robert le Breton. Je les emmène chez moi, rue de la Bretonnerie.

– Alors, monseigneur, prenez mon cheval, je vous prie et remontez tous les trois. Moi, je m'occupe de frère Gacé.

– Comment va-t-il ?

– Pas trop mal, la blessure n'est pas profonde. Mais veillez à ce que ces enfants cachent le rouge de leur chevelure, elle a causé suffisamment de malheurs pour ce jour.

Puis, se tournant vers Benoît qui s'approchait, un peu vacillant, le chevalier lui dit d'un ton grave :

– Benoît, il faut que ta famille quitte Chartres sans plus tarder. Comme Robert le Breton vous l'a dit, il vous aidera.

– Oui, messire.

– Aujourd'hui, tu t'es battu comme un homme et même mieux que beaucoup d'hommes !

Le jeune garçon s'empourpra mais le chevalier s'était déjà détourné vers Gacé qui s'était laissé tomber sur une souche et attendait en silence. Sa blessure le faisait visiblement souffrir.

La pluie s'était arrêtée brusquement et la chaleur remontait du sol détrempé.

Galeran s'approcha du moine qui leva vers lui ses yeux éteints en murmurant :

– Chevalier, il me faut vous conter une longue histoire. Je le dois, car il y a peut-être encore des vies à sauver, et aussi des âmes tourmentées.

Les deux hommes demeuraient seuls, face à face. Le champ de bataille improvisé était vide, la morte continuait sa gigue solitaire au bout de sa corde.

Sur l'épaule du moine, la tache de sang s'élargissait.

–Je l'ai toujours su, dit le chevalier tristement, mais nous ne pouvons demeurer ici. Il vous faut reposer avant de perdre vos dernières forces, levez-vous et venez !

Galeran l'aida à se mettre sur pied et passa son

bras autour de la taille épaisse du moine.

– Où allons-nous, chevalier ?

– Chez dame Hermine, vous n'avez pas la force de rentrer à la maladrerie dans cet état.

Ils arrivèrent sans encombre à l'ancien logis d'Audouard. Une chape de silence était tombée sur la ville. Enfermés chez eux, pansant leurs blessures, les Chartrains cuvaient leur vin et leur honte.

49

Dame Hermine leur ouvrit presque aussitôt et poussa un cri d'effroi en voyant dans quel état ils étaient.

– Seigneur, est-ce possible ? Entrez, entrez frère Gacé, mon Dieu ! Et vous, messire Galeran. Il faut vous défaire de suite et vous sécher. Qu'est-il encore arrivé ?

–Ma bonne Hermine, ce serait trop long à conter ! Et vous, où en êtes-vous rendue ? dit le chevalier en lui prenant affectueusement les mains.

– Ce jour a été dur, dit la vieille dame avec dignité. J'ai beaucoup prié et ensuite, le Seigneur m'a fait présent d'un profond sommeil. C'est vous qui venez de m'en tirer.

– Alors, ma mie, retournez à votre lit, je m'occuperai du frère Gacé.

– Ce n'est pas de refus… mais surtout, messire, ajouta-t-elle à mi-voix, vous connaissez le garde-manger, il y a aussi du bouillon de viande dans l'âtre. Il faut réparer vos forces et celles de ce pauvre moine.

Galeran reconduisit la vieille dame à sa chambre et, sur le seuil, la baisa tendrement.

Il vit avec satisfaction que le frère s'était entièrement dévêtu. Le chevalier lava la blessure de Gacé et la pansa à nouveau. Puis, il se déshabilla lui aussi et alla chercher deux longues chainses bien sèches qu'ils enfilèrent avec délice. Ensuite, les deux hommes s'attablèrent devant deux grands bols de bouillon brûlant et des pots d'étain, pleins à ras bord de vin clairet. Par-dessus la table, ils se sourirent, le feu aux joues :

– Nous avons l'air de naufragés ! dit Galeran.

Le visage du moine s'assombrit et il murmura dans un souffle :

– Plus encore que vous ne croyez, messire chevalier.

– Je vous écoute, frère Gacé, dit simplement Galeran.

– Il faut que je remonte à onze ans d'ici, en 1134.

Le frère s'arrêta comme sous l'emprise d'une trop forte émotion.

Le regard clair du chevalier était posé sur la figure couturée du moine. Il réalisa soudain que cet homme, prématurément vieilli, devait tout au plus avoir une trentaine d'années.

Il l'encouragea de la voix :

– Continuez, frère Gacé, beaucoup sont morts à cause de ce silence, si longtemps gardé.

– Nous étions quatre ! reprit le moine. Il y avait Jérôme et Nivelon, tous deux jeunes et ardents, Audouard et moi-même, de quelques années leurs aînés !

– Audouard ? murmura le chevalier stupéfait.

Sans paraître entendre, le moine poursuivait d'un ton monocorde :

– Voyez-vous, nous formions une bande. Le jour, nous allions au travail, mais la nuit, les choses allaient autrement. Nous devenions des vauriens, des goliards comme on dit. Nous étions ivres, nous forcions les filles qui avaient le malheur de tomber entre nos pattes ! Nous nous battions au couteau avec les autres goliards… il y avait des blessés et des morts que les hommes du prévôt ramassaient le matin. Le Diable semblait se faire notre complice, et les rues de Chartres nous offraient un décor de choix pour nos crimes.

Le moine s'interrompit un instant, avala une rasade :

– Audouard était le plus vieux de nous quatre. À l'époque, il devait avoir dans les 23 ans et était l'élève favori d'un célèbre verrier chartrain. J'étais moi-même un de ses compagnons. Quant à Ausanne, c'était une fille qui ne ressemblait à aucune autre. Elle s'était promise à Nivelon et tout le monde la lui voulait prendre, à commencer par Audouard, qui ne la quittait pas des yeux et l'entourait de mille attentions. Mais Ausanne n'avait d'yeux que pour son promis, ce fou, ce malheureux.

Le moine continua avec difficulté.

– Ce 5 septembre 1134, j'ai compris l'Apocalypse ! J'ai vu le ciel ouvert et la flamme ardente. Quand Chartres a brûlé, peut-être Dieu était-il las de nos débauches et de nos crimes. L'été avait été chaud, trop chaud...

Un long moment passa, Gacé s'était tu, muré dans ses pensées. Galeran le regardait fasciné.

– Ce jour-là, tout avait commencé par une odeur. Une de ces odeurs que l'on reconnaît sans pour autant arriver à la nommer.

» Puis le tocsin de Notre-Dame s'était mis en branle, comme aujourd'hui, bientôt repris par toutes les cloches de la ville. Mais le vacarme assourdissant de l'alarme venait trop tard, la ville était déjà en feu. Des forêts et des champs avoisinants, on vit les flammes s'élever jusqu'au ciel. L'incendie, gigantesque, se propageait à une allure hallucinante d'une toiture à l'autre. Réduisant en cendres les maisons de bauge et de bois. Une épouvantable chaleur se répandait dans les rues. Une épaisse fumée noire roulait au-dessus de la colline.

Les habitants n'ont pas tout de suite lâché prise. À l'appel du tocsin, ils ont monté de la rivière des milliers de seaux d'eau ! Tout le monde s'y est mis ; femmes, vieillards, enfants… Tous s'acharnaient, défendant leurs logis avec âpreté. Rapidement, la chaleur est devenue insupportable. Visages en sueur, respirant avec difficulté, les hommes ont commencé à refluer. Les quartiers s'enflammaient les uns après les autres.

La panique s'empara des gens, une foule hurlante descendit la colline chartraine prenant d'assaut les portes de la ville, écrasant tout sur son passage ! Des colonnes de fumée noire escaladaient le ciel sans nuages. Dans la campagne alentour, on dit que pèlerins, voyageurs et paysans étaient tombés à genoux priant Dieu qu'il les épargne. J'étais près de l'Hôtel-Dieu quand il devint la proie des flammes. Rapidement, il a commencé à craquer. Nous pensions naïvement que nous serions les plus forts. J'aidais mes compagnons d'infortune à charrier l'eau. Une longue file d'hommes, de femmes et d'enfants, le visage noirci, se battaient coude à coude. Il fallait, comme à travers un roseau, aspirer prudemment l'air brûlant. Je vois encore, non loin de moi, Nivelon, le visage noir de cendres, ses longs cheveux maintenus par un foulard, tendant un seau à Jérôme qui était avec Audouard. C'est alors que le bâtiment s'effondra avec un craquement sinistre. Devant nous, une centaine de malades et d'infirmes glissèrent sans un cri dans la tombe.

Gacé s'arrêta haletant et se prit la tête entre les mains, sa voix était devenue si faible quand il reprit son récit que Galeran dut se pencher vers lui pour l'entendre :

– Quand la fumée se dissipa, je ne vis qu'une chose, comme une fleur prise dans un éboulis, une main de femme sortant des décombres... Le feu avait gagné ! Ils étaient tous morts, ou du moins je l'ai cru. et moi, moi seul, maudit, je continuais à vivre ! Ensuite, le porche et la vieille tour prirent feu. Alors, je crois que j'ai crié, mais ce que j'ai entendu, ce n'était pas ma voix, mais un hurlement effrayant qui semblait me répondre. Chartres hurlait, prisonnière de l'ordalie des flammes, elle déversait dans le ciel des torrents de fumée, les cendres et la suie recouvraient tout, l'incendie se voyait maintenant à des lieues à la ronde. Elle agonisait.

Et je restais debout à la regarder périr... Les maisons du quartier canonial furent réduites en cendres. Seule la basilique a été épargnée par ce jugement de Dieu. Une foule cernée par ce brasier géant s'y était réfugiée autour de la Sainte Châsse, implorant avec ferveur, le pardon de ses péchés !

Ce jour-là, j'ai fait le vœu de me consacrer aux plus pauvres, si Notre-Dame était sauvée, ma basilique tant aimée, noire de cendres, vibrante du chant des hommes... Puis, comme tant d'autres, je me suis agenouillé pour prier du fond du cœur et me suis repenti.

Le moine s'était tu.

– Et si vous me disiez toute la vérité maintenant

? dit Galeran, après un long silence.

– Que voulez-vous savoir de plus ? répondit Gacé d'une voix tremblante.

– Toutes ces années n'ont fait que changer l'apparence de ces hommes qui ont fui la justice !

Le frère hocha la tête.

– Vous avez tout deviné, n'est-ce pas ?

– Comment s'est déclenché cet incendie ? continua le chevalier. Combien de morts se sont levés, dans vos cauchemars, pour vous accuser d'avoir allumé ce bûcher ?

– Non, dit Gacé avec un cri déchirant, ce n'est pas moi ! Taisez-vous, par Dieu, je vais tout vous dire. Ce soir-là, Audouard avait annoncé à Nivelon son intention d'épouser Ausanne. Il comptait sur sa maturité et l'argent qu'il avait mis de côté pour décider les parents de la jeune fille à la lui donner. Le tailleur de pierre était entré dans une colère folle. Jérôme et moi avons dû séparer les deux hommes, qui en étaient venus aux mains ! Pour les réconcilier, on les a traînés dans une taverne. Après avoir vidé un tonnelet, Audouard s'était excusé et Nivelon lui avait même serré la main. Nous nous étions quittés, chacun allant de son côté. Seulement, c'est cette nuit-là que le feu a pris dans le logis où Audouard et moi dormions d'ordinaire. Personne ne pouvait savoir que nous n'étions pas rentrés chez nous et que le sommeil nous avait surpris, une chope à la main, près de la rivière…

– Je pourrais presque continuer votre récit, Gacé. Je pense que Nivelon voulait juste tuer son rival. L'ampleur de l'incendie a dû le terrifier ! Et puis, il vous a vus après, à ses côtés, miraculeusement indemnes ! J'imagine que ce jour-là, tout comme Audouard, il s'est enfui de Chartres… Bien des années plus tard, les deux hommes se sont revus à Saint-Denis. Et le temps aurait tout effacé si ces deux-là n'avaient pas eu la fâcheuse idée de revenir ici près de Notre-Dame !

– Et puis, il y avait toujours Ausanne… murmura le frère.

– Oui, il y avait Ausanne… que cet amant diabolique et pitoyable a possédée à nouveau ! Cet amant, pour lequel elle s'est damnée deux fois ! Cet amant qui a tué le vieil Ogier ! Cet amant qui a poussé Jérôme des échafaudages, cet amant enfin, qui a tué son éternel rival, mon ami Audouard après avoir détruit son œuvre !

– Mon Dieu, vous croyez, chevalier, que Nivelon…

– Oui, je le crois. Je dois me saisir de cet homme…

– Vous avez deviné aussi cela…

– Qu'Enguerrand et Nivelon ne font qu'une seule et même personne ? Oui, Gacé et c'est en voyant l'une des statues-colonnes du Portail Royal. Nivelon n'a pas pu s'empêcher de donner les traits d'Ausanne à la reine Bethsabée !

Le désarroi de Gacé faisait peine à voir. Un silence pesant s'installa entre les deux hommes, juste rythmé par le souffle oppressé du moine.

– Mais enfin, chevalier, dit-il, pourquoi après plus de dix ans de calme, Nivelon se serait-il ainsi déchaîné ?

– Là, nous entrons dans le domaine des hypothèses, frère Gacé. Qui nous prouve d'abord qu'il est resté tranquille tout ce temps-là ? Pour ma part, je crois que Nivelon est un être pervers qui prend plaisir à faire le mal pour le mal. Il a très bien pu, pendant toutes ces années, commettre des actes cruels et immoraux avec une parfaite discrétion. D'ailleurs, mon pauvre Audouard s'en doutait et le soupçonnait d'être l'auteur des nombreux accidents qui se sont produits sur le chantier Notre-Dame. Seulement, il n'osait se l'avouer, ni me l'avouer, hélas !

– Mais de là à tuer de sa main…

– Qui sait ? Le hasard, sans doute, qui a voulu qu'un pauvre joaillier prenne froid en traversant un gué et demeure cloué dans une chambre du Rovin Vignon qui donnait en plein sur le chantier de la cathédrale… C'est certainement là qu'Ogier a aperçu Nivelon en train de se livrer à quelque méfait. Audouard m'a dit que le vendredi précédant la mort du joaillier, un charpentier avait failli périr sur le clocher du midi. Ogier a-t-il vu Nivelon ce jour-là ? En tout cas, il a eu le tort de se confier à la miresse, qui n'a eu de cesse de prévenir son diabolique amant…

Gacé secouait la tête :

– Je devine la suite, chevalier, et ne puis les juger. Est-ce que je n'ai pas été, moi aussi, un criminel ?

– Je ne le juge point, mon frère, mais si on ne met pas la main sur lui, il continuera et je pense que sa prochaine victime pourrait fort bien être vous !

– Moi, mais pourquoi ?

– Parce que vous, vous savez, et que vous êtes le seul survivant des cinq ! Allez vous reposer maintenant, vous n'en pouvez plus. Moi, je vais m'enquérir de cet assassin.

Le chevalier n'eut que quelques pas à faire dans la rue. Il rencontra des ouvriers bretons qui lui apprirent que le sculpteur venait de subir le sort de ses nombreuses victimes et qu'il avait péri comme elles, par le feu !

50

L'auberge du Rovin Vignon était fermée. Sous l'auvent de bois, la petite terrasse était déserte et des planches avaient été clouées en travers de la porte et des fenêtres. Les femmes se signaient en passant devant et accéléraient le pas. Les hommes détournaient la tête avec, au fond d'eux-mêmes, un remords enfoui. Avant de quitter Chartres, le chevalier était venu contempler, une dernière fois, la grande bâtisse abandonnée.

Le joaillier, Jehan, la Doëtte, tous avaient vécu là, ils s'y étaient aimés et détestés… et tous avaient connu une mort horrible et injuste.

Le cœur serré, Galeran revoyait la petite menteuse, le patron coriace, accoudé au montant de la porte et regardant avec émerveillement sa femme qui s'éloignait voilée, si mince dans sa robe verte.

– Oh chevalier, vous regardez cette taverne ? Elle est à vendre !

Galeran s'était retourné. Devant lui, se tenait un gros homme aux allures de notable.

– Nous nous connaissons, messire ? demanda-t-il le visage empourpré.

– Que non pas, mais cela ne saurait tarder ! Je me nomme maître Giffard et suis homme de bonne réputation. Quant à vous, messire chevalier, ne vous fâchez donc pas ! J'ai eu trop l'occasion ces derniers jours d'admirer de loin votre sang-froid et votre courage.

Tout en parlant, les deux hommes s'étaient mis, sans s'en rendre compte, à cheminer du même pas. Giffard était un gaillard de 50 ans, à la figure avenante et à la démarche vive malgré son embonpoint.

– Vous savez, fit-il, j'ai bien connu celui que l'on

nommait ici Jehan de Toulouse… Il faut dire que depuis près de trente ans, je fais le commerce des épices avec les Castillans et les Maures d'Espagne. Jehan, lui, tenait l'hôtellerie du « Bon Saint-Jacques » à Saint-Gaudens, sur la route de Compostelle. Il s'y est enrichi en accueillant les pèlerins et les ecclésiastiques de haut rang. Je faisais souvent étape chez lui, dans cette cité proche des sources de la Garonne.

» C'est là aussi que Jehan a rencontré la belle Mahaut qui vendait ses charmes dans une « maison à fillettes » de la ville. Il en est tombé fou amoureux et n'a jamais eu qu'un seul but depuis, arracher cette pècheresse à sa mauvaise vie. Jehan a donc réalisé son avoir, qui était fort important, et s'est installé à Chartres, la ville natale de Mahaut…

Tout en allant de ruelle en ruelle, les deux hommes étaient arrivés devant la boutique de Mallon l'orfèvre. Maître Giffard s'arrêta et toisa le chevalier d'un œil amusé :

– Messire, je dois entrer ici car j'ai commandé à Mallon, une chaîne d'or pour ma femme et des boucles d'argent pour les souliers de mes filles… Voulez-vous venir avec moi ?

Le chevalier marqua une pause, l'air hésitant.

– Allons, messire, venez, insista le gros homme, il y a peut-être ici des choses qui vous intéresseront !

Ils entrèrent ensemble dans la boutique et l'orfèvre en les voyant, se leva de son établi :

– Je vous salue, messires, dit-il en s'inclinant, maître Giffard, votre commande est prête. Si vous voulez bien venir l'examiner, ensuite nous pèserons le métal.

Galeran avait tout de suite remarqué l'air gaillard et comme rajeuni de l'artisan. Puis, il eut un bref mouvement de stupéfaction en apercevant par la porte entrouverte du jardin, dame Mahaut tranquillement assise à l'ombre d'un pommier.

– Allez donc saluer ma fiancée, messire, pendant que nous nous occupons de nos affaires, dit l'orfèvre d'un air faraud. Elle vous doit beaucoup et moi aussi !

La jeune femme lui souriait. Elle était vêtue d'une robe blanche comme en portaient parfois les veuves, car le blanc est le symbole de la résurrection. Elle s'amusait à tresser une couronne de lierre et de pâquerettes et, non loin d'elle, dans le potager à l'abandon, il aperçut trois petites poules blanches, elles aussi et un joli coq noir qui paradait. Voyant l'embarras du chevalier, la jeune femme lui fit signe de s'approcher et de s'asseoir près d'elle :

– Vous êtes étonné, messire, de me voir installée ici ? C'est maître Giffard qui m'y a amenée, il disait que je ne pouvais pas rester seule au Rovin Vignon… Vous savez, Giffard était l'un de mes clients quand je travaillais dans un bourdeau à Saint-Gaudens, ajouta-t-elle avec simplicité.

Elle avait glissé vers le chevalier un regard un peu provocant. Celui-ci ne broncha pas et se contenta de sourire.

– Je sais cela, dame Mahaut.

– Non, chevalier, vous ne savez rien, dit Mahaut, les yeux tout à coup pleins de colère, les gens comme vous ne savent rien !

– Vous avez raison, Mahaut, alors enseignez-moi, dit doucement le chevalier.

Il y eut un long silence, puis la jeune femme commença à parler comme dans un rêve :

– La maison de ma mère, vous l'avez vue, on dirait une taupinière avec ses murs en terre et son toit en roseaux, mais j'y étais bien. Je vivais pieds nus au bord de la rivière, au milieu des oiseaux sauvages…

Je pêchais les grenouilles, j'attrapais les hérissons pour mettre dans la soupe, je taillais des sifflets dans des branches de saule. Les enfants de la ville se moquaient de ma misère et me jetaient des pierres… mais je courais plus vite qu'eux ! À 9 ans, chevalier, j'étais très jolie. Mon père qui était noble comme vous, est venu me chercher. Il m'a emmenée dans son manoir pourri, dans un pays où il fait froid et où il pleut toujours. En arrivant, il m'a fait ce que vous devinez, et il m'a fait ça jusqu'à ce que je cesse d'être une gamine, parce qu'il avait peur des conséquences !

» Alors, il m'a ramenée chez la vieille de la rivière et celle-là m'a mise dehors en me traitant de catin ! Catin je suis, catin j'étais, beau sire ! Je suis partie sur la route, je demandais l'aumône, je volais du linge qui séchait ou des œufs dans les poulaillers, je dormais dans les meules de foin. En chemin, j'ai rencontré un colporteur qui rentrait chez lui, dans le sud, et qui m'a dit que là-bas, il faisait toujours beau. Il m'a prise avec lui sur sa mule et je lui ai largement payé mon voyage avec la seule monnaie que je possédais. Quand nous sommes arrivés à Saint-Gaudens, j'étais un peu remplumée et il m'a vendue à un bourdeau qui avait bonne réputation.

» C'est là que mon Jehan est devenu mon client. Il m'aimait, il m'a rachetée, il a vendu tout son avoir et m'a ramenée d'où j'étais venue… c'est moi qui voulais, je voulais me venger de tous ceux qui m'avaient craché dessus… si j'avais su que Jehan en mourrait…

Mahaut baissa la tête.

– Vous savez, dit-elle après un long silence, en levant vers le chevalier ses yeux étranges, des filles comme moi ne peuvent pas vivre sans protection. J'étais comme perdue après la mort de Jehan. L'orfèvre m'a vue à l'ordalie et c'est là qu'il s'est entêté de moi. Il veut me marier, mais il faudra qu'il en passe par où je veux, moi, parce que mon Jehan, il m'a pas laissée sans rien et l'auberge fera un bon prix !

Le chevalier la regarda un instant en souriant, puis dit de manière simple et directe :

– Merci, ma mie, de vous être confiée à moi.

Elle baissa la tête, en serrant ses petits poings sur ses genoux :

– Je ne sais pas bien pourquoi je l'ai fait car je n'aime pas trop les gens de votre sorte… enfin, ce n'est pas ce que je veux dire, vous, je vous dois beaucoup, Mallon m'a tout raconté.

– Vous ne me devez rien, Mahaut, c'est vous au contraire, qui m'avez enseigné… Mais la Doëtte, pourquoi l'avoir traitée avec tant de cruauté ?

Mahaut eût un vague sourire :

– Je vois qu'Ausanne vous avait renseigné… mais ne vous rebutez pas messire. Croyez-vous, en toute vérité, que des filles comme moi peuvent survivre sans se défendre bec et ongles ? Vous savez bien qu'à force d'être en guerre contre les uns et les autres, on en arrive à s"expliquer plus fort qu'on voudrait !

– Mais de là à laisser cette enfant pour morte ! s'exclama le chevalier.

– Comprendra qui pourra, dit Mahaut en haussant ses frêles épaules. Je n'ai jamais été servante et ne les aime point, voilà tout ! Je dis que la plupart sont des engeances dont on doit se méfier. Elle font semblant d'obéir parce qu'elles craignent le bâton mais, au fond, elles se moquent de vous, vous épient, vous volent et vont partout ragoter.

– Toutes ne sont pas ainsi.

– Je le sais foutre bien, messire, à vous je ne

mentirai et je dirai des choses que je n'ai jamais dites. En vrai, ces filles-là, je les crains et la Doëtte était pire que les autres avec ses yeux de lapin effrayé. Si elle n'avait rien eu à se reprocher, elle n'aurait pas été si craintive.

Un instant, elle s'interrompit comme pour reprendre souffle, ses yeux luisaient comme deux petites lampes quand elle les tourna vers le chevalier :

– Et puis, quand on a vécu comme moi pendant des années, croyez-vous qu'on garde le cœur tendre ? Ce que je voulais être, je l'étais devenue grâce à mon Jehan et j'en jouissais. Mais, pour tout vous dire, je n'étais pas si tranquille. On disait partout que j'étais une bâtarde et je suis sûre que mes servantes, ces drôlesses, n'y étaient pas étrangères. C'est pour ça aussi que je ne les gardais pas. Je savais bien que c'était l'envie qui les tenaillait et que certaines courraient après mon homme et cela me tournait les sangs. Avec la Doëtte, je me suis vengée de tout cela. Voilà, seulement j'ai été trop fort et j'en ai eu honte… ensuite, je vous jure sur Notre-Dame, je ne lui ai même plus tiré les oreilles, ni les cheveux, je ne l'ai seulement touchée !

Le chevalier ne put s'empêcher de sourire :

– Dites-moi une chose, Mahaut, que je n'ai pas encore compris, pourquoi Ausanne avait-elle envers vous tant de haine ? J'imagine que ce n'est pas à cause de la Doëtte ?

– Ça, messire, je me le suis demandé plus d'une fois, et j'en sais vraiment rien. Ausanne, elle est née, comme on dit, avec une cuiller en argent dans la bouche, et j'ai pensé que les gens comme elles ont le cœur endurci et se croient supérieurs aux autres… Ils se croient tout permis. Quand j'étais gamine, elle me traitait avec mépris et n'était pas la dernière à me jeter des pierres avec le Jérôme et le Nivelon ! Alors ses manières de sainte Nitouche, avec moi, ça prenait pas. Et puis… les derniers temps, sa mesnie n'était plus si riche. Quand Ausanne m'a vue revenir au pays, mariée et vêtue comme une princesse, cela n'a pas dû lui plaire… une traînée comme moi, pensez donc. Et avec ça, son père qui est venu emprunter de l'argent en douce, à mon Jehan !

– Je vois, dit le chevalier en se levant. Il n'est sans doute pas nécessaire de chercher plus loin.

Mahaut avait fini de tresser sa couronne de lierre et de pâquerettes. Elle la posa sur ses cheveux bruns et regardant le chevalier, lui demanda avec son étrange sourire candide :

– Suis-je jolie ainsi ? demanda-t-elle.

– Comme une nymphe, dit le chevalier gravement.

– Qu'est-ce que c'est une nymphe ?

– C'est vous, belle Mahaut !

Quand Galeran quitta la boutique de l'orfèvre avec Giffard, Mahaut resta sur le pas de la porte, les regardant s'éloigner.

Le chevalier se détourna et sourit à maître Giffard. Le marchand d'épices lui rendit son sourire et dit avec philosophie :

– Le bien se révèle souvent dans les endroits les plus inattendus, chevalier… Et comme Notre Seigneur l'a dit, cette gentille catin et toutes ses sœurs entreront avant nous dans le Royaume des Cieux !

« Que ceci soit la fin du livre
mais non la fin de la recherche. »
Bernard de Clairvaux

Note de l'auteur

Voici ce qu'écrit l'historien Emile Mâle à propos des sculptures-colonnes du XIIe siècle qui ornent le portail central de la cathédrale de Chartres :

« Ce ne furent pas seulement des sculpteurs de Saint-Denis qui furent appelés à Chartres en 1145, des maîtres-verriers les accompagnaient et leur œuvre est contemporaine de la leur. »

« L'artiste du portail central fut un des plus grands hommes de cet atelier de Chartres. Il émane de ces reines au vague sourire, une étrange poésie qui est celle des lais bretons, et qui sera bientôt celle des chevaliers de la Table-Ronde. »

À propos du vitrail du XIIe siècle représentant l'arbre de Jessé, rescapé des multiples incendies ayant endommagé la cathédrale, :

« Les personnages de l'arbre de Jessé se détachent sur un bleu surnaturel ; ni le ciel de l'Orient ni les plus précieux saphirs ne peuvent rivaliser avec ce bleu qui émeut comme une révélation d'un autre monde. »

Ce bleu surnaturel est toujours visible en la cathédrale Notre-Dame de Chartres, quelques huit cent cinquante deux ans plus tard…

La cuisine d'Hermine
Recettes médiévales

À base d'épices, la cuisine du XIIe est plus exotique que la nôtre !

À l'époque, on dit trouver la cannelle dans le nid du Phénix, on dit également que les poivriers sont défendus par des serpents qu'il faut brûler avant de saisir le poivre devenu… noir !

Au Moyen Âge, manger des épices, c'est rêver !

« De même que chez nous, le vent fait tomber le bois sec… en Orient, il fait tomber des arbres du Paradis, les épices… »

Clous de girofle
Bâtons de cannelle
Noix de muscade
Mains de gingembre
Poivre noir
Cardamome
Macis (écorce de la noix de muscade)
Zédoaire (variété de curcuma)
Safran…

…plus dures à trouver sont le Galanga (ou garingal, rhizome de l'Alpinia Galanga Swartz) ou la graine de Paradis (graine de l'Aframomum Melegueta Roscoe)…

L'hypocras est une boisson très prisée au Moyen Âge. Il termine le repas et se boit avec des oublies (beignets) ou des supplications ! Hermine aime à en prendre un petit verre avec son taillis pour faciliter la digestion.

1 litre de bon vin rouge
350 g de miel d'acacia (ou, si vous n'aimez pas le miel, utilisez 350 g de sucre en roche pain de sucre oriental)
un bâton de cannelle
3 tranches de gingembre frais
12 clous de girofle
2 feuilles de macis
noix de muscade
galanga
1 pomme reinette, coupée en tranches
une douzaine d'amandes douces non pelées.

Broyez ensemble vos épices : cannelle, gingembre, clous de girofle, galanga, macis, muscade. Si vous utilisez du sucre pour votre recette, mélangez-en la moitié avec cette poudre.

Pendant ce temps, faites chauffer dans une casserole à fond épais, votre vin avec le miel (ou le reste du sucre). Ajoutez doucement la poudre d'épices et mélangez. Quand le miel (ou le sucre), est fondu et l'ensemble bien mêlé, sortez votre casserole du feu.

Concassez, sans les peler, vos amandes douces et passez votre vin dans une chausse en tissu (ou vous aurez déposé les amandes et la pomme reinette coupée). Votre hypocras devient clair et rouge. Le sucre et la cannelle doivent passer comme maistres. Mettez en bouteille et conservez en cave ou à l'abri de la lumière. A servir aux initiés, amateurs de sensations fortes.

Potage à la Vierge

Une des recettes favorites de dame Hermine !

1 l de bouillon
1 blanc de volaille rôtie
1 dl de crème fraîche
4 œufs
50 g de mie de pain
12 amandes fraîches mondées
sel
poivre
150 g de croûte de pain rassis

Pour 4 personnes, faites cuire vos 4 oeufs à l'eau bouillante, 9 minutes. Passez-les rapidement sous l'eau froide et épluchez-les. Ne gardez que les jaunes.

Faites cuire à feu doux 1/4 de litre de bouillon (en ayant retiré le gras qui surnageait dessus lorsqu'il était froid) dans une petite casserole, avec vos 50 g de mie de pain. Amenez à ébullition.

Passez au moulin à légumes, le blanc de volaille, les jaunes d'oeufs, les amandes et le 1/4 de litre de bouillon avec son pain de mie.

Ajoutez 1 dl de crème fraîche, salez et poivrez à votre convenance et gardez au bain-marie (attention, si vous le mettiez directement sur le feu cette sauce tournerait aussitôt !).

Préparez 150 gr de croûtes de pain rassis en ôtant soigneusement toute la mie, coupez-les en morceaux carrés de 4 cm de côté et placez ces morceaux dans une terrine.

Mouillez avec les 3/4 de litre de bouillon restant. Mettez à four moyen pendant 15 minutes. Sortez la terrine du four, ajoutez votre sauce, remuez et servez de suite.

Lait lardé

Cette recette se prépare la veille.

250 g de lard de poitrine maigre fumé
1 litre de lait
8 œufs
gingembre
safran
saindoux
sel et poivre
(il vous faudra 1 moule à soufflé)

Pour 4 personnes, ôtez la couenne de votre lard et coupez-le en tout petits lardons qui n'empêcheront pas de couper des tranches nettes au moment du service.

Graissez une poêle avec la couenne et faites rissoler vos lardons à feu doux en les retournant bien.

Faites bouillir un litre de lait.

Dans un plat creux, battez 8 œufs entiers en omelette, assaissonnez avec une pincée de safran et une pincée de gingembre (râpé frais, c'est meilleur !) sans cesser de remuer avec une cuiller en bois, versez peu à peu le lait et ajoutez les lardons.

Versez dans un moule à soufflé ; mettez à four doux au bain-marie pendant 35 minutes .

Laissez refroidir, posez une planchette avec un poids dessus. Laissez ainsi jusqu'au lendemain.

Démoulez, coupez des tranches fines et faites frire à la poêle dans un peu de saindoux, salez et poivrez à votre convenance. Servez très chaud.

Œufs rôtis à la broche

Délicieuse cette recette !
A servir, de préférence, avec un beurre
d'Echiré fondu et citronné.

8 gros œufs
1 bouquet de persil, marjolaine, sauge et menthe
40 g de beurre
8 feuilles de thym
1 pincée de gingembre
1 pincée de safran
sel et poivre

Choississez de préférence des œufs roux à la coquille plus solide. A l'aide d'une épingle faites un trou de 3 ou 4 millimètres pouvant recevoir une brochette. Videz complètement les oeufs dans un plat en les tenant à la verticale et en soufflant dedans. Mettez les coquilles de côté.

Hachez très menu votre bouquet et mélangez-le aux œufs en battant bien. Faites cuire à la poêle dans 40 g de beurre bien chaud comme une omelette moelleuse car ils sècheront après à la broche.

Hachez cette omelette et ajoutez-y vos épices ainsi que le thym, sel et poivre. Partagez votre hachis en 8 parts égales. Emplissez délicatement chaque coquille. Enfilez vos œufs farcis sur une petite brochette.

Faites tourner à petit feu pendant cinq minutes. Présentez en laissant sur les brochettes, c'est plus surprenant ainsi !

Galimafrée

Le galimafrée est un ragoût de restes de viandes cuites.

600 g de reste de gigot
300 g d'oignons
80 g de beurre
2 cuillerées à soupe de verjus ou du vinaigre
1 pincée de gingembre
sel et poivre
croûtons frits

Prenez votre reste de gigot, coupez-le en petits dés, presque comme un hachis. Epluchez vos oignons et hachez-les finement.

Mettez les oignons à étuver doucement dans une cocotte avec votre beurre, le verjus (ou à défaut du vinaigre) et le gingembre. Salez et poivrez. Fermez votre cocotte et laissez cuire 30 minutes.

Au bout de ce temps, ajoutez votre gigot, poursuivez la cuisson encore 15 minutes.

Servez très chaud parsemé de petits croûtons frits.

Sauce Cameline

Faîtes griller légèrement des tranches de pain et faites-les tremper sur le fourneau dans une casserole avec du vin rouge, du vinaigre, de la cannelle, du poivre, du gingembre.

Mettez à refroidir sur une assiette puis passez à l'étamine. Cette sauce bien couverte se garde 7 à 8 jours en pots. Elle servait autrefois pour les rôtis.

Sauce de trahison

Faites frire de l'oignon haché avec du lard fondu et ensuite passez-le à la passoire avec du pain grillé et trempé dans du bouillon mêlé de vin rouge et de vinaigre où vous aurez infusé préalablement un bâton de cannelle pendant 24 h. Ajoutez de la moutarde et grand foison de miel. Le mélange est un peu étonnant par rapport à nos goûts actuels !

Oublies

Du latin oblata (chose offerte), les oublies se vendaient dans les rues.

250 g de miel
250 g de farine
2 œufs
30 g de beurre

Il vous faut un gaufrier pour réaliser cette recette.

Faites fondre 250 g de miel dans 10 cl d'eau froide. Mettez 250 g de farine dans une terrine, creusez un puits, ajoutez deux œufs entiers, remuez en incorporant petit à petit l'eau avec le miel.

Faites fondre 15 g de beurre, incorporez-le à la pâte en mélangeant très rapidement, la pâte doit pouvoir être roulée sous la main.

Formez une trentaine de petites boules. Faites chauffer un gaufrier à feu vif, beurrez-le, placez-y une boule de pâte, fermez en appuyant fortement, regraissez votre gaufrier toutes les 4 ou 5 cuissons.

Chauffez votre gaufrier 45 secondes, retournez-le et faites de même. Servez chaud ou froid suivant les goûts.

Le Taillis aux épices

Ce dessert, le favori d'Hermine, est frais et léger. La cuisson se fait en casserole. La base étant un lait d'amandes que vous préparerez la veille. Pour le réussir, il vous faut réunir quelques ingrédients :

120 g d'amandes douces non pelées,
150 g de mie de pain,
150 g de petits raisins de Corinthe,
2 jolies pommes de verger que vous couperez en petits dés,
4 cuillerées de miel d'acacia, une pincée de cannelle, une pointe de gingembre et une pincée de safran.

La veille, préparez votre lait d'amandes et faites macérer vos raisins. Faites tremper vos amandes entières dans un peu d'eau de source et mettez vos petits raisins dans une coupe avec une larme d'eau-de-vie. Pour préparer votre recette, il vous faudra monder vos amandes (pour cela Hermine les jette tout simplement dans de l'eau bouillante, les égoutte et les passe sous l'eau froide. La peau brune s'en va ainsi d'une simple pression du doigt). Prenez les amandes ainsi épluchées et mixez-les avec un litre d'eau de source.

Faites chauffer en casserole de cuivre, à feu doux et jusqu'à épaississement, votre lait ainsi que la mie de pain, le miel et les pommes coupées en petits dés. Mettez ensuite vos raisins, la cannelle, le gingembre et le safran pour obtenir une belle couleur jaune d'or. Versez ensuite cette pâte odorante dans un moule à cake sur du papier sulfurisé. Laissez refroidir pendant plusieurs heures. N'hésitez pas à mettre votre taillis au réfrigérateur, il prendra plus aisément.

Ce taillis aux épices se sert frais, posé sur un tranchoir. On y taille des tranches (d'où son nom). Il est très agréable avec des boissons chaudes ou un petit verre d'hypocras.

Petit lexique médiéval

Adoubement : cérémonie par laquelle on devient un chevalier.

Autricum : nom de Chartres, lors de la conquête romaine.

Aquilon : vient du latin aquilo, vent du nord. Vent froid et violent.

Bliaud : tunique longue de laine ou de soie, aux manches courtes dans le sud et longues dans le nord, serrée à la taille par une ceinture. Habit de la noblesse ou de la grande bourgeoisie.

Braies : caleçon plutôt long et collant au XIIe siècle, retenu à la taille par une courroie.

Brocarder : attaquer avec des paroles.

Broigne : Justaucorps de grosses toile ou de cuir, ancêtre de la cotte de maille, recouvert de pièces de métal.

Cascaret : homme d'apparence chétive et misérable.

Carnutes : peuple de la Gaule, établi entre la Loire et la Seine autour d'Autricum (Chartres) et de Genabum (Orléans). Les Carnutes donnèrent le signal de la révolte gauloise contre César et c'est sur leur territoire que se réunissaient les assisses annuelles des Druides.

Chainse : équivalent de la chemise, tunique en toile ou lin à manches fermées.

Chambre aux traits : lieu où les maîtres d'œuvre dessinaient les plans des ouvrages à exécuter.

Chaperon : petite cape fermée avec capuche, portée comme un chapeau en été, torsadée sur le crâne.

Chausses : chaussettes en drap, tricot ou laine parfois munies de semelles de cuir et maintenues par des lanières s'attachant en dessous du genou. Les haut-de-chausses étaient l'équivalent de nos bas.

Chèvre : appareil de levage, composé de quatre montants posés par paire et d'une traverse supportant une poulie.

L'ensemble rappellant l'animal du même nom.

Chevrons-ferme : ferme de charpente constituée de bois de petite section pouvant recevoir directement les liteaux.

Cistercien : ordre religieux, découlant de celui de Saint-Benoît, fondé en 1098 par Robert de Molesme. Cet ordre comptait 343 abbayes en 1153. Bernard de Clairvaux en est le maître d'œuvre au XIIe siècle.

Complies : office dit après les vêpres vers 20 h, c'est le dernier office du soir.

Dressoir : meuble permettant de présenter la vaisselle.

Drageoir : sorte de bonbonnière.

Faudesteuil : fauteuil, en général pliant.

Garance : on se servait de la racine de cette plante pour obtenir la teinture rouge « garance », un trés beau rouge rubis. Elle fut remplacée par l'« alizarine », teinture artificielle, produite à Naples.

Goliards : groupe d'étudiants pauvres vivant d'expédients dans les centres urbains où se situaient les écoles de l'époque. Vagabonds toujours, parfois jongleurs ou bouffons pour gagner quelque argent.

Grimaud : qui est d'humeur chagrine, maussade.

Guède : ou pastel. Les feuilles de cette plante étaient utilisées pour obtenir une merveilleuse teinture bleue. Très délicate à obtenir, elle fut remplacée par l'indigo.

Harnois : désigne tout l'équipement d'un homme de guerre (broigne, épées, lance, bouclier…), mais aussi l'habillement du cheval, voire le mobilier transportable dans les camps.

Herbe aux charpentiers : nom commun de la grande consoude.

Laudes : office dit avant l'aube.

Mantel : manteau semi-circulaire comme une cape, attaché à l'épaule par une agrafe, nommée tasseau.

Matines : ou vigiles, office dit vers 2 h du matin.

Mesnie : famille, lignée par le sang.

Miresse : femme médecin, au masculin, mire.

Molles : plans et modèles d'architecture.

Montjoies : petits lumignons éclairant des niches où sont placées des statuts de la Vierge ou des Saints.

None : office dit vers 14 h.

Oblat : personne donnée ou se donnant à un monastère.

Oiseau : auge portative munie de bras lui permettant de reposer sur les épaules comme des ailes.

Oreille du diable : nom commun de la drosera.

Orfrois : passementeries, franges et broderies d'or employées pour border les vêtements. On disait « orfraiser » une robe.

Oublies : petits beignets que l'on vendait dans les rues.

Peigne de loup : nom commun de la cardère sauvage.

Posset : mélange de vin brûlant et de lait caillé que l'on boit avant de s'aller coucher.

Prime : office dit vers 7 h du matin

Quolibet : du latin « Quod libet », questions posées aux étudiants pour vérifier leurs connaissances.

Restrait : lieu d'aisance comportant un conduit plus une fosse où l'on mettait des cendres de bois qui décomposaient les matières organiques.

Repous : mortier préparé avec la poussière des pierres de taille.

Rovin : rouge.

Sept arts libéraux : composé du trivium (3 disciplines d'initiation : grammaire, rhétorique et dialectique) et du quadrivium (quatre disciplines terminales : arithmétique, géométrie, astronomie et musique).

Sexte : sixième heure du jour, vers 12 h.

Tierce : office dit vers 9 h du matin.

Vélin : peau de veau mort-né, plus fine que le parchemin ordinaire.

Vêpres : du latin vespéra : soir, Heure de l'office, dit autrefois le soir, vers 17h.

Vignon : vigne, vignoble.

Ils vivaient au XIIe siècle...

Abélard : (né en 1079, mort en 1142). Philosophe, théologien et dialecticien français. Fonde l'abbaye du Paraclet dont Héloïse deviendra l'abbesse. Bernard de Clairvaux obtint sa condamnation au concile de Sens en 1140.

Aliénor d'Aquitaine : (née en 1122, morte en 1204). Divorcée en 1152, elle se remarie la même année avec Henri II Plantagenêt dont elle eût plusieurs enfants (Richard Cœur de Lyon et Jean Sans Terre, notamment...). Elle finit ses jours à l'abbaye de Fontevrault, où elle est enterrée.

Bernard de Clairvaux : (né en 1091, mort en 1153). Moine à Cîteaux en 1112, premier abbé de Clairvaux en 1115. Il prêche la seconde croisade à Vèzelay en 1146. Il soutient des polémiques contre l'ordre de Cluny.

Gallardon : Hervé, seigneur de Gallardon, sa fille épouse en 1150, un Philippe Breton.

Louis VII : (né en 1120, mort en 1180). Roi de France, sacré à Reims le 25 octobre 1131. Marié en 1137 à Aliénor d'Aquitaine. Participe à la seconde croisade avec Conrad III. Divorcé en 1152. Veuf de Constance de Castille, il se remarie avec Adèle de Champagne, mère de Philippe II Auguste. Mort le 18 septembre 1180.

Suger : (né en 1081, mort en 1151) moine et homme politique. Abbé de Saint-Denis en 1122. Condisciple et ami de Louis VI, il fut le conseiller de Louis VII et le régent du royaume de France pendant la seconde croisade.

Thibaud IV : (né en 1102, mort en 1151) comte de Chartres et de Blois.

Geoffroy de Lèves : évêque de Chartres au moment de notre roman et grand ami de l'abbé Suger.

Bibliographie

Chartres et ses campagnes. XIe-XIIIe siècle, André Chédeville, éditions Jean-Michel Garnier.

Notre-Dame de Chartres, Emile Mâle, Champs, Flammarion.

La cathédrale de Chartres, René Merlet, Henri Laurens éditeur.

Encyclopédie médiévale, Tomes 1 et 2. Viollet le Duc, Inter-Livres.

Les racines des cathédrales, Roland Bechmann, Payot.

Initiation à la symbolique romane, Marie-Madeleine Davy, Champs, Flammarion.

Histoire de la France urbaine, Tome 2, *La ville médiévale*, Seuil.

Les arts au Moyen-Age et à l'époque de la Renaissance, Paul Lacroix, Laurent de Vargas éditeur.

Les intellectuels au Moyen Âge, Jacques Le Goff, Points Histoire, Seuil.

La femme au temps des cathédrales, Régine Pernoud, Le Livre de Poche.

Quand les cathédrales étaient peintes, Alain Erlande-Brandebourg, Découvertes, Gallimard.

La spiritualité du Moyen Âge occidental, VIIIe-XIIIe siècle, André Vauchez, Points Histoire, Seuil.

La vie au Moyen-Age, Robert Delort, Points Histoire. Seuil.

La société féodale, Marc Bloch. Albin Michel.

Poèmes d'amour des XIIe et XIIIe siècles, Bibliothèque médiévale, 10/18.

Sources d'histoire médiévale, IXe milieu du XIVe siècle, Textes essentiels, Larousse.

Imprimé en France sur Presse Offset par

BRODARD & TAUPIN

GROUPE CPI

La Flèche (Sarthe).
N° d'imprimeur : 15156– Dépôt légal Édit. 27812-10/2002
LIBRAIRIE GÉNÉRALE FRANÇAISE - 43, quai de Grenelle - 75015 Paris.

ISBN : 2 - 253 - 18234 - 6

31/8234/2